빅 서

Big Sur

BIG SUR
by Jack Kerouac

세계문학전집 421

빅 서

Big Sur

잭 케루악

김재성 옮김

민음사

프루스트와 마찬가지로 내 작품은 한 권의 커다란 책이다. 다른 점이 있다면 내 기억은 훗날 병상에서가 아니라 현장에서 생생히 기록되었다는 것이다. 초기 출판업자의 반대로 나는 같은 페르소나들을 다른 작품에 다시 등장시킬 수가 없었다. 『길 위에서(On the Road)』, 『지하 생활자들(The Subterraneans)』, 『달마 부랑자들(The Dharma Bums)』, 『색스 박사(Doctor Sax)』, 『매기 캐시디(Maggie Cassidy)』, 『트리스테사(Tristessa)』, 『데설레이션의 천사들(Desolation Angels)』, 『코디의 환영들(Visions of Cody)』 그리고 이 책 『빅 서(Big Sur)』를 비롯한 모든 책들은 내가 '둘루오즈의 전설(The Duluoz Legend)'이라고 부르는 내 작품 전체의 챕터들일 뿐이다. 늙어서 나는 이 작품들을 모두 모아 동일한 이름들을 재삽입하고, 기다란 서가를 책으로 가득 채우고서 행복하게 죽을 생각이다. 그 모든 것은 잭 둘루오즈라고도 알려진 가련한 타이진(나)의 눈으로 본 하나의 거대한 희극, 터무니없는 행동과 어리석음의 세계, 그리고 그의 눈구멍으로 바라본 부드러운 감미로움을 빚어낸다.

— 잭 케루악

머리말

잭 케루악은 매사추세츠주 로웰의 잘생긴 고교 미식축구 스타로, 승리를 확정 짓는 터치다운을 성공시키며 유명 코치 루 리틀의 눈에 들어 컬럼비아 대학교에 특기생으로 입학했다.

프랑스계 캐나다인 가정 출신인 그에겐(아버지는 인쇄업자였다.) 로웰을 떠나 모닝사이드하이츠로 이주한 것부터가 획기적인 사건이었다. 비록 리틀의 총애는 오래지 않아 잃었지만, 이 전형적인 미국 청년은 뉴저지에서 온 지 얼마 안 된 대학 학우 앨런 긴즈버그와 웨스트엔드 바에서 별안간 마주 앉게 되었는가 하면, 세인트루이스 출신으로 하버드에서 공부한 몇 살 연상 친구 윌리엄 버로스까지 셋이서, 긴즈버그의 표현으로는 '지드 작품 속의 국제적 탕아들을 흉내 내며' 사진을 찍었다.

그리고 닐 캐서디가 나타났다. 긴즈버그가 붙여 준 '덴버의

아도니스이자 색마'라는 별명으로 유명한 그는 앨런, 잭, 빅에게 서부 생활의 전부를 알려 주는 대신 그들에게서 글쓰기에 대한 모든 걸 배우겠다는 열망을 갖고 여자 친구 루앤과 함께 뉴욕으로 날아왔고, 이로써 비트 제너레이션은 출범할 준비를 모두 마쳤다. 사실 케루악은 닐이 등장하고 얼마 안 돼 『길 위에서』를 썼으나 출판하는 데 몇 년이 더 걸렸을 뿐이고, 바로 그 시기 동안 당대의 진정한 문학 유랑자로 배낭 속 원고지 매수를 점점 더 불려 가고 있었다. 1957년 드디어 『길 위에서』가 출간되면서 그는 유명해졌고, 배낭 속 원고들도 속속 책이 되어 나왔다.

프랑수아즈 사강을 벼락 스타로 만들어 준 『슬픔이여 안녕』에 대한 케루악의 오마주라 해도 좋을 『트리스테사』는 멕시코시티 매춘부와의 연애를 그린 작품으로, 에이번 페이퍼백 오리지널로 나왔다. 『코디의 환영들』은 『길 위에서』의 주인공을 다시 등장시킨 것으로, 이번에는 잭과 닐의 대화 녹음을 활용했다.(워홀식 '구술 녹취 전기' 기술이 유행하기 10년도 더 전이었다.)

『빅 서』는 애처롭고 장대한 결과물이다. '비트족의 왕'은 풀먼 침낭을 지고 한 번 더 남녀 벗들과 대륙을 횡단한 뒤 술병과 타자기가 나뒹구는 서재에 칩거하다 1969년 마흔일곱 살에 과음에 따른 복부 과다 출혈로 죽었다.

열 권 남짓한 책에서 긴 호흡의 부드럽고도 신경증적인 산문을 집필했던 잭 케루악은 외양과 행동 양면에서 미국의 영웅이다. 특히 잘 쓴 글은 프랑스 인상주의의 명료한 즐거움을,

그리고 프루스트의 사색적 문체를 미국 문학에 들여왔다. 무엇보다도 그는 부드러운 글을 썼다. 그의 책에서 누구에 관해서든 악의에 찬 표현을 발견하기는 쉽지 않을 것이다.

—— 아람 사로얀

일러두기

1 본문의 각주는 모두 옮긴이 주이다.

2 원문에서 이탤릭체 등으로 강조된 부분은 고딕체로 구분했다.

차례

빅서   13

1

빈민굴 교회 종의 구슬픈 「캐슬린」 선율에 끙끙거리며 감상적이고도 수심에 차서 잠이 깼는데, 전날 밤 내가 또 만취해서 샌프란시스코로의 '은밀한 귀환'을 망쳐 버렸기 때문이었다. 골목에 숨어 부랑자들과 술을 마시다가 친구들을 만나러 노스 비치로 향했는데, 사실 나는 로렌조 몬샌토와 편지로 왕래하면서, 내가 살금살금 숨어 들어가서 애덤 율치나 랄라기 펄버태프트(둘 다 작가다.) 같은 암호명을 대고 전화를 걸면 그가 나를 빅 서의 숲속 오두막으로 몰래 데려가기로, 그러면 거기서 아무 방해도 받지 않고 혼자 장작을 패고 물을 긷고 글을 쓰고 잠을 자고 하이킹하고 기타 등등 하면서 지내기로 계획했던 것이다. 그러나 그 대신 나는 곤죽이 된 채 토요일 밤 대목을 맞은 그의 시티 라이츠 서점에 들어갔고, 모두가 나를 알아보았고(어부 모자와 어부 코트와 방수 바지 따위로 위장 비슷한 것을 했음에도 불구하고), 이름난 술집들에 '비트닉의 왕'이 왕림하여 모두에게 술을 사는 술잔치로 이어졌으며, 이게 또 이틀간이나 반복됐다. 로렌조가 내 '비밀' 빈민굴 호텔(하워드 스트리트 4번가의 마스 호텔)에서 나를 픽업하기로 했던 일요일, 내가 전화를 받지 않아서 그가 호텔 직원에게 부탁해 객실 문을 강제로 열고 들어와 보니, 나는 술병들과 함께 방바닥을 뒹굴고 있고, 벤 페이건은 침대 밑에 반쯤 들어가 대자로 뻗어 있고, 비트닉 화가 로버트 브라우닝은 침대 위에서 코를 골고 자고 있고, 이 광경 앞에서 그는 "다음 주말에 픽업해야겠군. 뭐, 늘 그러겠지만 도시에 남아 한 주쯤 술을 마시고 싶은가 보지." 하면서, 말하자면 나를 위해 자기 혼자만 빅 서 오두막으로 차를 몰고 떠났던 것인데, 맙소사, 잠에서 깨어 보니 벤과 브라우닝은 이미 없고, 나가는 참에 나를 침대 위에 던져 놓고 갔던 모양인지 섬뜩할 만큼 낯익은 숙취에다 샌프란시스코 지붕 위의 안개 바람을 타고 "다시 집에 데려가 줄게, 캐슬린." 하는 선율만 구슬프게 들려오는 가운데, 이제 내 몸 하나도 못 움직일 정도로 지쳐 버려서 숲속으로의 도피는커녕 이 도시에서 제대로 앉아 있기도 어렵게 되었구나, 싶을 뿐이었다. '나를 유명하게 만들어 준' 그리고 지난 3년 동안 끝없는 전보들과 전화들과 요청들과 편지들과 방문들과 기자들과 스파이들에(단편을 하나 쓰려고 준비 중인 나에게 누가 지하실 창문에 대고 "바쁘세요?" 하고 우렁차게 외친다.) 미치도록 시달리게 해 준 『길 위에서』가 출간된 이래, 집을(어머니 집이다.) 떠나는 첫 여행이다. 그뿐 아니라 2층 침실에서 잠옷 바람으로 꿈을 적고 있는데 기자들이 올라온 일도 있었고, 사생활 보호 차원으로 마당에 세운 6피트 높이 담장을 십 대들이 뛰어넘기도 했으며, 서재 창밖에서 취객들이 "얼른 나와 마시자고요. 놀지 않고 일만 하면 재미없는 인간이 된다고 하잖아요." 고함을 지르는가 하면, 어떤 여자는 방문 앞에서 "당신이 잭 둘루오즈냐고 묻지는 않겠어요. 왜냐하면 그 사람은 수염을 길렀으니까요. 하지만 그 사람을 어디서 찾을 수 있을지 좀 알려 주세요. 내 연례 파티에 진짜 비트닉을 초청하고 싶어서 그래요." 하고 호소하기도 했다. 술 취한 손님들이 서재에 토하고 책이며 연필까지 훔쳤고, 초대받지 않은 지인들은 며칠씩 뭉개면서 깨끗한 잠자리며 어머니가 만들어 준 맛있는 음식을 즐겼다. 나는 사실상 늘 술에 취해 즐거운 척하면서 이 일들을 견뎌 봤으나, 결국 깨달은 것은 부지기수의 적에 포위돼 있다는, 고독으로 돌아가지 못한다면 죽을 거라는 사실이었다. 그런데 로렌조 몬샌토가 "내 오두막으로 와. 아무도 모를 거야." 등등을 편지에 써 보냈고, 나는 캘리포니아 제퍼 열차의 쾌적한 독실에 몸을 싣고 인스턴트커피와 샌드위치로 끼니를 때우며 3년 만에 처음으로 아주 행복한 3박 4일 여행 끝에 롱아일랜드(노스포트) 집에서 3천 마일 떨어진 샌프란시스코에 성공적으로 진입했다. 혼자만의 차창 밖으로는 미국이 스쳐 지나갔는데, 허드슨 밸리를 넘고 뉴욕주와 시카고를 건너고 대평원과 산맥과 사막을 지나 마지막으로 캘리포니아의 산들까지, 돈을 웬만큼 벌어 대륙 횡단 열차를 타게 되기 전 히치하이킹 시절에 대면 모두 꿈처럼 편안하기만 했다.(미국 전역의 고등학교와 대학교 학생들은 '잭 둘루오즈는 스물여섯 살이고 만날 히치하이킹으로 여행 중'이라 생각하지만, 나는 사실 마흔 가까운 나이에 싫증과 따분함에 짓눌려 독실 침대에 누운 채 솔트 플랫을 가로지르고 있었다.) 하지만 어찌 됐든 자상한 몬샌토 덕에 나의 휴양은 멋지게 출발했던 것인데, 그렇게 평탄하게 계속 가지는 못하고 술에 찌들어 속이 아프고 환멸과 두려움에 휩싸여 잠에서 깨어났다. 과장이 아니라 나는 겁에 질려 있었는데, 그것은 지붕을 타고 들려오는 그 슬픈 노래와, 거기 뒤섞인 길모퉁이 구세군 모임의 "사탄이 당신의 알코올 중독의 원인이고, 사탄이 당신의 부도덕의 원인이고, 당신이 지금 회개하지 않으면 사탄은 도처에서 당신을 파괴하고자 도모할 것입니다." 하는 애절한 구호, 그보다 더 끔찍한 옆방 늙은 주정뱅이들이 토하는 소리, 복도 계단이 삐걱거리는 소리, 그리고 온갖 신음 소리 때문이었다. 그중에는 울퉁불퉁한 침대에서 내가 내는 신음 소리도 있었다. 머릿속에서 요란하게 돌아가던 소리는 신음으로 새어 나왔고, 마침내 그것은 유령처럼 나를 번쩍 깨웠다.

16

2

그리고 나는 음침한 방 안을 둘러보았다. 소소한 응급 처치 키트와 주전부리들, 어머니가 꼼꼼히 챙겨 준 쓸 만한 반짇고리(여분의 안전핀, 단추, 특수 바늘, 작은 알루미늄 가위 따위) 등 숲속에서 사는 데 필요한 모든 것들로 확실하게 채운 륙색이 역시 어머니가 덮개에 꿰매어 준 성 크리스토퍼 메달을 과시하며 당당히 놓여 있다. 그 속의 비상 장비는 또한 스웨터와 손수건과 테니스화(등산용)까지 살뜰하다. 하지만 주변에는 싸구려 대용량 화이트와인 빈 병들, 담배꽁초들, 기타 쓰레기들이 무시무시하게…… 널려 있다. "당장 손을 써야지, 안 그러면 난 끝이야." 이만한 깨달음이 가능한 것은 지난 3년간 내가 술에 찌든 절망의 길을 걸어왔기 때문인데, 그것은 육체적, 정신적, 형이상학적 절망으로, 실존주의나 비관주의에 대한 책을 아무리 읽고 아야와스카나 메스칼린이나 페요테 같은 환각제를 아무리 흡입해도 배울 수 없는 것이었다. 그러니까 그것은 열대 지역의 거미들이 잣는 유독 무거운 거미줄처럼 으스스한 죽음이 귀에서 뚝뚝 떨어지는 듯한 공포와 취광에 사로잡혀 잠에서 깨는, 등 굽은 진흙투성이 괴물이 땅 밑의 뜨거운 진흙탕 속에서 무거운 짐을 지고 가는, 뜨거운 돼지 핏속에(으윽!) 발목이 잠긴 채, 또는 비누 거품은 흔적도 없이 기름에 찌들어 갈색 개숫물이 든 거대한 가마솥에 허리까지 잠긴 채 서 있는 느낌이었다. 거울 속의 얼굴은 견딜 수 없는 고뇌에 빠져 있고 비탄에 시달려 끔찍하게 초췌할 따름이어서, 그처럼 추하고 그처럼 길을 잃고 이전의 완벽과는 거리가 멀고 눈물로든 뭐로든 다시 연결시킬 수 없는 그따위를 놓고 울 수조차 없으니, 그것은 마치 윌리엄 수어드 버로스의 '낯선 사람'이 나 대신 거울에 불쑥 나타난 느낌이다. 그만 좀 해! "당장 손을 써야지, 안 그러면 난 끝이야." 그래서 나는 벌떡 일어나 먼저 물구나무서기로 비루한 두뇌에 피를 좀 공급하고, 샤워를 하고, 깨끗한 셔츠와 양말과 속옷을 꿰고, 정신없이 룩색에 짐을 싸서 들쳐 메고, 차 열쇠는 책상에 던져 놓고, 추운 거리로 나서고, 가장 가까운 식료품점까지 후딱 걸어가 이틀분 먹거리를 사서 룩색에 쑤셔 넣고, 끈끈하고 오싹한 안개 낀 이 도시의 밤, 부랑자들이 무릎에 머리를 박고 문간에 앉은, 벗어나지 못하면 기어이 내가 죽을 러시아풍 비애가 서린 퇴락한 골목들을 지나 버스 정거장으로 간다. 자리에 앉아 기다린 지 반 시간이 지나자 버스는 '몬터레이'를 안내하고, 마침

내 출발해 네온이 반짝이는 청결한 고속도로를 달려가고, 나는 줄곧 자다가 바다 냄새를 맡으며 기분 좋게 잠에서 깬다. 버스 기사가 "종점입니다. 몬터레이요." 하며 흔들어 깨운 것인데, 아, 세상에나, 과연 몬터레이고 새벽 2시다. 졸린 눈을 비비며 자리에서 일어나 보니 버스 진입로 맞은편으로 고깃배 돛대들이 희미하게 보인다. 탈출을 완성하기 위해 이제 내가 할 일은 해안선을 따라 14마일을 내려가 레이턴 캐니언 다리에 다다르고 거기서부터 하이킹을 시작하는 것이다.

3

"당장 손을 써야지, 안 그러면 난 끝이야." 택시비 8달러를 내고 해안을 달려간다. 안개 자욱한 밤, 바다가 있을 오른쪽 하늘에서 간혹 별들이 빛날 뿐 바다는 보이지 않는다. 택시 기사의 설명에 의존할 수밖에 없다. "여기가 대략 어디인가요? 처음 와 본 거라서."

"오늘 밤은 아무것도 안 보여요……. 레이턴 캐니언이라고 하셨는데, 거기 밤중에 다니려면 조심하셔야 돼요."

"왜요?"

"글쎄요, 그냥 손전등을 갖고 다니는 게……."

과연 레이턴 캐니언 다리에 도착해 삯을 치르고 택시에서 내리자 왠지 찜찜한 것이, 무시무시한 파도 소리가 '저만치'에서 들려와야 맞을 것 같은데 어째 '저 아래'에서 들려오는 느낌인 거다. 다리만 보일 뿐 그 아래는 하나도 보이지 않는다. 절벽들 사이로 해안 고속도로를 보기 좋게 연결하는 흰색 다리는 난간도 희고 중간엔 고속도로에서 흔히 보는 흰 선도 그어져 있지만 뭔가 개운치 않다. 방금 택시 기사가 드문드문한 덤불 너머 협곡이 있어야 할 공간 쪽으로 전조등 불빛을 비쳤으나 아무것도 보이지 않았던 걸 제외하면, 발아래 흙길이며 옆으로 난 흙벽이 보이는데도 어쩐지 공중에 붕 뜬 기분이다. "이게 도대체 뭐지?" 몬샌토가 보내 준 작은 지도를 보며 길을 다 외워 놓았지만, 집에서 벗어나 누리는 대대적인 휴양을 꿈꾸면서 나는 상쾌하고도 목가적인 무엇을, 어둠 속에서 으르렁대는 이런 아련한 신비가 아니라 아늑하고 정다운 숲을 상상했던 것이다. 택시가 떠나고 조금이나마 둘러보려고 랜턴을 켰더니 좀 전에 전조등이 그랬던 것처럼 불빛이 진공 속에서 사라진다. 전지가 다 됐는지 왼쪽 흙벽마저 희미하고, 다리는 아예 안 보이고, 노면에 박아 놓은 플라스틱 버튼들만 바다의 낮은 울부짖음 속에서 저마다 빛을 발하고 있다. 저 아래 안개에 휩싸인 바다는 나를 향해 개처럼 짖고 후려치고 이따금 땅을 쿵쿵 치기도 하는데, 하지만 맙소사, 땅이 어디 있길래 바다가 그 밑에 있을 수 있다는 말인가! "단 한 가지 할 일은 말이지." 숨이 꼴깍 막힌다. "랜턴을 발끝에 비추고 불빛에 드러난 발자국을 따라 걸어가는 거야." 다시 말하면 흙길에 난 발자국들에서 잠깐이라도 랜턴을 들어 올리면 길을 잃을까 봐 겁나는 것이다. 칠흑 같은 어둠과 가공할 바다의 노호 속에 그나마 다행인 건 길 왼쪽 흙벽에 랜턴 테두리의 흔들거

빅 서

리는 그림자가 커다랗게 드리워 있다는 사실일 텐데, 해풍에 뒤척이는 덤불을 빼고는 빛이 붙잡을 만한 게 없고 자연히 그림자도 없는 오른쪽보다는 낫기 때문이다. 나는 류색을 들쳐 메고 저벅저벅 걷는다. 고개를 숙이고 랜턴 빛을 따라, 고개는 숙였으나 의심쩍은 눈길은 약간 위로 한 채, 마치 위험한 얼간이를 성가시게 하지 않으려 애쓰는 사람처럼. 흙길이 약간 올라가면서 오른쪽으로 굽었다가 조금 내려가는가 싶더니 별안간 다시 올라가고 또 더 올라간다. 바다가 울부짖는 소리는 멀리 뒤편으로 사라졌다. 나는 걸음을 멈추고 아무것도 없는 뒤를 돌아본다. "자, 이제 불을 끄고 뭐가 보이나 보자." 두 발이 길바닥에 박힌 듯 선 채 나는 말한다. 소용없는 짓이다. 불을 꺼 보니 발밑의 어둑한 모래 외에는 아무것도 보이지 않는다.

터벅터벅 발걸음을 옮겨 울부짖는 바다에서 차츰 멀어지면서 조금씩 자신감이 생기는가 싶다가 갑자기 길 위에 무서운 것이 나타나서 걸음을 멈추고 손을 뻗은 채 서서히 다가가 살펴보니 가축 건널목일 뿐이고(도로를 가로질러 쇠 빗장이 걸려 있다.), 그러나 그 순간 흙벽이 있어야 할 왼편에서 또 돌풍이 몰아닥쳐서 고개를 돌려 봐도 보이는 게 없다. "대체 뭔 일이지?"에 이어 또 다른 목소리가 "길을 따라가." 하며 타이르기에 그렇게 한다. 그러나 곧바로 오른쪽에서 뭔가 덜걱거리는 소리가 들리고, 불빛을 비춰 보니 바짝 뒤틀려 말라 가는 덤불일 뿐이나 그것은 또한 방울뱀이 딱 좋아할 종류의 높은 협곡 덤불이기도 했다.(물론 그런데 방울뱀은 한밤중에 등에는 짐을 지고 손에는 랜턴을 든 채 저벅저벅 걸어가는 괴물 때문에 잠이 깨기를 원치 않는다.)

하지만 길은 다시 내려가는 중이고, 왠지 마음 든든한 흙벽
도 다시 왼편에 모습을 드러내고, 로리의 지도에서 본 기억에
따르자면 이제 곧…… 바로 저기, 샛강이 있다. 저 밑 어둠 속
에서 졸졸 흐르는 소리가 들리는데, 거기로 내려가면 지금처
럼 어디 공중에 붕 떠 있는 게 아니라 적어도 단단한 바닥에
발을 붙일 수는 있을 테고, 저 허공 어디에서 윙윙거리는 소리
도 이젠 끝일 것이다. 그런데 샛강에 가까워질수록 갑자기 길
이 가팔라지며 몸이 앞으로 쏠리기 시작하고 도리어 더욱 요
란해지는 것이, 강 속으로 빠질 것만 같다. 내 몸 바로 아래서
그것은 물이 불어 길길이 날뛰는 강물처럼 비명을 질러 댄다.
게다가 저 아래는 다른 곳보다도 훨씬 더 어둡다. 저곳에는 습
지가 있다. 무시무시한 양치식물에다 미끈거리는 통나무와 이
끼와 위험천만한 웅덩이가 있고, 습한 안개가 죽음의 숨결처
럼 차갑게 올라오고, 크고 험악한 나무가 내 머리 위로 가지
를 드리우며 륙색을 스쳐 간다. 내려갈수록 더 커질 게 틀림없
는 소음이 무서워 나는 발걸음을 멈추고 귀를 기울인다. 나무
나 바위 또는 쪼개진 무엇 같은, 박살 난 채로 검고 축축한 땅
속에 묻힌 음험한 것들과의 결투를 이겨 내고 나온 그것은 어
찌 된 영문인지 내게 몰려와 내려앉는다. 저 아래로 내려가기
가 나는 무섭다(afraid). 채찍에, 그것도 젖은 채찍에 맞아 긁히다
(frayed)라는 에드먼드 스펜서풍의 감수성에 기대자면 나는 쓰
라리게 무섭다(affrayed). 미끈거리는 초록색 용이 덤불 속에서 법
석을 떤다. 자꾸 찔러 대지 말라는 성난 선전 포고다. 백만 년

간 거기 있었던 그것은 내가 그것을 두고 어둠과 맞붙기를 원치 않는다. 그것은 천 개의 갈라진 틈새와 거대한 삼나무 뿌리들, 천지 만물로부터 으르렁거리며 나온다. 우림 속에서 음험하게 울려 퍼지는 그것은 빈민굴 부랑자 따위가 바다로 나아가는 것부터 마뜩잖은데, 하물며 거기서 기다리는 것은 더욱 봐줄 수 없다. 바다가 나무들 속에서 법석대는 그것을 잡아당기는 느낌조차 들지만, 그래도 손전등이 있고, 그러니 무시무시하게도 자꾸만 기울어 내려가는 아름다운 모랫길을 따라가면 되는데, 별안간 길이 평평해지며 다리의 통나무들과 난간이 나타나더니 겨우 4피트 아래로 샛강이 모습을 드러낸다. 깨어난 부랑자는 이제 저 다리만 건너면 피안(彼岸)을 볼 수 있다.

다리를 건너면서 물을, 그냥 바위들 위의, 그것도 작은 샛강의 물을 한번 휙 본다.

그리고 이제 내 앞에는 옛날식 축사 문과 철조망 울타리가 딸린 꿈결 같은 목초지가 펼쳐져 있다. 내 왼쪽에서 오른쪽으로 난 길로 드디어 들어선다. 철조망 밑으로 기어 나가 마른 히스 향기 가득한 조그만 모랫길을, 아이고, 고맙게도 지옥을 뛰쳐나와 정겨운 지상 천국에 다다른 기분으로 저벅저벅 걷는다.(그런데 불과 1분도 안 돼 저 앞 흰모래 속에 웬 검은 것들이 보여 다시 기겁하는데, 알고 보니 그것은 앙증맞게도 천국 노새의 똥 더미일 뿐이다.)

4

아침이 되어서야(잠은 샛강 옆 흰모래밭에서 잤다.) 협곡을 걷
는 게 왜 그리 무서웠는지 알겠다. 드높이 솟은 흙벽을 따라
난 길은 때로, 특히 가축 건널목에서 더욱 급격히 꺼질 뿐 아
니라, 저 위쪽 흙벽이 깨진 틈새로는 그 뒤에 있을 또 다른 만
이 뿜어내는 안개가 무서울 만큼 자욱하고, 이런 틈새가 한
두 개가 아닐 것만 같다. 그중 끔찍한 것은 다리다! 샛강 옆길
을 따라 바다 쪽으로 천천히 걷다가 몹시 가느다란 흰 다리가
눈에 들어오자, 걷고 있던 이 작은 숲 꼭대기로 한숨이 천 번
은 솟구친다. 정말이지 믿을 수가 없다. 또한 가슴이 무너지도
록 끔찍한 것은 오솔길에 불과할 이 길의 작은 모퉁이에 들어
서자 앞으로 쿵쿵거리며 몰려들어, 모래밭이 내가 선 곳보다
높기라도 하다는 듯 흰 물마루로 부서지는 파도일진대, 그것

은 겁에 질려 뒷걸음치거나 저 위 고개를 향해 뜀박질하게 할 만큼 돌연한 해일의 세계다. 그뿐 아니다. 부서지는 거대한 파도 뒤 푸른 바다에 널린 검고 커다란 바위들은 축축하게 미끈거리는 괴물의 고성처럼 십억 년 묵은 고뇌에 잠겨 그야말로 우당탕 덜커덩대며 비굴한 입술로 바닥의 거품을 핥는다. 그 탓에 쾌적한 작은 숲길에서 나오면 잇새에 잔디 줄기가 끼어 있어 내뱉어야 하는 것이다. 눈을 들어 어처구니없이 높은 다리를 보니 당연히 죽음이 감지된다. 다리 밑, 해안 절벽 바로 옆 모래밭에는, 맙소사, 보기만 해도 가슴이 철렁 내려앉는 것이 있는데, 바로 10년 전 다리 난간 틈새로 빠져나가 자그마치 1천 피트를 수직 낙하한 끝에 거꾸로 처박힌 자동차다. 지금도 여전히 그곳에 거꾸로 처박힌 그것은 차체가 녹이 슬고 바닷물에 씹힌 타이어들이 여기저기 흩어져 있으며 낡은 차바퀴와 좌석들은 뼈대뿐이고 주유구가 서글프게 입을 벌리고 있을 뿐 사람은 어디에도 없다…….

거대한 바위들이 곳곳에 솟아 있고 그 사이에는 해식동이 있어서, 바다가 그 안에서 노닐며 거품을 쏟아 내고 모래밭에 쾅, 철퍼덕 내리꽂는 바람에 모래밭은 빠르게 꺼져 앉는다. (말리부 해안과는 영 딴판.) 그래도 뒤를 돌아보면 버몬트주의 풍경화처럼 샛강을 따라 올라가는 쾌적한 숲에 눈이 즐겁다. 하지만 잔뜩 허리를 펴고 하늘을 쳐다보면, 맙소사, 지금 서 있는 이곳은 가느다란 긴 선이 바위에서 바위로 이어지고 멋모르는 차들이 꿈꾸듯 가로질러 거친 해안을 향해 달리는 저기 공중의 다리 바로 밑인 것이다. 그래서 훗날 사람들이 "아,

빅 서는 정말로 아름답겠죠!"라고 말할 때 나는 침을 꼴깍 삼
키며 도대체 어쩌다가 그것이 아름답다는 평판을 지니게 되
었을까 궁금해 마지않게 된다. 블레이크의 「창조」에서 목도한
단말마적 격통이 주는, 그리고 햇볕 좋은 날 해안 고속도로를
달릴 때 눈이 휘둥그레지도록 여러 마일 길게 늘어선 깎아지
른 풍경의 그 무시무시함은 어쩌고 말이다.

5

레이턴 캐니언의 반대쪽, 그러니까 동쪽의 평화로운 끄트머리는 더욱더 무서웠다. 지역 정착민들이 애완용으로 기르는 노새 앨프가 밤이면 괴상한 몇 그루 나무 밑에서 숙면을 하고 아침에 일어나면 잔디밭에서 풀을 좀 뜯은 뒤에 해안까지 천천히 걸어가서는 파도 옆 모래밭에서 마치 옛날 신화 속 인물처럼 꼼짝 않고 선 모습이 보이는 그런 곳이다. 나중에 나는 노새를 신성한 당나귀 앨프라고 불렀다. 무서웠던 건 동쪽 끝자락에 솟아오른 산이었는데, 그것은 어쩐지 울적해 보이고 계단처럼 층층이고 꼭대기에는 쌀을 재배하는 논이 올라앉은 버마의 괴상한 산처럼 보였다. 나는 가뿐하고 기분도 괜찮았던 첫 순간부터 철렁 내려앉은 가슴을 붙들고 그것을 계속 노려보았다. (그로부터 여섯 주 지난 9월 3일 보름달이 뜬 밤에 나는 이 협곡에서 실성하고 말 것이었다.) 그 산은 최근 뉴욕에서 반복해서 꾼 '미엔 모 산(Mountain of Mien Mo)'의 악몽을 연상시켰으니, 그 속에서는 어깨에 망토를 걸친 꿈결 같은 말들이 '천 마일 높이 솟은'(꿈속에서 그렇게 들었다.) 산정 둘레를 우아하게 날아다녔고, 특히나 지독하게 시달린 악몽 속에서는 마치 한때 신들 아니면 모종의 거인들이 살았으나 아주 오래전에 모두 떠나 버려 이제는 먼지에 거미줄뿐인 텅 빈 대형 돌 벤치가 천상의 달빛 속에 한없이 고요하게 산꼭대기에 앉아 있는 걸 보았다. 그런가 하면, 악이 도사린 근처 피라미드 안쪽 어딘가에는 커다란 심장이 불끈불끈 뛰는 괴물도 있었는데, 더 음산한 건 사실 그것이 모닥불을 지피고 음식을 끓여 먹는 추레한 일꾼들일 따름이라는 사실이었다. 나는 또 토마토 여러 개를 목에 걸고서 비좁은 흙구덩이에서 기어 나오려고 용을 썼다. 꿈, 술을 퍼먹고 꾸는 악몽들이었다. 반복되는 일련의 악몽들은 모두 그 산 주위에서 소용돌이쳤다. 처음 보았을 때는 아름다우면서도 어쩐지 끔찍하다 싶게 녹색을 띤 푸릇푸릇한 안개가 밀림 꼭대기를 둘러싸고서 이른바 '멕시코'라는 초록 열대의 나라에서 솟아오르고 있었는데 그 너머로는 피라미드들과 메마른 강들이 널렸고, 적군의 보병대로 가득한 다른 나라들도 있었지만, 단연 최악의 위험이라면 일요일마다 돌을 던져 대는 건달들이었다. 그리하여 다리와, 두어 차례 구르고 인간의 팔꿈치나 찢겨 나간 넥타이 따위의 자취조차 없이(미국에 대해 쓸 수 있을 무서운 「시편」처럼) 모래밭에 쿵 떨어져 박힌 자동차와 함께, 그 단순하고 서글픈 산은 거기 그렇게 서 있었던 것인데, 아, 게다가, 가뜩이나 늘 가기 두려운 협곡의 안개 자욱하고 어지럽게 뒤엉킨 지대의 속이 텅 빈 해묵은 나무들 위에서는 올빼미 울음소리까지 들렸다. 미엔 모 기슭의 그 오를 수 없을 만큼 가파르게 뒤얽힌 낭떠러지는 빽빽하게 들어찬 덤불 틈에 맥없이 죽어 있는 나무들이며 10세기 인디언들이 탐험했다고는 상상하기 어렵게 감춰진 동굴들이 들어앉아, 도무지 깊이를 헤아릴 수 없는 히스들을 향해 올라가고 있었다. 그리고 평화로운 숲길을 걷고 있을 때 난데없이 모습을 드러내는 덩굴이 감긴 검은 절벽 바로 옆의 벼락 맞은 침엽수 사이에는 끈끈하고 거대한 열대 우림 양치류도 있었다. 그리고 말했듯이 바다가 내가 선 지대보다 더 높이 달려드는 모습은 항구가 마을보다 높게 새겨진 옛 목판을 떠올리게 했다.(몸서리를 치며 랭보가 말했듯이.) 그야말로 악의 조합이 너무도 많았으니, 거기에는 나중에 로렌조의 오두막 포치 간이침대에 누워 자는 나에게 덤벼든 박쥐도 포함된다. 머리 둘레를 돌며 몹시 낮게 내려오는 바람에 결국 내 머리카락에 엉키고 말리라는 원형적인 공포 속으로 나를 처박은 그놈의 날갯짓은 또 어쩌나 고요하던지, 한밤중에 잠에서 깨어 머리 위에서 펼쳐지는 그 고요한 날갯짓을 바라보며 "나는 정말 흡혈귀를 믿는 걸까?" 자문하는 기분이 어땠겠는가. 그러니까 박쥐는 새벽 3시에 하고많은 책 중에 하필(소름 돋게도)『지킬 박사와 하이드 씨』를 읽느라 불 밝혀 둔 내 오두막 주변을 고요히 날아다니는 것이었다. 불과 여섯 주 만에 침착한 지킬 같던 내가 흥분 과잉의 하이드로 변해서 평생 최초로 정신의 평화 기제에 대한 절대적인 통제를 상실해 버린 것도 그러고 보면 놀랄 일이 아니다.

하지만 아아, 처음에는 괜찮은 낮과 밤들도 있었으니, 몬샌 토가 나를 몬터레이에 데려가고 식료품 두 상자를 갖고 돌아 와 합의대로 3주간 홀로 지내도록 나를 그곳에 남겨 두고 떠 난 직후가 그랬다. 그렇게 두려움 없이 행복했던 첫날 밤, 나는 그의 강력한 회중전등을 들고 다리를 비춰 보기도 했다. 안개 사이로 섬뜩한 손가락이 그 드높이 치솟은 괴물의 흐릿한 엉 덩이에 닿았다. 나는 또 어부의 행색으로 칠흑 같은 어둠 속 동굴들 옆에 앉아 바다를 비춰 보며 그것의 말을 받아 적기도 했다. 가장 괴이했던 건 올빼미가 노래하는 어지러이 뒤얽힌 절벽을 비춰 본 일이었다. 차츰 익숙해지며 두려움을 삼키고 장작 난로와 등유 램프가 따스한 빛을 피워 내는 작은 오두막 안의 삶에 정착해 가는 과정이었다. 숲속의 제 집에서 비구는 오직 평화를 원할 터이고 평화를 얻을 터이다. 다만 이 괴상 한 숲속에서 3주를 보내고 데이브 웨인과 로마나와 내 여자 친구 빌리와 그녀의 아이와 함께 돌아왔을 때 내 영혼이 그리 메말랐던 건 무슨 연유였는지 정말 모를 일이다. 만사를 샅샅 이 파고들 게 아니라면 굳이 말할 필요도 없겠다.

처음에는 참으로 아름다웠다. 비록 한밤중에 자려고 펼친 침낭이 터지면서 깃털이 날아다녔고, 아침에 깃털이 다 달아 난 침낭 속에서 일어날 수는 없어 등불 밑에서 그것을 기우기 는 했지만 말이다. 가난한 아낙처럼 오두막 안에 불을 피우고 등유 램프 불빛 아래서 고개를 수그리고 바느질을 하는데, 그

망할 놈의 검고 고요한 날개들이 퍼덕거리며 내 조그만 집 안에 온통 그림자를 드리웠다. 빌어먹을 박쥐들이 들어온 것이었다. 다 닳은 낡은 침낭을 기우려 애를 쓰는데, (1957년 대지진 직후 멕시코시티 호텔 방에서 열병에 시달리며 땀을 쫄쫄 흘렸던 당시에 주로 입은 손상이었다.) 땀 탓에 나일론이 죄다 썩긴 했으나 아직 부드러웠다. 부드러움이 지나칠 정도라서 낡은 셔츠에서 잘라 낸 조각을 찢긴 부분에 덧대 기워야 했다. 그 심야 작업 도중에 고개를 들고, "그렇네, 미엔 모 계곡에는 박쥐가 있네." 하고 구슬프게 말했던 것이 생각난다. 여전히 불은 딱딱 튀어오르고, 찢긴 침낭은 수선되고, 샛강은 바깥에서 쫄쫄대거나 쿵쾅댔다. 샛강은 놀랄 만큼 여러 소리를 냈다. 바닥 깊은 데서 올라오는 요란한 큰북 소리서부터 얕은 바위들 위를 적시고 지나가는 가녀린 소리에다, 불쑥 통나무 둑 쪽에서 온갖 소리가 합창으로 들려오기도 했다. 온종일 그리고 밤새도록 샛강이 들려주는 쫄쫄 소리는 처음에는 즐거웠지만, 그 광란의 밤에는 사악한 천사들이 조잘거리는 공포의 헛소리가 되어 머릿속을 어지럽혔다. 한편으로는 그래서 박쥐나 찢어진 침낭 따위는 안중에 없이 새벽 3시에 잠을 못 자고 말똥말똥 깨어 있었고, 불을 지피고 앉아 현명한 몬샌토가 이런 밤에 잠 못 이루고 읽은 뒤 놓아두었을, 가죽 장정에 딱 손아귀에 잡히는 판형의 『지킬 박사와 하이드 씨』를 독파해 버린 것이었다. 우아한 결말부 문장들을 다 읽고 보니 어느덧 새벽이라, 꾸르륵대는 샛강에서 물을 길어 온 다음, "한밤중에 침낭이 찢기듯 뭔가 잘못되어도 안달하지 않고서 자립정신을 발휘

하면 돼." 또는 "박쥐 따위는 상관없어." 같은 혼잣말을 하면서 팬케이크를 시럽에 찍어 아침 식사를 했다.

사실상 오두막에 홀로 남겨진 첫 오후, 그 경이로운 출발의 순간에 나는 첫 식사를 차리고 첫 설거지를 하고 첫 낮잠을 자고 일어나 샛강의 끈질긴 꾸르륵 소리 속 황홀경의 침묵 또는 천국의 울림에 귀 기울인다. 기껏 한 끼 식사를 차리고 첫 번째 설거지를 했다고, "혼자구나." 말하는 순간 오두막은 집이 되어 준다. 해가 지고, 아름다운 등유 램프를 경건하게 밝혀야 할 시간이 온다. 오후에 샛강에서 정성껏 램프 덮개를 씻고 화장지로 꼼꼼히 닦았는데도 얼룩이 남아서 다시 샛강에 나가 씻은 뒤 이번엔 그냥 햇볕 아래 말렸다. 늦은 오후의 해는 높고 가파르게 선 거대한 협곡 벽 뒤로 감쪽같이 사라졌다. 저물녘의 등유 램프는 오두막 안에서 빛을 발하고, 나는 밖으로 나가 『능가경』에 등장하는, 머리에 쓰는 그물 같은 양치류 이파리를 조금 뜯는다. "선생님들, 이것 좀 보세요. 아름다운 머리그물이랍니다!" 협곡 벽 너머로 늦은 오후의 안개가 쏟아지며 해를 가리자 쌀쌀하다. 포치의 파리들조차 산정 위 안개처럼 한없이 서글퍼진다. 놈들은 지는 해를 따라 에밀리 디킨슨의 예의 바른 파리들처럼 물러나 나무 틈새나 뭐 그런 데서 잠이 든다. 한낮에는 오두막에 들어와 지내다가 오후가 늘어질수록 열린 문간 쪽으로 점점 물러나는 모양이 괴이할 만큼 정중하다. 두 블록쯤 떨어진 곳에서 벌들이 윙윙거리는데 소란의 정도로 본다면 바로 지붕 위라 짐작할 만하다. 윙윙대는 벌들이 가까이 다가오면(다시 침 꼴깍) 나는 오두막으로 피신한다. 나를 찾아가라고 2천 마리 벌들이 무슨 전갈이라도 받았나, 의심될 지경이다. 하지만 이조차도 점차 익숙해지면서 매주 한 번씩 무슨 큰 파티가 벌어지는 모양이지 하게 된다. 그렇게 결국 모든 게 경이로워진다.

　그 무시무시했던 안개 낀 해변에서의 첫 밤조차 그랬다. 나는 노트와 연필을 갖고 모래밭 위에 책상다리를 하고 앉아 바라보았다. 음울한 바다가 만 뒤의 망루들을 휘감듯 떠오르는 바위들 위로 태평양의 광포가 번득이는 모양을. 동굴들 속에서 윙윙대다 철썩 빠져나오는 바다를. 밤바다의 형광빛 속에 음흉하게 웃으며 오르내리는 해초 무리를. 그 첫 밤, 거기 그렇게 앉아 있다가 문득 고개를 들자 절벽 위 오른쪽으로 불 밝힌 부엌이 보였다. 소름 끼치는 빅 서가 전부 내려다보일 그곳에 누군가 오두막을 짓고서 아마도 저녁밥을 먹으며 아늑하고 정다운 시간을 보내고 있었던 것이다. 오두막 부엌의 그 불빛은 희미한 등댓불처럼 뻗어 나가, 파도가 출렁대는 해안의 1천 피트 상공에서 사그라진다. 의원 출마에 넌더리가 난 모험심 강한 늙은 건축가가 아니면 누가 저 위에 오두막을 지을 것인가? 조만간 분명히 흰 나이트가운을 입은 여자가 가파른 절벽에서 훌쩍 뛰어내리는, 유령과 비명으로 가득한 오슨 웰스식 비극이 펼쳐지고 말 것 같았다. 그런데 실은 그처럼 울부짖는 안개 속에서, 그처럼 한참 아래 그야말로 불카누스의 대장간에서 슬픈 눈으로 그 모습을 올려다보며 내가 마음속에 그린 것은 그 아늑하고 정다운 불빛 아래 어쩌면 펼쳐지고 있을 낭만적인 저녁 식탁이었다. 나는 머리 뒤에서 엄청난 높이로 떠오르는 십억 년은 되었을 바위 위에 캐멀 담배를 비벼 껐다. 그 조그만 부엌 불빛은 그저 끄트머리에 있을 뿐 뒤로는 거대한 해안 절벽이 버티고 서서 오르내리며 육지를 더욱 높이 밀어 대는 바람에, "어깨가 떡 벌어진 빌어먹을 맹견이 누워 있는 것 같구나." 싶다. 불쑥 올라와 곧 죽을 만큼 겁주는 것인데, 하기야 물과 바위뿐인 여기서 죽는다 한들 무슨 대수겠는가.

오두막 포치에서 침낭을 수선하는데, 새벽 2시가 되자 안개에서 물이 뚝뚝 듣기 시작해 축축한 침낭이나마 가지고 안으로 들어가지 않을 수 없다. 잠자리를 새로 손보지만 이 적막한 숲속의 오두막에서 숙면 못 할 사람이 어디 있을까? 아침 늦게야 가뿐한 기분으로 일어난 나는 우주에 이름이 없었구나 싶다. 우주는 곧 천사다. 끈적끈적한 도시 탈출에 성공했으니 이 정도 찬사는 기본이다. 그리고 마침내 이렇게 숲속에 깃들고 나서야 '도시'를 향한 향수를 느낀다. 부드러운 저녁이 파리처럼 펼쳐질 도시로의 긴 회색 여정을 꿈꿀 뿐 그게 얼마나 역겨울지는 보지 못한다. 자연 속의 건강과 고요라는 원초적 순수 탓이다. 그래서 나는 자신에게 말한다. "지혜롭게 굴어."

빅 서

6

몬샌토의 오두막에도 결점은 있는데, 예를 들면 낮 동안 파리들을 막아 줄 방충망도 없이 커다란 유리창만 있는 탓에, 안개 낀 습한 날에 창을 열어 놓으면 너무 춥고 닫으면 대낮에도 램프를 켜야 할 정도로 아무것도 안 보인다는 점이다. 그것 말고는 없다. 모두 다 굉장하다. 계곡 건너편 꿈결 같은 오후의 히스 목초지를 즐길 수 있고, 반 마일도 못 되게 걸으면 찌무룩한 해안이 시야에 들어서고, 혹여 둘 다 싫증 나면 샛강 옆 습지 그루터기에 앉아 몽상할 수 있다니, 처음에는 놀랍기만 하다. 숲속에 들어앉아 백일몽을 즐기며 지역 신령들에게 "제가 여기 머물도록 해 주세요. 저는 그저 평화를 원한답니다." 하고 기도하기가 정말 쉽다. 안개 자욱한 산정들이 알았다고 묵묵히 화답하면 우리는 자신에게(만약 당신이, 아직 미치기 전이라서 그렇게 생각했던 그때의 나와 신에 관해 비슷하게 생각한다면) "만물에 깃든 신은 각성의 눈을 갖고 있는데 그것은 풀 수 없는 과제에 관해 긴 꿈을 꾸다 화들짝 깨어 '앗, 과제가 흔적도 없이 사라져 버렸네.' 하는 것과 비슷한 거야." 하고 일러 주게도 된다. 기쁨에 겨운 첫 며칠간 굳은 확신으로 스스로 다짐하길(기껏 두 주 만에 무슨 짓을 할지 까맣게 모르고), "방탕은 그만. 이제 세상을 조용히 바라보고 어쩌면 즐기기도 해야 할 때야. 먼저 이런 숲속에서, 그다음은 세상 사람들 틈에서 차분하게 걷고 말하는 거야. 술도 마약도 그만. 비트닉이며 술꾼들이며 마약쟁이들과의 흥청망청 파티도 그만. 전부 다 그만. 더는 나 자신에게 '아, 왜 신은 나를 괴롭히는 걸까?' 묻지도 않을 테야, 정말로. 외톨이가 되어 여행을 다니고 웨이터들에게만 말을 걸 테야, 정말로. 밀라노와 파리에서 그냥 웨이터들과 이야기를 나누며 걸을 거라고. 더 이상 자청해서 번민하고 그러지 않을 테야…… 우리가 지금 알고 있는 세상의 이 외관은 결국 머지않아 십억 년의 침니로 뒤덮일 것이라는 사실을 생각하고 관조하고 집중해야 할 때라고…… 그래, 그러니, 더욱 홀로 지낼 것." "어린 시절로 돌아가서 사과를 먹고 교리 문답서를 읽는 거야. 길가에 앉아 할리우드의 뜨거운 불빛 따위는 잊어버리는 거지." (겨우 한 해 전 버뱅크 스튜디오에서 〈스티브 앨런 쇼〉의 뜨거운 조명 아래 산문 낭독을 세 번째 리허설해야 했던 끔찍한 시간이 떠오른다. 백 명 가까울 기술자들이 낭독을 기다리고, 스티브 앨런이 피아노를 퉁퉁 울리며 기대에 찬 눈으로 바라보는 가운데 나는 엉터리 걸상에 앉아 더는 한 자도 읽지 않고 "리허설 따위 필요 없다고요, 스티브!" 항변하자 "어서 해 봐요, 목소리 톤을 확인해야 되니까. 한 번만 더요. 그러면 드레스 리허설은 생략할게요." 하는 대답이 돌아왔고, 그래서 나는 모두가 바라보는 자리에 앉아 1분이 다 되도록 한마디도 못 하고 땀만 쫄쫄 흘리다 이윽고 "아니, 못 하겠어요." 하고 바깥에 나가 술독에 빠졌었다.) (막상 방송에 들어가자 멀쩡하게 읽어 내는 바람에 프로듀서고 뭐고 다들 깜짝 놀라 한턱내겠다면서 신인 배우를 대동해 다 놀러 나갔는데, 그 여자는 나에게 자신이 쓴 시를 읽어 주려 하고 할리우드에서는 사랑도 장사라며 사랑 이야기는 하지 않는 등 따분하게 굴었다.) 이렇게 천천히 안거나 눕거나 걸으며 세상 속에 살면서 겪었던 경이롭고 기나긴 기억들, 그 모든 디테일들까지 천천히 되새기는 것인데, 이제 그것은 백만 광년 거리의 이야기가 되어서 멋대로 불러와 살펴보고 즐길 수 있는 유쾌한 정신적 영화의 양상을(밀폐된 방 안의 프루스트에게 그랬을 것처럼) 띠었다. 바로 이 순간 신도 자신의 영화, 즉 우리를 내려다보며 그렇게 즐기고 있으리라.

흡족하게 한숨을 내쉬며 돌아누워 다시 잠을 청하려니 불쑥 쥐 한 마리가 머리 위로 달려가는 밤조차 경이로운데, 왜냐하면 내 몸이 푹 꺼지지 않도록 접이식 간이침대 양편에 널따란 판자를 덧대고 판자 위쪽에 낡은 침낭들을 포갠 다음 그 위에 내 침낭을 올려놓자 세상 최고로 경이롭고 쥐의 방해도 피할 수 있고 허리 건강에도 으뜸인 침대가 되었기 때문이다.

내륙 쪽에는 뭐가 있는지 보고 싶어서 호기심으로 장거리 하이킹도 간다. 외딴 목장들이며 벌목장들로 이어지는 흙길을 따라 몇 마일 걸어가면 애달프고 고요한 큰 골짜기가 나오는데, 그곳은 작은 새 한 마리가 꼭대기에 간혹 앉기도 하는 150피트짜리 키 큰 삼나무들로 그득하다. 새는 거기 높이서 안개와 거목들을 살피며 중심을 잡고 있다. 골짜기 건너 저편 절벽 위에서 흔들리는 꽃 한 송이, 제우스 얼굴 비슷한 삼나무의 커다란 옹이, 샛강 웅덩이 주변을 얼쩡대는 조그맣고 괴상한 존재들(사슴벌레들), 외진 울타리에 걸린 'M. P. 패시, 출입 금지' 팻말, 삼나무 그늘의 양치식물 단지 같은 게 눈에 들어오면서, '이 열대 우림은 비트 세대와 참 멀리도 떨어졌군.' 하는 생각이 절로 든다. 내가 사는 협곡을 향해 발걸음을 돌리고 오두막을 지나쳐 해안에 노새가 있는 바다로 나아간다. 노새는 1천 피트 다리 밑에서 풀을 뜯다가 가끔은 그냥 서서 에덴동산의 커다란 갈색 눈으로 나를 바라보기도 한다. 다른 오두막 주인이 기르는 이 노새의 이름은 앨프다. 울타리로 가로막힌 협곡의 한쪽 끝에서 바다로 가로막힌 반대쪽 해안으로 왔다 갔다 하는, 괴이한 첫인상이 어쩐지 고갱풍인 앨프는 새하얀 모래밭에 검은 똥 덩이를 남기며 골짜기가 다 제 것인 양 여기는 태초의 노새처럼 구는 데다가, 나중에 알게 됐지만 잠도 그 꿈결 같은 히스 목초지 안, 나무가 우거진 신성한 작은 숲에서 잔다. 내가 남은 사과를 주자, 앨프는 부드러운 털로 덮인 주둥이 속 크고 듬성듬성한 이빨로 손바닥에 놓인 사과를 물어 씹기보다는 애달프게도 우적우적 하며 삼킨 뒤, 몸을 돌려 궁둥이를 나무 밑동에 대고 굉장히 섹시하게 긁더니 그 통에 나야 말할 것도 없고 바빌론의 매춘부조차 기겁

할 만큼 물건이 바짝 서 버리고 말았다.

괴상하고 기묘한 것들이 그 외에도 많은데, 아마도 500년 전에 쓰러졌을 법한, 샛강에 가로놓인 거목의 믿거나 말거나 한 상황도 그렇다. 그것은 이제 다리로 이용되고 있는데, 기둥 반대편은 진흙과 나뭇잎 따위가 섞인 구덩이에 10피트 깊이로 묻혀 있고, 괴상하게도 물 위에 놓인 중간 부분은 보통 삼나무처럼 곧고 멀쩡한 것이 마치 신의 손으로 누르거나 때려 편 것만 같다. 나는 대학생 아이처럼(바워리에서 머리를 박고 나자빠진 게 불과 몇 주 전이다.) 땅콩 한 줌을 우적우적 씹으며 어이없어 하는 눈으로 그것을 바라본다. 목장주 차가 지나갈 때도 나는 백일몽에 한창이었으니, 예컨대 농부 존스가 딸 둘과 함께 지나가는데 내가 60피트 길이의 삼나무를 겨드랑이에 끼고 유유히 걸어간다. 그걸 본 그들이 입을 쩍 벌리고 "이거 꿈이지? 저토록 힘센 사람이 정말 있을 수 있어?" 감탄하며 내게 물어 오면, 나는 선불교식 답변으로 "당신들은 내가 힘이 세다고 생각하는 것일 뿐입니다." 한 뒤, 나무를 지고서 가던 길을 계속 가는 것이다. 하도 웃겨서 토끼풀 들판에서 몇 시간이고 깔깔 웃는다. 지나는 길에 소 한 마리가 나를 보며 꿈결 같은 한 더미 똥을 퍼질러 싼다. 오두막에 돌아와 불을 지피고 앉아 깊은숨을 내쉰다. 양철 지붕 위에서 나뭇잎들이 미끄러진다. 빅 서의 8월이다. 의자에 앉아 잠들었다가 일어나 보니 문밖에 조그만 나뭇조각들이 잔뜩 뒤엉켜 있다. 그것을 보자 오래전 일이, 나뭇조각의 뒤엉킨 촉감이며 뒤틀린 모양새까지 어릴 때 살았던 집의 기억처럼 세세하게 되살아난다. 이게 무슨 난리야, 어리둥절해 있는데 바람에 문이 쾅 닫히며 그 광경이 사라져 버린다. "열렸냐 닫혔냐, 문이 허락하는 만큼만 보이는 것이네." 하는 결론에 다다른 나는 자리에서 일어나면서 아무도 듣지 못할 요란한 영국 귀족의 음성으로 "제기된 문제는 곧 처치된 문제로 사료됩니다, 전하." 하고('문제[issue]'를 '무운제[iss-yew]'로 발음하면서) 한마디 덧붙인다. 덕분에 저녁밥을 다 먹을 때까지도 킥킥대고 웃는다. 포일에 싸 불에 던져 구운 감자, 커피, 구운 스팸 몇 꼬치, 애플 소스, 치즈가 저녁밥이다. 식후 독서를 위해 램프를 켜자 밤나방들이 램프에 달려들어 죽음을 맞이한다. 램프를 잠시 껐다 켜 보니 다시 불이 켜진 것도 모르고 나방 한 마리가 벽에 붙어 잠들어 있다.

그런데 한편, 또 그러나, 동부에 비하면 춥다고 할 수도 없지만 어쨌든 춥고 흐리거나 축축한 날씨가 연일 계속되고, 밤 또한 변함없이 안개가 자욱하여 별은 단 하나도 보이지 않는다. 하지만 이것조차 경이로운 상황임을 알게 되니, 바로 지금이 '다습한 계절'이라 계곡의 다른 주민들(주말 방문객들)이 주말에 찾지 않아 몇 주간 완전히 혼자일 수 있는 시기인 것이다.(왜냐하면 태양이 안개를 토벌하는 8월 하순이 되자 오롯이 나의, 나만의 것이었던 계곡 여기저기서 웃는 소리와 버석거리는 소리가 들려와 깜짝 놀랐고, 해변에 쭈그려 앉아 글을 좀 쓰려 하면 나들이 나온 가족들로 붐비는 데다 젊은 축들이 아예 높은 절벽 다리에 차를 세우고 내려오기까지 했다.) (일부는 소란을 피우는 날건달들이었다.) 열대 우림의 여름 안개는 장관이었지만 8월 태양의 승리와 함께 끔찍한 일이 일어났으니, 돌풍 같은 가공할 바람이 계곡을 덮치면서 나무들이 죄다 소름이 끼칠 만큼 으르렁거려 마치 그들 사이에 한바탕 전쟁이 벌어진 듯했고, 오두막이 흔들려서 밤잠을 설치기도 했으며, 이는 실로 나의 광증 발작에 기여한 한 요인도 되었다.

하지만 가장 경이로운 날이 있었으니, 나는 내가 누구이고 여기는 어디인지 몇 시나 되었는지 따위를 모두 다 잊고 바지를 무릎 위로 걷어 올린 채 샛강에 들어가 바위와 꺾인 가지 따위를 옮겨, 내가 쪼그려 서 있는 곳(가장자리 모래밭 가까이)에 깨끗한 물이 콸콸거리며 깊게 몰려오게 한 뒤(벌레가 섞인 물이 진흙 위로 야트막하게 쫄쫄 흘러오는 게 아니라), 흰모래를 파헤치고 땅 밑의 돌멩이들을 옮기고 항아리를 기우뚱하게 묻어서 벌레 없이 맑고 순정한 물로 단숨에 채워 내는, 이른바 물줄기 내기 작업에 열중했다. 내가 구부정히 선 자리로 물이 너무 빠르고 깊게 지나가는 바람에 샛강 기슭의 토사가 쓸려 나가지 않도록 바위 안벽 같은 것을 만들어야만 했다. 돌멩이로 안벽 바깥쪽을 강화하고 있을 때 어느새 해가 기울었고, 나는 허리를 굽히고 코를 훌쩍거리며(온종일 바깥에서 논 아이가 그러듯) 돌멩이 사이에 자잘한 자갈을 박아 넣음으로써 새어 나온 물이 샛강 기슭의 아주 작은 모래알이라도 쓸어 가지 못하게 완벽한 안벽을 구축하고는, 다른 누구든 간에 성수를 길으러 왔다가 무릎을 꿇고 경배하도록 나무 팻말도 하나 세운다. 정오부터 일몰까지 하루가 다 소요된 이 작업을 마치고 고개를 들자, 내가 어디 있고 누구인지, 그리고 방금 무슨 일을 했는지 깨달으며 나는 놀란다. 그것은 숲속에서 홀로 통나무배를 짓는 인디언의 것 같은 완전한 순수다. 몇 주 전만 해도 바워리에서 머리를 박고 나자빠져 다들 중상을 입은 줄 알았으니까. 나는 즐거운 노래를 부르며 저녁밥을 차리고 안개를 뚫고 차갑고 흰 달빛이 비치는 바깥으로 나가 어여쁜 빛 아래 콸콸 흐르는 새 급류를 경이에 찬 눈빛으로 바라본다. "안개가 걷혀 달과 별들이 나오는 밤이 되면 정말 아름답겠다."

그리고 그런 것들. 그런 조그만 기쁨들은 나중에 돌아가서 보니 끔찍하게도 모조리, 가련한 나무 팻말이며 물줄기까지 불길하게 변해 있었으니, 내 눈과 뱃속은 메스껍고 내 영혼은 천 마디 말을 지껄였는데, 아…… 설명하기 어렵지만, 최선은 거짓되지 않는 것이리라.

7

　나흘째부터 슬슬 싫증이 나서, 일기에 놀란 감정을 담아 "벌써 따분하다고?"라고 적었다. 에머슨의 근사한 글귀 앞에서 정신을 번쩍 차려 본다. (붉은 가죽 장정 책에 수록된 「자기 신뢰」라는 수필에서 에머슨은 인간이란 "자신의 일에 전념하고 최선을 다했을 때 안심하고 즐겁다."고 했는데, 이 말은 한갓 물줄기를 내는 일이나 이런 시시껄렁한 글쓰기에도 똑같이 적용된다.) 미국의 아침 나팔이라 불리고, 휘트먼을 예고했고, "유아는 누구에게도 복종하지 않는다."라고도 말했던 에머슨의 언어들. 무엇을 해야 하고 무엇이 되어야 하는지 그 누구의 생각에도 복종하지 않으면서 그저 숲속에서 행복할 수 있는 단순한 유아. "삶은 사과(謝過)가 아니다." 허영에 차고 심술궂은 박애주의자 겸 노예제 폐지론자로부터 노예 제도 문제에 무심하다는 비난을 받자 그는 "먼 것을 사랑함은 가까이 있는 것을 사랑하지 못함이다."라고 말했다.(그 박애주의자도 사실은 흑인 노예를 부리고 있었는지 모른다.) 그래서 나는 다시 '어린 아이 타이진'이 되어 뛰어놀고 바느질을 하고 저녁밥을 짓고 설거지를 한다.(불 위에 물 주전자를 항상 올려놓으면 설거지할 때 끓는 물을 바로 붓고 타이드 세제를 넣고 설거지감을 푹 불린 뒤 다섯 또는 열 줄 수세미로 박박 문대어 깨끗이 씻어 낼 수 있다.) 슈퍼마켓에서 10센트에 파는 그 노란 구리 수세미의 효용을 생각하며 긴 밤을 보내기도 하는데, 내가 볼 때 그것은 오두막에서 주워서 어깨를 들썩여 가며 읽은 『황야의 이리』라는 어리석고 무의미한 소설보다 훨씬 더 흥미롭다. 오늘날의 '순응'을 반영하는 이 노인은 니체를 자처하는 듯한데, 그보다는 50년 후 나타난 '도스토옙스키 아류'라 보는 게 맞다.(다른 사람들이 좋아하는 것을 자신은 좋아하기 어렵다는 이유로 이른바 '개인의 지옥'에 빠졌다고 느끼는.) 낮에는 프린스턴 대학 로고처럼 주황과 검정이 섞인 나비 날개를 감상하는 게 백번 낫고, 밤에는 해안에서 바닷소리를 듣는 게 천 번 낫다.

어쩌면 괜히 나가서 겁을 먹거나 따분해하거나 고생하지 말았어야 했는지도 모른다. 한밤중 그 해변은 보통 사람에게도 충분히 무서운 곳이니까. 매일 밤 저녁밥을 먹고 8시경에 어부 코트를 입고 노트와 연필과 램프를 챙겨 오솔길을 걸어 내려갔다.(이따금 유령 같은 앨프를 지나치기도 했다.) 그 무시무시한 높은 다리 밑을 지나며 짙은 안개 너머로 대양의 흰 아가리가 나를 향해 솟구치는 것을 보았다. 하지만 지형을 알기에 주

눅 들지 않고 계속 걸어서 샛강을 뛰어넘고 동굴 근처 절벽 귀퉁이의 내 자리에 이르러 어둠 속에 바보처럼 우두커니 앉아 파도 소리를 비서 노트에 받아 적었다. 어둠 속에서도 흰 종이가 보여서 굳이 램프의 도움 없이도 끼적일 수 있었다. 절벽 저 위쪽에서 다정한 저녁 식사를 즐기고 있을 사람들이 놀랄까봐 램프를 켜고 싶지 않기도 했다.(나중에 알고 보니 다정한 저녁 식사를 즐기는 사람은 없고, 목수들이 불을 밝히고 야간 개조 작업에 한창일 뿐이었다.) 그러고 있으면 15피트 위로 치솟는 조수가 두려워졌지만, 수 마일 저편에서 그루머스 높이로 닥쳐오는 조수를, 내가 못 보고 지나칠 수도 있는데 하와이가 굳이 그런 것을 보내올 리 없다고 소망하면서 버티곤 했다. 어느 날 밤에는 두려움을 참고 커다란 절벽 끝머리 10피트 높이 벼랑 위에 앉아 있는데, 파도가 "우릉, 우릉구르릉" "쿠르릉쾅쾅" "처얼썩" 등의 소리를 내며 몰려들었다. 밤의 파도 소리는 특히 그렇다. 무슨 문장을 말한다기보다는 외마디 단문이기 쉽다. "뭐지? ……방금 부딪쳐 온 그것? ……같은 거네 뭐. 아, 쾅당탕……." 이런 걸 받아 적는다는 건 실없는 짓이지만 그래도 그래야만 할 것 같았던 게, 죽은 제임스 조이스가 환생해서 이 일을 할 것도 아니잖은가.(그리고 '내년에는 이를테면 콘월 해안에서 대서양 밤바다 소리를 받아 적거나 갠지스강 하구와 만나는 인도양의 부드러운 소리를 받아 적어도 좋겠구나.' 하는 생각과 함께.) 그렇게 나는 거기 앉아 모래밭에 몰아닥치는 파도의 각양각색 음성에, "쾅당탕, 촤알촬촬, 우르릉부릉, 쿠룩, 차랑창차창……." 등등의 소리에 귀를 기울였다. 가끔 고개를 들어 자동차가 높은 다리를 건너는 보기 드문 장면을 보며, 이 황량한 안개 긴 밤에 그들은 무엇을 보았을까, 1천 피트 저 아래 웬 미친놈이 앉아 어둠 속에서 뭔가를 쓰고 있다는 걸 알기나 알까 궁금해했다. "무슨 해양 비트족인가?" 할 것 같다가도, 아니, 이 모양을 보고 나를 비트족으로 간주할 리는 없다 싶기도 하다. 커다란 검은 바위들이 움직이는 것 같다. 모질고 끔찍하게 아우성치는 고립감, 정말 보통 사람은 감당할 수 없는 것이다. "나는 브르타뉴인이다!" 소리쳐 보면 검은 어둠이 "Les poissons de la mer parlent Breton.(바다의 어부들은 브르타뉴어로 말한다.)" 하고 대꾸해 온다. 그럼에도 나는, 설사 내키지 않을 때도 마치 그것이 의무라도 되듯, 매일 밤 거기 가서(그리하여 아마도 실성한 거겠지만) 바다의 소리들을 적고 그 정신 이상자의 시에 「바다」라는 이름을 붙인다.

그곳을 떠나 한결 인간적인 숲속으로, 내 오두막으로 돌아오면 항상 기분이 좋다. 아직 불이 지펴져 있고 보살(菩薩) 램프며 식탁 위 양치식물 물컵이며 재스민차 상자도 가까이 있어, 바깥의 험한 물과 달리 부드럽고 인간적이다. 나는 정성껏 머핀을 굽고 "제가 먹을 빵을 구울 수 있는 자는 복될지어다." 혼잣말을 해 본다. 그렇게 3주가 마냥 행복하다. 피울 담배도 직접 마는 데다가 수세미처럼 값싼 물건을 이렇게 근사하게 활용할 수 있다니 이 얼마나 멋진 일인지 명상도 해 본다. 하지만 지금 내가 생각하는 건 내 륙색에 든 소지품들로, 예를 들면 25센트짜리 플라스틱 셰이커가 되겠는데, 나는 방금 그걸로 머핀 반죽을 만들었고, 따뜻한 차나 와인이나 커피나 위스키를 마시는 데 쓴 적도 있고, 심지어 여행길에 깨끗한 손수건을 넣어 다니기도 했다. 지닌 지 5년째인 셰이커의 윗부분은 나의 성배다. 비싸기만 했지 사 놓고 한번 쓰지도 않은 쓸모없는 물건들에 비해 한없이 귀중한 소지품이 또 있는데, 역시 지닌 지 5년째인 부드러운 검정 수면 스웨터는 습한 빅 서의 여름밤과 낮에도 변함없이 입는다. 추운 날이면 플란넬 셔츠 위에 겹쳐 입고, 침낭에 들어가 잘 때는 스웨터만 입어도 된다. 효용과 가치가 무한대다! 반대로 뉴욕에서 방송에 나갈 때만 몇 번 입고 다시 입은 적 없는 고급 바지나, 40달러에 사 놓고 옆 주머니조차 트이지 않아서(우리는 상표와 이른바 '마름질'에 값을 치른다.) 한 번도 입지 않은 레인코트 같은 비싼 물건들은 정말 쓸모없는 것들이다. 텔레비전 출연을 위해 사 입고 다시는 입지 않은 값비싼 트위드 재킷이나 할리우드에서 한 벌당 9달러에 사 놓고 다시는 입지 않은 시시껄렁한 스포츠 셔츠들도 마찬가지다. 자그마치 8년 전에 캘리포니아주 왓슨빌의 쓰레기장에서 발견하고 편안하게 즐겨 입어 온 녹색 티셔츠를 떠올리니 눈물이 다 나온다. 샛강에 물줄기를 새로 내어 강둑 판자 주변의 깊고 요긴한 새 웅덩이를 따라 물이 흐르게 작업한 것이나, 아이처럼 신나게 노는 것이나 이런 작은 것들이 사실은 중요하다.('클리셰'야말로 자명한 이치고 자명한 이치는 곧 진실이다.) 죽음의 문턱에서 내가 떠올릴 것은 MGM이 내 책을 영화화한 사실보다는 샛강에서의 그 하루가 아닐까, 사파이어가 장식된 가운보다는 누군가 쓰레기장에 버린 녹색 티셔츠가 아닐까? 그게 천국에 들어가는 최선의 길 아닐까?

낮에는 해변에 가서 「바다」를 쓴다. 맨발로 바닷가에 서서 발가락으로 다른 쪽 발목을 긁적인다. 파도의 리듬이 들린다. 그것들은 별안간 "버글버글푸타탕" 하고 말한다. 나는 오두막에 돌아가 차를 끓인다.

여름 오후……
재스민 잎을
성마르게 씹는다

태양이 강렬하게 돌아와 내가 책과 커피를 옆에 놓고 앉은 멋진 포치에 쏟아지는 이 한낮, 수천 년 동안 이 협곡을 물려주고 물려받았을 옛 인디언들을 생각했다. 멀리 10세기까지 거슬러 올라가도 이 골짜기는 비록 나무들은 변했을지라도 지금과 똑같았을 것이다. 옛 인디언들, 근래에도, 그러니까 1860년만 해도 건재했던 그 인디언들의 조상들. 저마다의 원한과 희열을 땅 밑에 묻고 죽어 사라진 그들. 지난 60년간의 벌목으로 저 뒤편 언덕의 분수령이 훼손되면서 샛강이 1인치는 깊어졌을 것이고, 여자들은 토산물 도토리 같은 걸 두들겼을 텐데, 한편 드디어 계곡에서 자연산 견과류를 찾아 먹어보니 맛이 달았다. 남자들은 사슴을 사냥했으려나 싶지만, 그들이 사실 뭘 했는지 거기 없었던 내가 어찌 알겠나? 어쨌든 서기 960년에 난 그들의 발자국 위에 대략 천 년의 티끌이 내려앉았을 뿐 똑같은 계곡이다. 그리고 내가 볼 때 우리의 새 언어로 거론하기에 세상은 너무 늦었다. 이 계곡의 10세기 주민들처럼 우리도 그렇게 똑같이 조용히, 다만 조금 더 소란스럽게 백만 년도 지속되지 못할 다리와 댐과 폭탄 따위를 지닌 채 살다가 사라져 갈 것이다.(지나갈게요, 지나갑니다.) 이렇게 살다 사라질 세상이란 크게 보아서 불평할 것도 없고 그저 괜찮다. 골짜기의 바위들에게도 수백억 년 전의 선조가 있었고 그들 역시 아무런 불평을 남기지 않았다. 벌들도 최초의 성게들도 대합들도 잘린 발도 마찬가지다. 지금 내 눈앞, 세상의 온갖 가련한 정경들이 모두 마찬가지다. 그 골짜기를 바라보며 또 깨달은 것은 점심을 차려야 할 시간이고, 그것은 그 옛날 사람들이 먹은 점심과 다를 바가 없으며, 맛있을 것이라는 사실이었다. 모든 게 다 똑같다. 안개는 "안개인 우리는 덧없이 흩어져 날아간다."고 말하고, 나뭇잎은 "나뭇잎인 우리는 바람 속에서 흔들거릴 뿐, 왔다 떠나고 자랐다 진다."고 말한다. 내 쓰레기장의 종이봉투조차 "펄프를 원료로 한 인조 종이봉투인 우리는 되도록 종이봉투임을 자랑스러워하겠지만 우기가 돌아오면 자매인 나뭇잎과 함께 다시금 무성해질 것이다."라고 말한다. 나무둥치는 "인간이나 바람에 의해 땅에서 뽑혀 나온 나무둥치인 우리는 흙으로 꽉 차 있고 흙에서 양분을 흡수하는 커다란 덩굴손을 가지고 있다."고 말한다. 인간은 "인간인 우리는 나무둥치를 뽑고 종이봉투를 만들고 지혜로운 생각을 하고 점심을 차리고 주위를 둘러보고 모든 게 똑같다는 사실을 깨닫기 위해 지대한 노력을 기울인다."고 말한다. 한편 모래는 "모래인 우리는 이미 안다."라고 말하고, 바다는 "우리는 늘 왔다 떠나고 철썩 떨어진다."고 말한다. 우주의 텅 빈 푸른 하늘은 "이 모든 것이 내게 돌아왔다가 떠나고 다시 돌아왔다가 또다시 떠나는데 어쨌든 모두 내 것이다."라고 말한 다음 "나를 영원이라고 부르지 말고 괜찮다면 신이라 불러라. 재잘대는 너희들 모두 다 낙원에 있다. 나뭇잎이 낙원이고 나무둥치가 낙원이고 종이봉투가 낙원이고 인간이 낙원이고 모래가 낙원이고 바다가 낙원이고 인간이 낙원이고 안개가 낙원이다."라고 덧붙인다. 이처럼 경이적인 통찰력의 소유자가 한 달 새에 미친다는 걸 상상할 수 있을까? (조잘대는 종이봉투들, 모래들이 모두 진실을 말했다는 건 인정해야 하리라.) 하지만 나는 지저분한 낙엽이 바람에 날리더니 샛강으로 들어가 빠르게 바다를 향해 밀려 내려가는 것을 보고 말할 수 없는 공포에 사로잡혀, '맙소사, 뭘 알고 말하고 행하든 우리는 다 바다로 쓸려 내려가는 거야.'라고 생각했던 게 기억 난다. 그때 꼬부라진 가지에 앉았던 새 한 마리가 아무 소리도 없이 홀연히 사라졌다.

8

하지만 달빛 아래 안개 낀 밤이, 화로 속에서 타오르는 불꽃이 있다. 사과를 건네주면 두꺼운 입술로 받아먹는 노새가 있다. 깡통 우유를 내어주면 부리에 우유 방울을 달고 앞뒤로 고갯짓을 하며 쪼아 먹는 어치가 있다. 한밤중 바깥에서 뭔가를 긁는 너구리나 들쥐가 있다. 치즈와 초콜릿을 놓아둔 구석에서 저녁을 먹는 작은 생쥐도 있다.(쥐를 잡던 시절은 이제 지나갔다.) 안개 속에 너구리가 있고 화롯가에 남자가 있다. 둘 다 한없이 쓸쓸하다. 밤 바닷가에 앉았다가 무어라 중얼대며 발걸음을 옮기는 늙은 중처럼 돌아오던 길에, 작은 가슴을 동동거리며 나무를 타고 오르는 너구리의 움직임에 불쑥 손전등을 비추고 프랑스어로 "안녕, 귀여운 친구(allo ti bonhomme)." 하고 외치는 내가 있다. 49센트짜리 수입산 올리브 병이 있고, 나는 그리스 언덕의 늦은 오후를 상상하며 올리브를 하나씩 집어 먹는다. 토마토소스를 친 나의 스파게티가 있고, 나의 오일과 식초가 있고, 나의 무척 맛있는 사과소스가 있고, 나의 블랙커피와 로크포르 치즈와 저녁 식사 후의 견과류가 있고, 세상에, 숲속의 모든 것들이 있다. (한밤중에 천천히 씹는 부드러운 올리브 열 알은 화려한 음식점에 가 본들 아무도 못 누리는 것이다.) 뒤엉킨 나뭇조각으로 가득한 지금 이 순간이 있다. 아내가 노려보자 가지 위에서 금세 조용해진 새가 있다. 예글렙스키의 발레만큼 정묘한 도끼 손잡이의 우아함이 있다. 조금씩 더 또는 덜 부옇게 몽환적으로 서 있는 아름다운 산들 속에서 중국과 일본의 전통 비단그림처럼 8월 한밤의 안개 자욱한 달빛 아래에서도 신통하게 장밋빛으로 빛나는 '미엔 모 산'이 있다. 날개도 없이 기어다니다 물통에 빠진 작은 벌레를 건져 줬더니 이리저리 헤매다 포치에 이르러 얼쩡대고, 나는 지겨워질 때까지 그것을 본다. 밖에는 제 할 일에 열중한 거미가 있다. 오두막 천장에는 고리에 매달린 베이컨이 있다. 달그림자 아래 선 미치광이의 웃음소리가 있다. 괴상한 보리수나무에서 훗훗 우는 올빼미가 있다. 꽃들과 삼나무 장작들이 있다. 소박한 장작불이 있고, 건성으로 또는 신중히 불을 지피는 일이 있는데, 그것은 다른 모든 행동들처럼 '행동하지 않음' 즉 무위(無爲)인 동시에, 특히 장작불이란 눈송이처럼 매번 저마다 다르다는 점에서 그 자체로 하나의 명상이기도 하다. 그리고 화염 속 삼나무 장작이 수지까지 타들어 가는 정화 작용이 있다. 엇갈려 벤 장작은 숯이 되면서 간다르바스의 땅 또는 황혼 녘 서부의 산처럼 보인다. 중의 빗자루와 주전자가 있고, 모래와 바다 위로 층을 이루어 앉은 부드러운 거품이 있다. 잠을 좀 제대로 자기 위한 부산한 준비 작업도 있으니, 이를테면 어느 밤 나는 수면 양말을 찾아 헤매다(침낭 안쪽을 더럽히지 않으려고) 실없이 "내 양말은 어디 있는가?" 콧노래를 부른다. 물론 골짜기를 내려가면 내 시야에 잡히는 유일한 생명체인 노새 앨프가 있다. 한참 자고 있을 때 홀연 떠오르는 달이 있다. 우주 보편의 신성 또한 있으니, 여기가 아니면 어디에 있겠는가. 저물녘 흙길에는 사슴 가족이 있다. 습지를 따라 콸콸거리며 흘러가는 샛강이 있다. 내 엄지에 코를 비비다 펼쳐 놓은 책 위에 올라서는 파리가 있다. 건달처럼 머리를 좌우로 흔들어 대는 벌새가 있다. 그 모든 것이 "오줌을 누었노라, 바다를 향해. 산(酸)은 산으로, 나는 그대에게로." 하는 소곡을 바다에 바치기도 한 내 모든 멋진 생각들이 있으나, 그럼에도 나는 3주 만에 미쳐 버렸다.

그처럼 편안한 상태에서 어떻게 미칠 수가 있을까. 하지만, 잠깐! 무언가 잘못되었다는 신호들이 있다.

9

첫 번째 신호는 협곡의 보행로를 따라 고속도로로 다시 하이킹을 다녀온 그 기막힌 날에 나타났다. 다리 위에는 목장주의 우체통이 있어 우편물(고양이 타이크에게 내 키스를 전해 달라고 어머니에게 쓴 편지와 '못난이 땅콩이 깜장 땅콩에게'라고 겉봉에 써서 오랜 친구 줄리언에게 보내는 편지)을 부칠 수 있었다. 한참 올라가는 길, 저 아래 반 마일쯤 거리에 아름드리나무들에 싸인 내 오두막의 평화로운 지붕과 포치와 내 간이침대와 그 옆 벤치에 놓인 붉은 손수건까지 모두 보였다.(반 마일 거리에서 바라본 내 손수건, 그 소박한 풍경에 나는 말할 수 없이 행복해졌다.) 돌아오는 길에는 잠깐 멈추어 성스러운 노새 앨프가 자는 작은 나무숲에서 명상을 했다. 감은 눈꺼풀 안에서 태어나지 않은 자들의 장미가 붉은 손수건처럼 또렷이 보이고, 저

다리 건너 바닷가 모래밭의 내 발자국도 그랬다. 보드라운 풀밭 모래 위에 책상다리로 앉아 '태어나지 않은 자들의 장미'를 보거나 그 말들을 들었다. 삶의 한가운데에 놓인 무서운 고요함을 듣는 사이 마치 이튿날의 예감인 듯 이상하게 기분이 가라앉았다. 오후에 바다에 나가서는 상쾌한 바다 공기를 다 들이마시고 싶어서 요가 심호흡을 했는데, 아이오딘이나 모종의 악이나 어쩌면 바다 동굴이나 해초 도시나 아니면 다른 무엇인가가 과다 흡입됐는지 심장이 빠르게 뛰기 시작했다. 웬 국소 진동이 오나 싶게 거의 기절할 지경인데, 성 프란체스코의 무아경의 기도일 리는 없고, 내 안의, 아니, 우리 모두의 영구적인 병증에 대한 공포의 형태로 나를 짓누르는 것이다. 삶에 대한 생각들 또는 숲속에서의 명상, '궁극' 어쩌고 하는 것들과 이를테면 저녁밥 짓기나 "이제 뭘 하지? 장작을 팰까?"라고 말하는 것 같은 온갖 보호 장비를 박탈당하고 알몸으로 서 있는 느낌과 함께, 어떻게든 계속 살아가기 위해 다음 할 일이 있다고 생각하며 평생 나 자신을 기만해 왔을 뿐, 나는, 아니, 우리 모두는 병든 광대에 지나지 않는다는 지독한 깨달음이 엄습해 왔다. 그저 처량하게, 이 끔찍한 상태(죽음의 절망)에 놓인 영혼을 위로하려는 흔해 빠진 노력도 없이, 간신히 졸도를 면한 채 모래밭 위에 앉아, 만일 신이 존재한다면 그의 영화 감상 경력에서 가장 비참한 꼴이 틀림없을 표정으로, 돌연 더 이상 파도도 아닌 파도를 응시했다. 젠장, 쓰기가 싫다. 내 온갖 속임수가 백일하에 드러났다. 아니, 그게 다 허풍임이 만천하에 드러났다는 깨달음조차 백일하에 드러났다. 바다는 내게 "네 욕망으로 돌아가, 여기서 미적거리지 말고."라고 말하는 것 같다. 바다는 신과 같고, 신은 우리가 추운 밤 바닷가에 멍하니 앉아 쓸데없는 소리나 받아 적고 있기를 바랄 리 없다. 신은 우리가 불쾌한 삶의 유한성을 뚫고 나와서 모쪼록 낙원을 향해 나아가는 데 필요한 자기 신뢰라는 도구를 주었다. 하지만 나처럼 비참한 자들은 그것조차 알지 못하고, '우리'일 때 우리는 경탄한다. 아, 삶은 낙원을 향한 문, 길, 그러니까 경로인바, 즐거움과 기쁨과 사랑을 위해 또는 모종의 여자와 불가에서 새롱거리기 위해 살아서는 안 될 이유가 무엇이겠는가? 우리 욕망을 좇고 웃음을 터뜨리면 왜 안 된다는 말인가……. 그러나 나는 그 해안에서 달아났으며 돌아갔을 때는 그것이 나를 원치 않는다는, 애당초 거기 앉은 것부터 바보짓이었다는, 바다에게는 파도가 있고 인간에게는 난롯가가 있다는 비밀을 절감하고 있었다.

그것이 뒤이은 일탈의 첫 번째 신호다. 하지만 오두막을 나서서 히치하이크로 샌프란시스코에 돌아가 모두를 다시 본 그날이 되어서는 그간 먹어 온 음식조차 지겹다.(젤리를 잊고 안 가져왔다. 숲속에서 지방 덩어리 베이컨과 옥수숫가루로 연명하려면 젤리가 필요하다. 숲에 사는 누구에게나 젤리는 필수다.) (또는 코카인.) (또는 그런 것.) 하지만 떠날 시간이다. 바닷가의 아이 오딘을 품은 공기가, 오두막의 권태가 이제 무서워진 나는 잘 상하는 식료품 20달러어치를 어치나 너구리나 쥐들이 먹을 수 있도록 오두막 포치 아래 큼지막한 판자에 올려 두고 짐을 싸 출발한다. 하지만 떠나기 전 이것이 내 오두막이 아니라는 사실을 깨닫는다.(내 광증의 두 번째 신호다.) 내게는, 여태 그랬듯, 몬샌토의 쥐약을 감추고, 앞서 말했듯이, 쥐에게 쥐약 대신 먹이를 줄 권리가 없다. 따라서 나는 타인의 오두막에 신세진 공손한 손님답게 쥐약 병의 뚜껑을 열고 맨 위 선반에 놓아두는 선에서 아무도 불평하지 못 하게 타협한다. 그리고 곧바로 출발한다. 그런데 나의 부재 동안……일단 두고 보시라.

10

혜능 스님 이야기대로 고르고 바른 마음으로 륙색을 등에 지고 바보처럼 좋아 날뛰며 기껏 3주 만에, 권태를 느끼기 시작한 지 겨우 사나흘 만에 달콤한 휴양과 이별하고 도시를 갈망하며 나는 떠난다. 토마스 아 켐피스는 토요일 밤 넥타이를 고쳐 매고 열띤 기대감에 손을 비비대며 재잘재잘 거리를 내달렸다가 일요일 아침 흐린 눈으로 끙끙대며 일어나 이불조차 엄마가 대신 개 줘야 하는 고등학생처럼 쾌락을 좇는 바보들에게 "기쁨으로 나아갔다 슬픔으로 돌아오다."라고 일갈한다. 화창한 날씨, 귀신 나올 것 같은 그 협곡 길을 지나 레이턴 캐니언 다리 안쪽 해안 고속도로에 발을 내딛자, 천천히 차를 몰고 가며 캘리포니아 해안에 부딪치는 광대한 푸른 바다의 파노라마에 탄성을 지르며 지나가는 수천수만 관광객들이 눈에 들어온다. 몬터레이까지는 쉽사리 차를 얻어 탈 수 있을 테고 거기서 버스로 갈아타면 해 질 무렵에는 샌프란시스코에 닿아 고래고래 소리 지르는 술꾼들과 신나게 놀 수 있겠다 싶다. 이제 데이브 웨인도 돌아왔을 테고, 코디도 술판 준비가 되어 있을 것이다. 여자들도 있겠고, 뭐 좌우지간, 그 끈적대는 도시에 질려 떠난 게 고작 3주 전이라는 사실 따위는 잊어버린다. 바다도 내 현실로 어서 돌아가라고 말해 줬지 않은가.

하지만 어쨌든 아름답다. 특히 북쪽으로 길게 굽이진 해안, 좀체 움직이지 않는 구름 아래 꿈꾸는 내륙의 산은 옛 스페인의 풍경 같다. 아니, 그보다, 말하자면 스페인의 캘리포니아라 할까, 바로 저것이 몬터레이 해적의 해안 풍경이다. 멋진 범선을 타고 당도한 스페인 사람들이 흰 파도가 넘실대는 해안 너머 탄탄한 땅을 보고 무슨 생각을 했을지 짐작된다. 황금의 땅 같았으리라. 옛 몬터레이와 빅 서와 산타크루스의 마법이다. 그래서 나는 담대하게 짐짝의 끈을 죄고 엄지를 쳐든 채 뒤돌아보면서 터벅터벅 길을 걷는다.

히치하이크는 여러 해 만인데, 좀처럼 세워 주는 차가 없는 걸 보면(트럭 따위 상용차가 없는, 거의 관광객용 도로이니 그럴 만도 하지만) 미국이 그새 변했음을 알겠다. 맵시 좋게 잘 빠진 스테이션왜건들이 줄지어 지나간다. 무지개의 일곱 빛깔에 파스텔 색조까지, 분홍, 파랑, 하양, 색상도 다양하다. 선바이저가 달린 길고 우스꽝스러운 행락객용 모자를 쓰고 운전대를 잡은 남편은 영락없는 칠뜨기들이다. 옆에는 미국의 진정한 두목인 아내가 짙은 선글라스를 끼고 냉소를 흘리며 앉았는데, 설사 남편이 나나 다른 누구를 태워 주려고 해도 절대로 허락하지 않을 태세다. 푹신한 뒷좌석 두 개에는 아이들, 아이들이 앉아 있는데, 온갖 연령대의 수백만 아이들은 아이스크림을 놓고 소리를 질러 대며 다투다가 격자무늬 시트커버에 바닐라 아이스크림을 흥건하게 쏟는다. 어차피 히치하이커를 위한 자리는 없다. 생각해 보면 맨 뒷좌석에 양순한 총잡이나 음흉한 살인범처럼 앉아 갈 수도 있겠으나, 아, 안타깝지만 이 차는 아니다! 베이컨과 달걀로 아침 식사를 하러 노변 휴게소에 들어갈 때 백만장자 일가처럼 보이게끔 드라이클리닝에 다림질까지 완벽하게 마친, 가족별로 수치가 다른 정장과 드레스 들이 층층이 쌓여 있는 것이다. 바지 앞섶이 좀 구겨지면 차 짐칸에서 새 바지를 꺼내 갈아입어야만 하는 이 남자는 속으로 올해 휴가는 친구들과 편안히 낚시 여행이나 갔으면 좋았을걸 하고 생각할 것이다. 하지만 지금은 1960년대, 학부모 회 앞에서 그의 욕망 따위는 힘을 못 쓴다. 심장이 두 개인 큰 강이며 후줄근한 바지며 잡아서 텐트 안에 둔 물고기들이며 버번을 마시며 모닥불 앞에서 보내는 밤은 잊어야 한다. 대신 모텔 예약과 노변 드라이브인 들르기, 차에 앉은 일당에게 냅킨을 갖다 바치고 돌아가기 전 주유하기 등에 주의를 집중한다. 혹시나 미 대륙의 숨겨진 도로를 탐험하고 싶더라도 불가능하다. 짙은 선글라스 아래 냉소하는 아내가 항해장으로 자리 잡고 앉아, 넥타이를 맨 행복한 얼굴의 중역들이 역시 넥타이를 맨(여기까지 와서도) 미국의 행락객들에게 배포한 푸른 줄이 처진 지도를 빈정대듯 들여다보고 있기 때문인데, 모름지기 휴가 패션은 스포츠 셔츠와 긴 선바이저가 달린 모자와 짙은 선글라스와 꼭 눌러 다린 정장 바지에다, 매끈한 금빛 아기 신발을 계기반에 매다는 걸로 완성되는 법이다. 한편 한심한 륙색을 메고 거대한 검은 절벽 아래 바닷가에서 밤들을 보낸 끝에 아마도 두려움이 깃든 얼굴로 길거리에 선 나에게서, 사람들은 이상적인 휴가나 자동차 여행과는 완전히 반대되는 어떤 극치를 읽는다. 그 오후 나를 지나친 차는 대략 5천 아니면 3천 대 정도였고 그중 태워 줄지를 잠시 고민이라도 한 차는 0대라고 하겠다. 불쾌할 것도 없었던 것이 몬터레이까지 길게 이어진 아름다운 해안선을 보고, '뭐, 그냥 걸어가자. 까짓 겨우 14마일이잖아. 그쯤은 쉽지.'라고 생각해 버렸다. 게다가 도중에는 저 아래 바위 위에 앉아 짖어 대는 바다표범들과 고속도로를 가로지르는 언덕 위에 통나무로 지은 고요한 옛 농가와 홀연 나타나 이어지는 바닷가 목장에서 광활한 태평양 푸른 바다를 배경으로 우아하게 풀을 뜯는 소 떼 등 온갖 볼거리들도 있다. 문제는 밑창이 몹시 얇은 사막 장화인데, 강렬한 햇볕 아래 아스팔트 바닥이 불붙은 듯 뜨거워지면서 발에 물집이 잡힌다는 것이다. 그것도 모르고 "어. 왜 이러지?" 하며 절름거리다 간신히 깨닫는다. 길가에 주저앉아 살펴본 뒤에 륙색에 든 구급상자에서 연고를 꺼내 바르고 티눈 반창고를 붙인 다음 다시 걷는다. 하지만 짐의 무게와 노면의 열기 탓에 물집의 통증이 더 심해져서, 히치하이크가 안 되면 몬터레이에 아예 못 가겠다는 결론에 다다른다.

하지만 관광객들을 탓할 수도 없는 게 내 이런 사정을 알리 만무하여 아무리 엄지를 치켜세워 본들 그저 류색을 진 즐거운 등산객으로 보고 그냥 지나쳐 버리는 것이다. 이제 정말로 난처한 처지구나, 자포자기하는 심정이 된다. 7마일을 걸어 왔으니 아직 또 7마일이 남은 건데, 한 발짝도 옮길 수가 없다. 게다가 목까지 마른데 인근에는 주유소도 뭐도 없다. 발은 엉망이 되어 타듯 아파서, 이건 그냥 고문의 하루다. 아침 9시부터 오후 4시까지 간신히 9마일쯤을 걸은 나는 결국 도로 주저앉아서 발의 피를 닦는다. 발을 수습한 다음 신발을 신고 다시 걸어 보려 하지만 아주 살금살금, 베이브 루스처럼 까치발로, 물집에는 최대한 무게를 싣지 않으려 안간힘을 써야만 한다. 해가 지면서 뜸해진 관광객들의 눈에 커다란 짐을 지고 고속도로에서 발을 저는 남자가 확연히 들어오게 하고 싶은데, 그들이 '혹시 권총을 감춘 할리우드 히치하이커일지 모른다. 게다가 쿠바 전쟁에서 막 탈출하기라도 한 듯이 류색을 등에 지고 있지 않으냐. 저 안에 토막 시체가 들어 있을 수도 있다.' 의심할지도 모른다고 생각하니 내가 다 무섭다. 누구를 탓할 수도 없다.

태워 줄 가능성이 있었을 유일한 차는 반대쪽인 빅 서로 가고 있고, 「남해안은 외롭다」 같은 노래를 부를 법한 포크 가수처럼 생긴 수염이 덥수룩한 남자가 덜거덕거리는 낡은 차를 몰며 내게 손을 흔든다. 작은 트럭이 멈춰 서서 50야드 앞에서 기다린다. 나는 아린 발을 절름거리며 달려간다. 개를 태우고 가던 남자는 다음 주유소까지만 데려다주겠다더니 내 발사정을 듣고 몬터레이의 버스 역까지 태워다 주겠다고 한다.

별다른 이유 없이, 그냥 베푸는 친절이다. 발에 물집이 잡혔다고만 했지 내가 통사정을 한 것도 아니다.

맥주를 사겠다고 하자 집에 가서 저녁을 먹겠다고 한다. 나는 역사에 들어가 씻고 옷을 갈아입은 뒤 짐을 좀 정리해 로커에 넣고 버스표를 사서는 한없이 가벼운 기분으로, 백만장자라도 된 듯 행복한 마음으로 푸른 안개가 내린 몬터레이의 저녁 속으로 절름거리며 조용히 걸어간다. 히치하이크는 이걸로 끝이다. 그리고 안 태웁니다는 하나의 신호다.

11

다음 신호는 바로 샌프란시스코에서 나타난다. 허름한 빈민 굴 호텔 방에서 단잠을 자고 일어난 나는 몬샌토를 만나러 시티 라이츠 서점에 간다. 그는 활짝 웃으며 "다음 주말에 다 함께 찾아갈 예정이었는데, 기다리지 그랬어." 하는데 표정에 뭔가가 있다. 단둘이 있게 되자 그가 "자네 어머니 편지를 받았는데 고양이가 죽었대." 한다.

통상 고양이의 죽음은 대부분 남자들에게 큰 의미가 없겠지만 일부에게는 엄청난 소식이고, 내게는 그 고양이의 죽음은 그야말로 거짓말이 아니고 진심으로, 내 동생의 죽음 같은 것이었다. 나는 타이크를 온 마음으로 사랑했다. 새끼 고양이일 때 타이크는 내 손바닥 위에서 몇 시간이고 조그만 머리를 밑으로 내린 채 자거나 가르랑거렸고, 내가 그 상태로 역시 몇 시간이고 걷거나 앉아 있어야 했던 내 아기였다. 가뜬한 모피 스카프처럼 내 손목에 감겨서 가르랑대던 타이크를 자란 후에도 그렇게 안아 줬다. 그렇게 다 커서도 내가 양팔을 머리 위로 활짝 벌리고 안아 줄 때면 녀석은 그저 가르랑댈 뿐 나를 전적으로 신뢰했다. 숲속 휴양을 위해 뉴욕을 떠날 때도 나는 녀석에게 입을 맞춰 주며 "날 기다려 주렴, 아가야."라고 했다. 그런데 내가 떠난 다음 날 타이크가 죽었다고 어머니가 편지에 써 보내온 것이다. 편지를 직접 읽어 보면 내 심정이 이해될지 모르겠다.

"1960년 7월 20일 일요일. 사랑하는 아들아. 네가 이 편지를 환영할 것 같지 않구나. 왜냐하면 슬픈 소식이 있단다. 이걸 어떻게 말해야 할지 정말 모르겠다만, 마음 단단히 먹자. 나도 지옥 같은 시간을 보내고 있단다. 사랑스러운 타이크가 떠났다. 토요일 내내 멀쩡했고 기운을 차리는 듯했단다. 텔레비전 심야 영화를 보는데, 새벽 1시 반인가 아이가 트림에 구토를 시작하는 거야. 어떻게든 도우려 했지만 허사더구나. 추운지 사시나무 떨듯 온몸을 떨길래 담요로 감싸 주었더니 나한테 대고 토했어. 그게 끝이었단다. 아이 고생도 그렇고 내 기분도 그렇고, 말로는 다 못 하지. 동이 틀 때까지 앉아서 소생시켜 보려 해 봤지만 소용없더라. 새벽 4시에 아이가 떠났음을 깨닫고 6시에 깨끗한 담요에 잘 싸 주었어. 그리고 7시에 나가서 무덤을 팠다. 너나 나만큼 똑같이 사람이던 우리 사랑하는 아기 타이크를 묻는 일보다 가슴 찢어지는 일은 내 평생 없었단다. 울타리 구석 인동덩굴 아래에 묻어 주었다. 도무지 잠도 못 자겠고 밥도 못 먹겠구나. 지하실 문밖으로 야옹 하며 나올 것만 같아 자꾸 바깥만 바라보고. 아주 정말로 병이 난 거야. 희한한 것은 타이크를 묻을 때 내가 겨우내 모이를 줘 온 찌르레기들이 무슨 일이 일어났는지 아는 것 같더구나. 아들아, 거짓말이 아니야. 수많은 녀석들이 내 머리 위에서 지저귀며 날아다니다 타이크를 묻은 뒤 한 시간 동안 울타리에 잠자코 앉아 있지 뭐냐. 그건 정말 죽어도 못 잊을 것만 같아. 카메라가 옆에 있었다면 좋았겠지만 어쨌든 신과 나는 그걸 똑똑히 목격했단다……. 몸은 괜찮다만 마음이 정말로 너무 아프구나……. 우리 이쁘고 사랑스러운 타이크가 더는 없다는 걸 믿지도 인정하지도 못하겠어. 제 작은 '오두막집'에서 나오는, 푸른 풀밭을 걸어가는 아이의 모습을 더 볼 수 없다는 것도……. 추신: 타이크의 오두막집은 부숴야지 싶다. 타이크 없이 텅 빈 그것을 차마 볼 수가 없어. 아들아, 답장 기다리마. 그리고 부디 몸조심해라. 진정한 '신'을 향해 기도 올리고. 늙은 어미가. XXXXXX."

몬샌토가 그 소식을 전해 줄 때 숲이나 병원에서의 긴 독거를 마치고 세상에 나온 사람들이 느끼는 행복감에 미소를 짓고 앉아 있었던 나의 가슴은 바닷가에서 심호흡을 하다가 잘못됐던 바로 그때 같은 야릇한 무력감과 함께 덜컹 내려앉았다. 모든 불길한 예감들이 실현되는 그 느낌.

몬샌토는 내가 몹시 슬프다는 것을, 나의 희미한 미소를 본다.(혼자 지내다 세상에 돌아온 뒤 몬터레이에서 떠오른 그 모나리자 같은 미소를 띤 채 나는 멍하니 거리를 돌아다녔다.) 또한 몬샌토는 그 미소가 서서히 고통의 감상으로 녹아 들어가는 걸 본다. 물론 말해 주지 않았고 지금은 말해 주고 싶지도 않았기에, 내가 내 고양이며 예전 다른 고양이들과 맺은 관계가 전반적으로 약간 요상했음을 몬샌토는 알 턱이 없다. 세 살이나 네 살이던 내게 고양이를 사랑하게 만들어 준 죽은 형 제러드와 고양이들의 심리적 동일시의 경향을 보여 주는 삽화로, 우리는 바닥에 엎드려 고양이들이 우유를 핥아 먹는 모습을 지켜보곤 했으니, 이것은 실로 '동생' 타이크의 죽음이었던 것이다. 낙심한 나를 보고 몬샌토는 "오두막으로 돌아가 몇 주 지내는 게 낫겠어. 안 그랬다간 또다시 술독에 빠질 테니." 했다. "그래, 또 술독에 빠질 거야." 내가 대답했는데, 정말이지 많은 일들이 벌어지고 있고 모두가 나를 기다리고 있었다. 천 번쯤 되는 광란의 숲속 파티를 나는 공상해 왔다. 사실 내가 가장 좋아하는 도시 샌프란시스코에서 타이크 소식을 들은 게 그나마 다행이었는데, 만일 집에 있을 때 녀석이 죽었다면 나는 다른 방식으로 돌아 버렸을 것이다. 여기서 친구들과 술을 마시고 있자면 간혹 야릇하고 희미한 기쁨의 미소가 올라왔지만, 그것은 바로 죽음의 암시였고 3주간의 폭음 끝에 어차피 실성한 것은 똑같았다. 그것은 결국 말하자면 해변의 성 캐럴린의 그 끔찍한 날에 마각을 드러냈다. 무슨 말인가 싶겠지만 설명을 들으면 이해될 것이다.

그건 그렇고, 한편 우리의 몬샌토 선생께서 글쓰기와 지인들의 소식들을 나와 나누고 싶어 할 때 페이건이 서점에 들어오더니 아래층 몬샌토의 낡은 롤톱 데스크 쪽으로 다가온다.(청춘 시절에 나는 아버지의 이미지에 작가로서의 내 이미지를 결합하여 딱 이런 롤톱 데스크를 가진 직업적 문필가가 되기를 꿈꾸었는데, 몬샌토가 이걸 너무나도 쉽게 이미 이룬 걸 보면 또한 억울해진다.) 굳센 어깨와 크고 푸른 눈과 빛나는 장밋빛 살결에다 "저게 진짜야?" 싶기는 해도 그가 더 이상 웃지 않는다면 세상이 어떻게 될지 다들 막막해져서 대학 시절에 '웃는 사람'이라는 별명을 안겨 준 그 변함없는 미소 또한 지닌 몬샌토. 그것은 그에게서 떼어 낼 수 없는, 도무지 사라져선 안 될 것 같은 그런 미소이기도 했다. 말, 말, 말, 말이 너무 많지만 이제 보게 되듯이 워낙 사람 좋은 그가 이제 참 사나이다운 연민으로, 상심한 상태에서 폭음을 하면 안 된다는 생각에, "어쨌든 조금 이따 가도 되잖아?"라고 내게 말한다. "알았어." "뭘 쓰긴 했어?" "바다의 소리를 썼는데 말이야. 내 한평생 가장 행복한 3주였는데, 망할, 이런 일이 일어나다니. 아, 우리 불쌍한 타이크. 정말 크고 예쁜 노란색 캘리코 페르시아고양이였어. 자네도 봤어야 했는데." "하지만 아직 우리는 내 개 호머가 있잖아. 거기 그 앨프는 어땠어?" "신성한 당나귀 앨프, 히히, 느닷없이 오후 나무숲에 떡하니 서 있는데 조금 무섭더라. 그래도 내가 사과와 밀겨 같은 걸 챙겨 줬어." (타이크와 앨프의 눈을 떠올리며 동물들은 참으로 슬프고 진득하다는 생각이랑, 아, 죽음, 이 기괴하고 쾌씸한 죽음이 인간에게도, 그래, 웃는 사람에게도 또 그의 가련한 개 호머에게도, 우리 모두에게도 결국 찾아오겠지 하는 생각이랑……) 그리고 3천 마일 떨어진 곳에 귀염둥이도 없이 혼자서 괴로워하실 어머니 생각에 침울해진다.(나중에 알게 되었지만 덜 떨어진 비트닉들이 나를 보겠다며 현관 유리창을 깨부수고 난입하려는 통에 겁이 난 어머니는 현관문에 가구를 괸 채 그 여름을 나셨다.)

어쨌든 벤 페이건이 파이프를 입에 물고 킬킬대며 서 있는데, 이걸 어쩌나, 다 자란 시인에게 내 신세타령이나 하고 있을 수는 없는 노릇 아닌가. 그리하여 벤과 나는 역시 파이프를 물고 킬킬대는 그의 친구 존시와 술집('마이크네')에 행차하여 맥주를 들이켜게 되는데, 맹세코 처음에는 취하도록 마실 생각이 없어서 그 동네의 서늘하고 안개 자욱한 황혼 녘을 비추는 따뜻한 햇볕 아래 대화의 장을 열자면서 공원에도 간다. 크고 하얀 이탈리아 교회가 있는 공원에 앉아, 아이들 노는 모습이며 지나가는 사람들을 구경하다가 나는 어딘가로 바삐 걸어가는 금발 여인의 모습에 문득 사로잡힌다. "어디로 가는 거지? 어디다 선원 애인이라도 감춰 둔 건가? 마치지 못한 타자를 치러 사무실에 돌아가는 걸까? 지나가는 이 사람들이 다 어디로 가는지, 어느 문, 어느 식당, 어느 은밀한 로맨스를 찾아가는지 우리가 안다면 어떨까, 벤?" "숲속에서 기운도 부쩍 차리고 삶에 대한 흥미도 많이 비축한 모양이군." 몇 달간 자연 속에서 홀로 지내 본 일이 있어서 벤은 잘 안다. 5년 전, 지금보다 열광적이던 달마 부랑자 시절에 비해 훨씬 야윈 우리 벤. 조금 수척하다 싶지만 『능가경』을 킬킬대며 읽고 빗방울에 관한 시를 쓰며 밤을 지새우던 바로 그 벤. 게다가 나를 아주 잘 아는 벤은 내가 오늘 밤부터 몇 주에 걸쳐 원론적으로 술에 취해 살다가 지쳐서 아무하고도 말을 나눌 수 없는 날이

올 테고, 그러면 자신이 건너와서 잠든 내 곁에 말없이 앉아 파이프 담배를 뻑뻑 피우게 될 것임을 안다. 그는 그런 사람인 거다. 타이크 이야기를 할까 싶은데, 고양이를 좋아하는 사람도 있는가 하면 그렇지 않은 사람들도 있지만, 벤의 집에는 항상 새끼 고양이가 있다. 보통은 바닥에 밀짚 양탄자가 깔려 있고 뜨거운 김을 뿜는 찻주전자 옆에서 그는 방석 위에 다리를 포개고 앉는다. 책장은 스타인과 파운드와 이제야 현자로 인정받기 시작한 독특하고 조용한 시인 월리스 스티븐스의 책들('내가 마을을 뜨면 친구들은 다시 술에 빠진다.'는 시구가 있다.)로 꽉 차 있다. 그리고 나는 지금 술에 빠지러 간다.

데이브 웨인도 돌아와서는, 작년에 차(지프 '윌리') 뒷자리에 매트리스를 깔고 책상다리로 앉은 일본 건달 선승 조지 바소와 함께 서해안에서 뉴욕으로 나를 실어 갔던 때 같은 광란의 술판을 기대하며 손을 싹싹 비빈다. 라스베이거스, 세인트루이스를 거치며 비싼 모텔에서 자고 최고급 스카치를 병째로 들이켜며 즐긴 여행이었다. 뉴욕으로 돌아가기에 그보다 더 좋은 길이 사실 어디 있겠나? 자칫 비행기표에 190달러를 허비했을 수도 있었다. 데이브는 코디를 만난 적이 없어서 기대가 더욱 크다. 그래서 벤과 나는 공원을 나와 콜럼버스 스트리트의 술집으로 천천히 걸어가서 우선 더블 버번과 진저에일을 시킨다.

바깥의 환상적인 장난감 거리에서 불빛이 반짝이고 내 영혼에 기쁨이 솟구친다. 나는 이제 명징하고 사무친 애정과 번민으로 빅 서를 기억한다. 타이크의 죽음도 모든 것과 맞아떨어지는데, 다만 나는 다가올 일의 중대함을 깨닫지 못하고 있었다. 리노에서 돌아온 데이브 웨인에게 전화를 걸자, 그가 특유의 놀라운 방식으로(한때 그는 택시 운전사였다.) 지프를 털털 몰고 술집에 온다. 그는 끝없이 뭐라고 지껄이면서도 실수하지 않으며, 사실 코디만큼 운전을 잘했다. 하지만 코디처럼 운전을 잘하는 사람이 또 있다고 상상하기가 어려워 이튿날 코디에게 물었다. 운전 실력을 놓고 시샘이 많은 이들은 항상 흠을 찾아내고 불평한다. "아, 그 데이브 웨인이란 친구는 회전을 엉터리로 하던걸. 더 밟아서 가속을 타고 돌아야 하는데 속력을 늦추고 어떤 때는 아예 브레이크를 밟더라. 회전 연습을 더 해야 돼." 이쯤 되면 빤한 소리지만, 그래도 굳이 덧붙이자면, 이후 운명의 3주에 대해 할 말이 무척이나 많지만 과연 어디서부터 시작해야 할지 잘 모르겠다.

삶이란 본래 그렇게 복합적이지 않은가! "조지 바소는 어떻게 됐지?" "조지 바소 그 친구, 톨레어 외곽에 있는 병원에서 결핵으로 죽어 가고 있을 거야." "저런, 데이브, 우리 만나러 가자." "그래, 내일 그러자." 평소처럼 데이브는 완전히 빈털터리지만 내게 돈이 충분하니 상관없다. 데이브와 정말 즐거운 시간을 가질 수 있도록 이튿날 나는 여행자 수표 500달러를 환전한다. 데이브는 맛있는 음식과 술을 좋아하고 나도 마찬가지다. 데이브에게는 리노에서 데려온 론 블레이크라는 잘생긴 십 대 청년이 있다. 쳇 베이커처럼 선풍적인 인기 가수가 되고 싶은 론은 5년, 10년, 심지어 25년 전이라면 자연스러웠을지 모르나 1960년인 지금은 진부한 힙스터 포즈를 취한다.

솔직히 나는 론을 데이브의 등을 치는(등쳐 먹을 게 있기나 한지 미지수지만) 사기꾼으로 봤다. 윌리를 타고 폐광이 있는 오리건주의 로그강으로 낚시 여행을 떠나거나 사막 길을 돌아다니다 갑자기 돌아와 술독에 빠지는, 팔다리가 길고 날씬한 빨강 머리 웨일스인이자 놀라운 시인인 데이브 웨인은 십 대 힙스터들이 흉내 내고 싶어 할 무언가를 갖고 있었다. 세상 제일가는 달변가인 데다 곧 보게 되겠지만 웃기기까지 했다. 미국인들은 다들 더러운 궁둥이로 돌아다닌다는, 왜냐하면 살균이니 뭐니 온갖 법석은 떨면서도 볼일을 본 후에 물로 씻지 않기 때문이라는, 놀랍도록 단순한 진실을 제시한 것도 그와 조지 바소였다. "자네 말대로 미국인들은 드라이클리닝한 옷들을 층층이 쌓아 여행길에 오르고, 향수를 뿌리고, 겨드랑이에는 밴 앤드 에이드든 뭐든 바르고, 셔츠나 드레스에 얼룩 한 점만 보여도 기겁하고, 속옷과 양말을 아마 하루에 두 번씩은 갈아입고 신으면서, 지구상에서 가장 청결한 척 갖은 위세를 떨지만, 사실 더러운 똥구멍으로 돌아다니고 있는 거야. 정말 놀랍지 않아? 그거 한 입만 줘 봐." 하며 그가 내 술에 손을 뻗길래 두 잔을 더 시켰다. 흥미로운 이야기라서 원하는 대로 술을 사 줄 생각이었다. "미국 대통령, 굵직한 부처 장관, 대주교, 주지 스님, 곳곳의 거물들부터 맹렬한 자존심으로 타오르는 가난한 공장 노동자까지, 그리고 영화배우들, 거대 회사 중역들, 엔지니어들에다, 실크 셔츠와 넥타이로 한껏 멋을 부리고 값비싼 영국제 머리빗 세트와 면도기와 포마드와 향수 따위가 든 근사한 여행용 트렁크를 지닌 법률 회사니 광고 회사니 사장들까지 모두 다 더러운 똥구멍으로 돌아다닌다 이거라고! 그냥 물과 비누로 씻기만 하면 되는데 말이야! 미국인들은 그런 생각을 못 하는 거야! 정말 가장 웃기는 일 중 하나야! 깨끗한 똥구멍으로 돌아다니는 우리가 오히려 불결한 비트닉이라는 소리를 듣다니 어이없지 않아?" 말이 났으니 말이지만 똥구멍 세척은 빠르게 전파되어, 전국에 걸쳐 나와 데이브가 아는 사람들은 모두 다 이 굉장한 개혁 운동에 동참했던 참이다. 나는 빅 서에서도 몬샌토의 변소에 항시 비누가 놓인 선반을 얹어 누구든 물 한 통만 갖고 들어가면 되게 조치했다. 몬샌토는 아직 몰랐다. "가엾은 유명 작가 로렌조 몬샌토한테 말해 주지 않으면 계속 더러운 똥구멍으로 돌아다닐 거잖아!" "지금 당장 가서 말해 주자!" "당연하지, 한시가 급한데……. 게다가 사람들이 더러운 똥구멍으로 돌아다니다 어떻게 되지? 온종일 도무지 이해가 안 되는 따분한 죄의식에 시달리게 돼. 아침에 정성 들여 씻고 통근 열차에 오르면 새로 세탁한 옷이며 향수 냄새를 풍기지만 뭔가 개운치 않은 거지. 뭔가 잘못됐다 싶은데 그게 뭔지는 모르는 거고!" 우리는 당장 몬샌토에게 말해 주려고 길모퉁이 서점으로 달려간다.

이쯤 되니 다들 기분이 좋아진다. 페이건은 종종 그러듯 "오케이, 자네들끼리 진탕 마시고 취해 봐. 나는 집에 돌아가 책을 읽으며 뜨거운 목욕이나 할 테니." 하고 자리를 뜬다. 여기서 '집'은 데이브 웨인과 론 블레이크가 사는 곳이기도 하다. 샌프란시스코의 흑인 구역 끝머리에 서 있는 4층짜리 하숙집으로, 데이브, 벤, 존시, 그리고 래니 메도스라는 화가, 파스칼이라는 프랑스계 캐나다인 술꾼, 존슨이라는 흑인이 각자 방에 륙색, 매트리스, 책, 장비 등등을 바닥에 늘어놓고 살면서 매주 한 번씩 돌아가며 장을 봐 와서는 부엌에서 한 상 푸짐하게 차려 함께 먹는다. 열에서 열둘쯤 되는 인원이 월세를 나눠 내고 저녁밥도 당번제로 짓다 보니 각자 술을 가져오고 여자들도 긴 광란의 파티를 즐겨 가며 일주일에 최소 7달러쯤으로 제법 안락하게 살아간다. 멋진 곳이긴 해도 조금, 아니, 굉장히 짜증 나는 곳인데, 음악광인 화가 래니 메도스가 음반은 자기 방에서 틀면서 하이파이 스피커는 부엌에 설치해 둔 바람에 식사 당번은 멀리건 스튜를 열심히 만들다가 느닷없이 머리 위에서 스트라빈스키가 쿵쾅대는 굉음에 기겁하고 마는 것이다. 밤이 되면 평소에는 착한 청년이지만 술만 들어가면 통제가 안 되는 파스칼이 시끌벅적한 파티를 연다. 꼭 정신 병원 꼴로, 기자들이 즐겨 사용하는 비트 세대 이미지와 맞아떨어지지만, 어쨌든 악의 없는 젊은 총각들에겐 유쾌한 자리이자 길게 봤을 때 나쁠 건 없다. 어느 방에나 전문가가 있기 때문인데, 이를테면 벤의 방에 들어가 "달마가 혜가에게 뭐라고 했지?"라고 묻는다. "썩 꺼지라고, 마음을 굳게 세우라고, 과외 활동을 하고 헐떡대지 말라고, 과외 계획을 갖고 날 귀찮게 굴지 말라고 했지." "그래서 혜가가 밖에 나가 눈밭에 머리를 박고 섰나?" "아니, 그건 구제 불능이지." 또는 데이브 웨인의 방에 들어가 바닥 매트리스 위에 책상다리로 앉아 제인 오스틴을 읽는 그에게 "비프 스트로가노프를 가장 맛있게 만드는 법이 뭐야?" 하고 묻는다. "비프 스트로가노프는 아주 간단해. 쇠고기를 양파 스튜에 푹 끓인 다음 식혀서 버섯과 사워크림을 좀 넣으면 끝이야. 이 굉장한 소설의 이 챕터만 다 읽고 내려가서 보여 주지. 다음 장면이 궁금해서 말이야." 또는 흑인의 방에 들어가 지금 부엌에서 둘루오즈와 매클리어와 몬샌토와 웬 기자가 아주 웃기는 이야기를 하는 중인데 녹음기를 빌려줄 수 있느냐고 묻는다. 부엌은 접시며 재떨이 틈 바구니에 온갖 손님들을 앉혀 놓고 대화하는 공간이기도 하다. 한 예로 작년에는 열여섯 살 먹은 예쁜 일본 소녀가 중국인 화가와 함께 나를 찾아와 인터뷰했었다. 전화벨이 끊이지 않았다. 동네의 흑인 건달들(에드워드 쿨을 비롯한 네댓 명)까지 술병을 들고 찾아들었다. 선불교와 재즈와 술과 대마초와 갖가지 작품들이 무성했는데, 이 소위 퇴폐적인 생활 방식은 한 '비트닉'이 자기 방 벽을 흰색으로 세심하게 칠하고 문과 창틀 가장자리에는 붉은색 줄로 악센트를 주거나 거실을 비질하는 광경으로 상쇄되었으며, 나와 론 블레이크 같은 떠돌이 손님들이 누워 잘 매트리스 여분이 항시 준비되어 있었다.

12

데이브도 나도 코디가 보고 싶어 좀이 쑤신다. 사실 코디는 내가 서해안을 찾아가는 주된 이유라 할 수 있다. 우리는 산타클라라 밸리에서 50마일 거리인 로스 가토스에서 코디에게 전화를 건다. 그의 정답고 구슬픈 목소리가 "기다리고 있었어, 친구. 어서 당장 와. 내가 자정에 일을 나가니 좀 서두르고. 매니저가 새벽 2시쯤 나가면 와도 돼. 타이어 재생 솜씨를 보여 줄게. 혹시 여자든 뭐든 모셔 오면 좋고. 아니, 농담이야, 어서 와……." 한다.

아래 길거리에서 월리가 기다리고, 건너편에는 쾌적한 일본 주류점이 있다. 평소대로 데이브가 가게 앞에서 기다리는 동안 내가 페르노나 스카치 따위를 사 들고 와서 데이브 오른쪽 앞자리에 앉는다. 내가 늘 새뮤얼 존슨처럼 의젓하게 앉는 자리다. 동승을 원하는 자는 누가 됐든 뒷자리 매트리스로(좌석을 제거하고 아예 매트리스를 깔았다.) 물러나서 쪼그리거나 누워서 모쪼록 입을 다물어야 하는데, 왜냐하면 윌리의 핸들은 데이브 손에, 술병은 내 손에 있기 때문이다. 대화는 오직 앞자리에서만 일어난다. "잭!" 다시 신이 난 데이브가 고함을 지른다. "정말이지 옛날 그대로다. 윌리가 자네 생각을 많이 했어. 어서 돌아오기를 기다렸다고. 윌리가 나이를 먹으면서 얼마나 더 나아졌는지 보여 주지. 지난달 리노에서 완전 달라졌거든. 자, 윌리, 준비됐지?" 그렇게 우리는 출발한다. 올여름의 백미는 차의 오른쪽 앞자리가 부서져 데이브의 손발 움직임에 따라 부드럽게 덜컹거리는 것이다. 말하자면 포치의 흔들의자와 비슷한데, 다만 움직이는 흔들의자에 그것도 수다를 떨며 앉아 있어야 한다는 점과 늙은 남자들이 편자를 던지며 노는 걸 봐야 하는 대신에 여기 수다 포치에서는 온갖 차량을 피해 샌프란시스코를 빠져나가려고 데이브가 택하는 해리슨 경사로 등을 새처럼 달려가며 흰 차선만 바라보면 된다는 점이 다르다. 오래지 않아 우리는 아름다운 산타클라라 밸리로 이어지는 근사한 4차선 베이쇼어 고속도로를 달린다. 하지만 남태평양 철도의 보조 차장 노릇을 할 때 이후로 자주 봤던 로런스의 자두밭과 널따란 근대밭이 불과 몇 년 사이에 더는 보이지 않는다니 기가 막힌다. 새너제이까지의 50마일 구간에 집들이 줄줄이 박힌 것이, 괴물 로스앤젤레스의 마수가 샌프란시스코 남단까지 뻗친 듯하다.

처음에는 윌리의 코 앞으로 펼쳐지는 흰 차선이 아름다웠지만, 창밖을 내다보니 끝없이 펼쳐진 주택 지구와 곳곳에 들어선 푸른 공장들이 전부다. 데이브가 말하길, "그렇지, 인구 폭발이 장차 미국의 뒷마당을 장악하고 말 거야. 그뿐 아니라 자네가 사는 그 대도시처럼 엄청나게 많은 집들이며 이런저런 것들을 쌓아 올리기 시작하겠지. 그것들이 백 마일 높이로 올라가고, 사방으로 퍼지고, 다른 별에서 슈퍼 망원경으로 지구를 내려다보는 사람들 눈에는 공중에 매달린 가시 돋친 공이 들어올 거야……. 말은 재미있게 들리지만 생각해 보면 정말 끔찍한 일이거든. 수백만의 사람들과 행사들이 상상 못 할 정도로 쌓여 가고 있잖아. 광분한 비비들처럼 저마다 서로의 아니면 뭐 상호간의 몸을 밟고 올라앉게 되겠지……. 더 달라고 외치는 수억의 굶주린 입들……. 제일 슬픈 건 이 세상이 자네가 늘 말하는 이 삶의 온갖 양면들을 다룰 줄 아는 작가를 배출할 가능성이 없다는 거야. 시나트라가 노래하듯 모두 무관심할 때 가슴을 후벼 파는 온갖 참상을 낱낱이 파고들어 우리 심금을 울려 줄 그런 작가 말이야." (낮은 바리톤 음성으로 「모두 무관심할 때」를 부르다가 그는 다시 말을 잇는다.) "모든 걸 남김없이 쓸어 담을 그런 작가 말이지, 잭. 정말이지 셀린이 새벽녘의 센강에 오줌을 누는 걸로 『밤 끝으로의 여행』을 마칠 때 나는 정말 말 못 할 무력감을 느꼈어. 세상에, 이 새벽 지금 바로 트렌턴강에 오줌을 누는 누군가가 있지 않을까? 아니, 그리고 도나우강에, 갠지스강에, 얼어붙은 오비강에, 황하에, 파라나강에, 윌래밋강에, 미주리주 메리맥강에, 미주리강 자체에, 유마강에, 아마존강에, 템스강에, 포강에 그리고 또 뭐든 아무

튼 빌어먹을 끝이 안 나서 한없이 이어지는 시처럼 여기저기 흩어진 그런 데다 말이야. 그 누구보다 지혜로운 부처에 따르면 그건 이런 건데…… 우주에는 헤아릴 수 없는 억겁의 흐린 별이 있는데 그것은 은하수의 모래보다도, 거기다 십억 광년을 곱한 수보다도 많아. 이렇게 계속하면 아마도 겁만 먹지 이해는 안 되겠지. 크나큰 낙심 끝에 죽어 나가리라. 이런 의미로 어느 불경에선가 이야기한 바 있다 이거지……. 소우주에 대우주, 칠리우주에 미생물까지 마침내 인류가 다 읽지도 못할 굉장한 책들이 나왔지만 이미 겹겹이 싸인 이 세상에서 그래 본들 뭐 하겠냐고. 생각 좀 해 봐.『시경』과 포크너와『세자르 비로토』, 셰익스피어와『사티리콘』과 단테, 그리고 술집에서 듣는 긴 이야기들, 또 불경도 마찬가지지. 필립 시드니 경, 스턴, 이븐 알 아라비, 다작으로 유명한 로페 데 베가와 과작으로 유명한 망할 세르반테스, 쉿, 그리고 카툴루스들과 다비드들과 라디오를 듣는 빈민굴의 현자들도 빼놓을 수는 없지. 다들 백만 가지 이야기를 갖고 있으니 말이야. 거기 론 블레이크, 자네는 입 좀 다물어! 구구절절 할 이야기가 얼마나 많은데. 뭐 아무 생각도 없지, 응?" (물론 나도, 음, 똑같은 생각.)

한편 세상이 너무하다는 주장을 보강해 줄 인물이 뒷자리 매트리스 론 바로 옆에 있었으니 뉴욕에서 온 스탠리 포포비치였다. 갑자기 샌프란시스코에 건너온 그는 며칠 후 데리고 온 이탈리아계 미녀 제이미를 버리고 서커스 일자리를 찾아갈 것이었다. 유고슬라비아 출신의 건장한 청년으로 뉴욕에서 '세븐 아츠 갤러리'를 운영하며 비트닉들과 낭독회를 열기도 했는데, 이제 서커스단에 들어가 제 나름의 '길 위에서'를 펼쳐 갈 꿈을 꾸고 있었다. 과연 너무한 게, 그가 지금 서커스 일자리에 대해 말하기 시작한 데다 코디는 저 앞에서 자신의 천 가지 이야기를 주워섬길 준비에 한창인 거다. 모든 걸 따라 가기가 너무 버겁다는 데, 우리가 삶에 둘러싸여 있으며 결코 그것을 이해하지 못할 거라는 데 모두가 동의하고, 그래서 병 째로 스카치를 들이켜면서 그걸 내면화한다. 술병이 비자 나 는 차에서 내려 한 병을 더 사 온다, 이상.

13

코디를 찾아가는 길에 이미 내 광증이 이상한 방식으로 도지기 시작했다. 한참 앞에서 말한, 뭔가 잘못되고 있다는 표지가 나타난 것이다. 5마일 전방 로스 가토스 상공에서 비행접시를 본 것 같았다. 하늘을 보니 비행접시가 날아다니고 있어서 데이브에게 말했더니, 한번 휙 보고는 "그냥 방송탑이야." 한다. 메스칼린을 먹고 비행기를 비행접시로 착각했던 일이 떠오른다.(이상한 얘기인 건 아는데, 어차피 이건 미친 사람만 쓸 수 있는 글이다.)

한편 코디는 멋진 농가의 거실 한쪽, 내가 벽난로를 좋아한다는 걸 잘 아는 그의 아내(나하고도 친구 사이)가 갓 지핀 장작불 옆에서 체스판을 들여다보며 문제 풀이에 한창이고, 아이들은 저희 방에서 잠들어 있다. 시간은 11시경. 코디가 다시

내 손을 잡아 흔든다. 서로 못 본 지 몇 년이 되었는데, 그가 엉터리 대마초 소지죄로 샌 퀜틴에서 2년을 복역했던 게 크다. 어느 밤 철도 일을 하러 가야 하는데 과속으로 면허가 정지된 터라 운전은 할 수 없고 시간도 급한 참에 마침 청바지 차림에 수염 덥수룩한 비트닉 둘이 차를 세우기에, 코디가 차(茶)[1] 두 대를 줄 테니 철도역까지 태워 주겠느냐고 제안했다. 제안이 받아들여지면서 그는 체포되었다. 위장 경찰이었던 것이다. 이 중죄의 대가로 그는 샌 퀜틴 주립 교도소에 들어가 총잡이 살인범과 한 방에서 2년을 보내며 면직 공장 청소를 했다. 이 경험으로 몹시 억울해하고 말하자면 꼭지가 돌았을 줄 알았는데, 이상하게도 아름답게 그는 더 온화하고 더 빛나고 더 너그럽고 더 남자답고 더 정다워졌다. 나와 함께한 여정 때의 그 광란은 한풀 죽었지만 열의에 찬 얼굴과 유연한 근육과 당장이라도 떠날 채비를 갖춘 모습은 그대로다. 다만 집을 사랑하고,(유개 화차 충돌을 막으려다 다리가 부러졌을 때 받은 철도 보험 보상금으로 구입한 집이다.) 좀 툭탁거리기는 해도 나름대로 아내를 사랑하고, 아이들, 특히 내 이름을 일부 따 붙인 막내아들 토미 존을 사랑한다. 선량한 우리 친구 코디는 당장 누군가와 체스 한판을 두고 싶어 하지만, 한 시간 후면 가족 부양을 위해 출근해야만 한다. 그는 로스 가토스의 고요한 교외 거리에서 내시 램블러 자동차를 민 뒤 뛰어올라 시동을 거는데, 이래야만 시동이 걸린다는 것 외엔 다른 불만이 없다. 자격도

---

1) 여기에서는 마리화나를 뜻하는 은어이다.

없는 나를 무척 사랑해 주는 이 품 넓고 이상적인 사나이는 사회에 대해서도 심한 불만이 없는데, 그래도 나는 모든 걸, 굳이 빅 서에 대해서는 아니고 지난 몇 해에 대해 설명하고 싶어 안달이 난다. 하지만 모두 저마다 나불대고 있으니 좀체 가망이 없다. 예전 그 길 위에서의 나날에 미국을 횡단하며 그랬던 것과 달리 근래에는 사실 어떤 대화도 나누지 못했다는 데 대한 서로의 유감을 그가 내 눈에서 읽고 있다는 걸 그의 눈에서 나도 읽는다. 이제 우리는 그들의 이야기를 우리에게 들려주고 싶어 하는 수많은 사람들에게 완전히 포위되어 버렸다. 밤의 영웅들은 그렇게 옴짝달싹 못 한다. 그가 "1시쯤 매니저가 퇴근하거든. 그때들 와서 나 일하는 것도 보고 말동무도 되어 주다가 도시로 돌아가지그래." 한다. 데이브 웨인이랑 오직 전설의 '딘 모리아티'(『길 위에서』에서 코디에게 붙여 준 이름)를 만나고 싶어 동행한 스탠리 포포비치도 첫눈에 그가 마음에 든 눈치다. 하지만 안타깝게도 그는 좋아하던 철도 일자리를 잃었고 1948년부터 쌓아 온 연공이 무색하게 이제 타이어 재생이나 하면서 가석방자 점검 회의에 출석하고 있다. 신이 원하셨기에 텍사스주에 절로 자라는 알량한 대마초 단 두 대 때문에 말이다.

나와 코디가 햇빛 쏟아지는 거리에서 어깨동무를 하고 찍은 옛날 사진이 책장에 놓여 있다.

나는 지난해 샌 퀜틴의 종교 고문이 강의를 청해 왔을 때 일어났던 일을 코디에게 서둘러 전한다. 교도소까지 태워다 준 데이브 웨인이 밖에서 기다리고, 나는 모쪼록 기분을 돋워 줄 술 한 병을 코트에 감춘 채 혼자 들어갈 것이었다. 덩치 큰 간수들의 안내를 받아 교도소 강의실에 들어가 보면 백 명은 될 재소자들이 기다릴 것이고, 무척이나 자랑스러운 얼굴로 맨 앞줄에 앉은 코디도 보일 것이다. 나도 수감 생활을 한 적이 있고 종교적인 훈계를 할 자격이 전혀 없다는 말로 강의를 시작할 것이다. 하나같이 외로운 그들은 내가 무슨 말을 하건 상관하지 않을 것이다. 어쨌거나 그렇게 예정된 행사였는데 거사를 앞둔 아침에 나는 술에 찌들어 방바닥에서 잠이 깬다. 정오가 다 되었고 이미 늦었다. 데이브 웨인 또한 방바닥에 누워 있다. 윌리가 밖에서 대기 중이지만, 이미 늦었다. 코디는 "괜찮아, 친구, 다 이해해." 한다. 친구 어원이 강의를 대신 하긴 했지만, 그리고 그는 나보다 붙임성이 좋아서 뭐든 잘 해내는 편이고 그렇게 들어가서 열광적인 자작시들로 수감자들을 들뜨게도 했지만, 그리고 교도소 방문이란 사실 뜻깊은 일이기는 했지만, 단지 내가 부탁했다고 그렇게 대신 가서 그럴 일은 아니었다 싶다. 내가 말하는 동안 체스판을 들여다보며 문제 풀이에 골몰하던 코디가 문득 묻는다. "다시 술 마시나?" (딴건 몰라도 내가 술 마시는 걸 질색하는 친구다.)

우리는 그를 도와 내시 램블러 차를 밀어 준 다음 술을 마시며 이블린과 이야기한다. 젊은 론 블레이크는 물론이고 데이브 웨인조차 탐하는 금발 미녀는 이런 것이 아니라 다른 일들에 관심이 많고, 아침에 학교나 무용 수업에 가야 하는 아이들을 돌볼 뿐 우리가 환심을 사려고 아무리 악악대도 좀처럼 말을 섞지 않고, 단지 코디의 근황을 두고 나하고 대화하

빅 서

고 싶어 한다.

그 가운데는 나중에 말하게 되겠지만 코디를 완전히 앗아가겠다고 위협한 정부 빌리 대브니의 문제도 포함되어 있다.

그러다가 타이어를 재생하는 코디를 보러 함께 새너제이 고속도로를 탄다. 그는 고글을 쓰고 대장간의 불카누스처럼 일하고 있다. 엄청난 힘으로 여기저기 타이어들을 던진다. 쓸 만한 것들이 한쪽에 높이 쌓여 있다. 그가 "이건 못 써." 하더니 다른 쪽으로 우당탕탕 던지며 타이어 재생에 관한 일장 연설을 늘어놓는다. 데이브의 눈이 휘둥그레진다. "우와, 설명까지 하면서 저 많은 일을 다 하다니!" 무엇보다 데이브 웨인은 이제 내가 왜 변함없이 코디를 좋아하는지 이해한다. 원한에 사무친 전과자를 예상했는데 대신 새벽 2시에 따분한 타이어 가게에서 재미난 설명으로 주위에 웃음을 선사하며 맡은 일을 빈틈없이 처리하는 고글 쓴 '미국의 밤'의 순교자가 지금 눈앞에 있지 않은가. 자동차 바퀴에서 타이어를 벗겨 내어 기계에 철썩 올려놓고 그것들이 굉음과 증기 속에서 뜯기고 던져지는 가운데 각 공정을 설명하는 그를 보며, 데이브 웨인은 당장 그 자리에서 웃거나 울다가 죽을 것만 같았다.

우리는 도시로 차를 몰아 광란의 하숙집에 돌아와서는 술을 좀 더 마신다. 으레 그랬듯 떡이 되게 취해 바닥에 쓰러졌다가 빅 서 오두막 포치에 놓인 정결한 간이침대와는 한참 먼 그곳에서 끙끙거리며 잠이 깬다. 어서 일어나라고 지저귀는 어치들도, 꾸르륵 흘러가는 샛강도 없다. 나는 누추한 도시에 돌아왔고 그렇게 꼼짝없이 잡힌 것이다.

14

거실에서 술병 박살 나는 소리와 함께 렉스 파스칼이 뭐라고 고함치는 소리가 들리는데, 작년에 제리 와그너의 아내 될 여자가 렉스에게 화가 나 토케이 반병을 방에 뿌려 대고 그의 안면에 훅을 한 방 먹인 뒤 일본으로 달려가 성대한 선불교 예식으로 제리와 결혼식을 올려서 전국지에 실린 일이 떠오른다. 나는 "피가 다 멎었으니 괜찮을 거야, 렉스." 하면서 2층 화장실에서 상처를 손봐 주었다. "나도 프랑스계 캐나다인이야." 어쩌고 의기양양하게 선언하는 그를 놔두고 데이브와 조지 바소와 내가 뉴욕으로 돌아갈 준비를 하는데, 그가 환송 선물이라며 성 크리스토퍼 메달을 나에게 건넨다. 렉스 같은 사내는 이 광란의 하숙집을 떠나 어디 목장 같은 곳에서 살아야 한다. 힘도 세고 잘생긴 데다 여자와 술에 대한 욕망이 넘

빅 서

실대지만 어느 것도 마음껏 누리지 못해 또다시 술병들이 깨지고, 하이파이에서는 베토벤의 「장엄 미사」가 울리는 가운데 나는 바닥에서 잠이 든다.

이튿날 아침 당연히 끙끙대며 일어난다. 밸리의 결핵 병원으로 조지 바소를 문병하러 가기로 한 날이다. 데이브가 커피에 와인 옵션까지 곁들여 가지고 온다. 어찌 된 일인지 벤 페이건의 방바닥인 걸 보면, 그를 상대로 새벽까지 불교에 대해 열변을 토했던 모양이다. 퍽이나 불자답다.

이미 복잡한 상황인데 별안간 오리건주 출신의 괴상한 청년 조이 로젠버그가 덥수룩한 수염에 라울 카스트로처럼 목까지 내려오게 기른 머리로 나타난다. 168센티미터 단신이지만 놀랍게도 206센티미터를 거뜬하게 뛰어넘으면서 캘리포니아 고등부 높이뛰기 대회에서 우승한 그는 날렵한 걸음의 춤솜씨 또한 일품이다. 황당하게도 무슨 비트닉 예수가 되기로 작정한 이 괴짜 전직 운동선수의 젊고 푸른 눈동자에는 순전한 청정함과 진심이 깃들어 있다. 그의 눈동자가 하도 순결하여 제멋대로 자란 머리카락과 수염 같은 게 눈에 덜 띄는 데다 입은 옷마저 누덕누덕하기는 해도 어쩐지 우아하다.("몇 안 되는 최초의 비트닉 멋쟁이지." 며칠 후 매클리어가 내게 말한다. "그 이야기 들었어? 굉장히 반드러운 멋쟁이 옷만 입는 웬 비트닉 지하 단체가 생겼다는 거야. 그냥 청 재킷에 치노 바지조차 아주 산뜻한 신발이나 바지랑 맞춰 입거나 당연히 다림질하지 않은 고급 바지에 찢어진 운동화를 신는 식이래.") 갈색 튜닉인지 뭐 그런 부드러운 옷을 입고, 신발은 라스베이거스 스포츠 슈즈 같은 걸 신은

것이다. 빅 서에서 흙길 하이킹을 하다 발이 아프면 신던 파란
색 닳은 내 운동화를 보더니, 조이가 맘에 든다며 사실 몬터
레이에서 잡힌 물집이 아직도 아파서 대신 신고 있었던 조금
꼭 맞기는 해도 쓸 만한 그 운동화와 자신의 세련된 라스베이
거스 스포츠 슈즈(얇은 색 천연 가죽)를 맞바꾸자고 한다. 그래
서 나는 그렇게 한다. 그리고 데이브 웨인에게 그에 대해 묻는
다. 데이브가 대답하길, "아주 괴상하면서 아주 유쾌한 친구
중 하나야. 일주일 전에 나타났다 하는데 뭘 하고 싶으냐고
물어도 대답 없이 빙긋 웃기만 한다더군⋯⋯. 뭐든 다 파고들
고 지켜보고 즐길 뿐 별다른 말은 없대⋯⋯. '뉴욕에 가자.' 누
가 그러면 잠자코 그냥 동행할 친구라네⋯⋯. 이를테면 청춘
순례 중일 거야. 우리 늙다리들이 배워야겠지. 신념에 대해서
도 말이야. 그는 신념이 있어. 눈을 보면 다 보여. 아마도 그리
스도처럼 누구와 어느 쪽으로 가든 신념을 갖고 있어."

희한하게도 어느 공상 속에서 나는 들판을 걷다 아칸소에
서 순례 중인 이상한 무리와 만나는데, 길가에 앉아 있던 데
이브 웨인이 "쉿, '그가' 자고 있어." 한다. 여기서 '그'란 조이인
데 사도들이 그를 따라 뉴욕으로 행진 중이다. 이후로도 그들
은 멈추지 않고 물 위를 걸어 피안에 다다른다. 뭐, 물론(공상
속에서도) 나는 콧방귀를 뀌고 그걸(내가 잘하는 몽상 같은 이야
기) 믿지 않지만, 이튿날 아침에 조이 로젠버그의 눈을 보면서
단번에 깨닫기를 그는 과연 예수라는 사실인데, 왜냐하면 그
눈을 들여다보는 자는 누구든(내 환각의 규칙에 따르면) 즉시
확신과 함께 전향하게 되기 때문이다. 길고 억지스럽게 이어

지턴 공상은 아이비엠 기계가 '재림'을 궤멸하려 한다는 생각 등으로 끝난다. (현실로 말하자면, 그로부터 몇 달 후 집에 돌아온 나는 그것이 나에게 불운을 가져왔다는 느낌, 발가락 쪽에 작은 구멍이 숭숭 난 파란 운동화를 그대로 신었어야 했다는 생각이 들어 그의 신발을 쓰레기통에 내던졌다.)

어쨌든 조이에다 늘 데이브를 쫓아다니는 론 블레이크까지 데리고, 우리는 늘 그러듯 서점에 들러 몬샌토를 본 뒤에 길모퉁이 '마이크네'로 가서 아침 10시부터 술과 음식에 당구 몇 게임까지 곁들여 즐기고 논다. 조이가 이기는데, 성서 속 인물 같은 머리 모양이며, 허리를 굽힌 채 능숙한 프로처럼 세운 손가락 사이로 큐 스틱을 부드럽게 밀어 넣어 긴 직선 드라이브를 성공시키는, 말하자면 예수가 당구 치는 듯한 모습이며, 하여간에 그는 괴상한 당구 고수다. 배곯은 청춘들은 그 와중에 엄청난 양의 음식을 먹어 치운다. 수백 달러를 가진 주정뱅이 소설가와 노는 날이 흔치 않기에 스파게티, 점보 햄버거, 아이스크림, 파이, 푸딩 등등 닥치는 대로 잔뜩 시킨다. 원래 많이 먹는 데이브 웨인은 반주로 맨해튼과 마티니도 곁들인다. 나 또한 며칠 후면 후회할 줄도 모르고 빌어먹을 더블 버번과 진저에일을 붙들고 들이켠다.

술꾼이라면 이게 어떻게 진행되는지 안다. 술에 취한 첫날은 괜찮다. 아침의 심한 숙취도 식사와 함께 몇 잔 더 걸치면 쉽게 해결된다. 하지만 식사를 건너뛰고 밤에 또 잔뜩 마셔 댄 뒤 일어나 또 마시고 나흘째까지 계속하면 급기야 술이 더는 듣지 않는 날이 온다. 화학적으로 과적된 몸을 잠으로

풀어 줘야 하는데, 지난 닷새간 알코올의 힘으로 잔 터라 잠도 더 잘 수 없고 결국 망상이 찾아오는 것이다. 불면과 땀과 떨림, 사지가 마비된 듯한 괴로운 무기력감, 악몽, (죽음의 악몽)……. 음, 이것에 대해서는 뒤에서 더 이야기하자.

찬란한 새날의 절정이라 할 정오경에 우리는 데이브의 여자 친구인 '커다란'(보라색 아이섀도를 칠한 큰 눈에 키가 아주 큰, 말하자면 메이 웨스트식으로 큰) 루마니아 미녀 로마나 스워츠를 차에 태운다. 데이브가 내게 귓속말을 한다. "보라색 팬티만 달랑 입고 젠 이스트 집을 활보하는 모습을 보여 줘야 하는데. 복도를 걸어가는 그녀만 보면 환장하는 유부남이 거기 있거든. 뭐, 그럴 만도 하지. 누구를 유혹하고 그러려는 게 아니라 그냥 나체주의자인 거야. 나체주의를 신봉하고 실천하는 거지!"(젠 이스트 집이란, 나는 가 본 적 없지만 수부드인가 뭔가를 공부하는 온갖 인종의 기혼자와 독신과 자유분방한 가족들이 모여드는 하숙집 같은 곳이다.) 좌우간 그녀는 풍만한 육체에 갈색 머리를 지닌 미녀로 애욕에 타오르는 성 노예 유형으로 보일 만도 하지만, 사실 똑똑하고 박식한 데다 시를 쓰는가 하면 선불교에 심취한 만물박사로, 요약하자면 강인한 사내와 결혼해 밸리의 농장에서 가정을 일구고 싶어 하는 건장하고 튼튼한 루마니아계 유대인 여자, 바로 그런 인물이다.

결핵 병원은 트레이시를 거쳐 샌와킨 밸리를 따라 차를 두 시간 몰면 나온다. 데이브가 능수능란하게 운전하고, 로마나는 우리 사이에 앉아 있고, 나는 다시 술병을 든다. 화사한 캘리포니아 햇빛 아래 자두 과수원이 휙휙 스치고 지나간다. 화창한 오후에 훌륭한 운전자, 술, 짙은 선글라스, 그리고 이미 말한 대로 그 모든 멋진 대화와 함께 어딘가 흥미로운 곳을 찾아가는 일은 늘 즐겁다. 론과 조이는 작년 샌프란시스코에서 뉴욕까지 여행길에서 가련한 조지 바소가 그랬듯이 뒷자리 매트리스에 책상다리를 하고 앉았다.

그건 그렇고 그 일본인 청년이 금세 내 맘에 든 건 무엇보다도 뷰캐넌 스트리트에 있는 집의 그 어지러운 부엌에서 우리가 만난 첫날 저녁에 그가 들려준 이야기 때문이었다. 자정에 시작해 새벽 6시까지 그는 직접 정리한 부처의 전 생애를 느리고 침착한 목소리로 내게 들려주었다. 조지는(이론에 해박하고 종을 이용한 명상 수업을 이끌기도 한 그는 일본 불교에 뼛속까지 신실한 청년 세속 승려인 것이다.) 부처가 처첩과의 육체관계를 거부한 것은 성적으로 무관심해서가 아니라 그 무렵 인도에서 찾을 수 있는 가장 높은 성애 기술을 배웠기 때문이며, 당시는 모든 행위, 양상, 접근법, 순간, 기교, 핥고 묶고 치고받고 들이마시는 '남자든 여자든' 다른 인간하고 어떻게 사랑을 나누면 되는지 일러 주는 『카마 수트라』 같은 대작들이 집필되고 있었기 때문이라고 조지는 주장했다. "부처는 섹스에 관한 모든 것을 알고 있었고, 따라서 그가 숲속의 수도자가 되려고 쾌락의 세계를 등졌을 때 아무것도 몰라서 포기하는 게 아니라는 걸 다들 물론 알았으며, 그랬기에 그의 말을 굉장히 존중했어. 평생 시시한 연애 좀 해 본 단순한 카사노바가 아니었어.'아주 끝까지 갔으니까. 시종에 환관, 사랑을 가르쳐 준 특별한 여인들과 동정녀들을 통해 그는 사악한 것과 사악하지 않은 것들의 온갖 측면들과 친숙해졌지. 알다시피 그는 또 뛰어난 궁수에 기수였어. 그가 절대로 궁을 떠나는 일이 없게 하고 싶던 아버지의 명으로 삶의 기술 전체를 완전히 익힌 거야. 그야말로 갖은 술책으로 그가 모쪼록 쾌락의 생을 좇도록 부추겼는데, 잘 알겠지만 심지어는 아름다운 처녀 야소다라와 결혼을 시켜 라홀라라는 아들까지 얻었고 후궁에는 무동도 있었어." 조지는 구체적인 사실들까지 조목조목 짚었다. "음경을 손으로 잡고 회전 운동과 함께 질 속으로 집어넣는 것도 알았는데 이건 여러 변종 중 하나일 뿐이고, 다른 걸로는 여자의 엉덩이를 낮추어 음문이 물러나며 음경이 말벌의 가시처럼 잽싼 움직임으로 진입하게 할 수도 있고, 아니면 엉덩이를 높이 쳐들어 음문이 튀어나오게 해 음경이 바닥까지 급돌진하게 한 뒤 약 올리듯 빼거나 왼쪽 오른쪽으로 집중시키는 방법도 있어. 그는 그리고 모든 동작과 말과 표현을, 질에 해야 할 것과 하면 안 될 것을, 음순에 강하게 또는 부드럽게 입 맞추는 갖가지 방법까지 다 알았어. 정말 처음에는 천재였어." 등등 새벽 6시까지 조지가 늘어놓은 이야기들은 내가 들어 본 실로 가장 광범한 『불본행경』의 하나였으며, 부처가 보리수 아래서 일체의 피조물을 논리적으로 해체한 다음 '미망의 사슬'이란 실상을 드러내 보여 줬던 '십이인연법'의 완벽한 언명으로 끝났다. 한편 뉴욕 여행길에서는 데이브와 내가 앞자리에 앉아 줄곧 떠드는 동안, 그는 대체로 입을 다물고서 매트리스에 앉아 있다가 자기가 이 여행을 하는 이유는 뉴욕에 가는 것이 그인지 그저 차(지프 윌리)인지 그저 구르는 바퀴들인지 타이어들이나 그런 것들인지 알고 싶어서, 라는 화두 같은 말을 내뱉었다. 오클라호마 대평원에서 곡물 엘리베이터를 보고 "내 보기에 곡물 엘리베이터는 길이 와닿기를 기다리고 있는 것 같아." 하고 나직이 읊조리기도 했고, 불쑥 "방금 자네들이 페르노 마티니 잘 만드는 법을 이야기하고 있을 때 나는 버려진 가게 앞에 서 있는 백마를 보았어." 하기도 했다. 라스베이거스에서 괜찮은 모텔 방을 잡은 뒤 함께 나가서 룰렛을 좀 했고, 이스트 세인트루이스의 야한 술집에 갔을 때는 근사한 여자 셋이 마치 조지와 그의 관능적 부처 이론을 알아볼 것처럼(그는 왕처럼 앉아 '댄싱걸스'를 지켜보았다.) 그리고 미녀들을 보면 늘 '냠냠' 입맛을 다시는 데이브 웨인에 대해서도 알아볼 것처럼 우리에게 미소를 지으며 환상적인 벨리 댄스를 선보였다.

그런데 이제 조지는 결핵에 걸렸을 뿐 아니라 죽을지도 모른다고 한다. 갑자기 자꾸 죽음이 겹치면서 마음이 더욱 어두워진다. 아무럼 선승 조지가 자기 몸이 그렇게 죽도록 허락할 리 없다 싶다가도, 잔디밭을 지나 병동에 들어서서 예전에는 늘 빗어 넘겼던 머리를 이마 위에 축 늘어뜨리고 낙담한 채 침대 가장자리에 앉은 모습을 보자 그럴 수 있을 것도 같다. 목욕 가운을 입은 그가 거의 불쾌한 낯으로 우리를 쳐다본다.(하기야 병원에서 친구나 친척의 불시 방문을 받으면 누구나 다 그렇다.) 병상에서 깜짝 놀라는 건 즐겁지 않다. 한숨을 쉬며 따뜻한 잔디밭으로 들어오는 그의 얼굴은 "아프다니까 찾아온 모양인데, 대체 원하는 게 뭐야?" 말하고 있다. 지난해 익살에 찬 용기는 뿌리 깊은 일본식 회의주의에 길을 내주었는지 의기소침과 자살 충동의 발작에 사로잡힌 사무라이 무사 형색이다.(비참, 음울, 공포로 찌푸려진 얼굴에 나는 깜짝 놀란다.)

15

그러니까 그것은 일본인이라는 것, 일본인이고 삶을 더는 믿지 않으며 베토벤처럼 침울하면서 심지어 침울한 일본인이라는 것이 어떤 의미인지를 내가 소스라치며 깨달은 첫 경험이었으니, 그 이면에는 마쓰오 바쇼의 침울함이, 고바야시 잇사와 마사오카 시키의 맹렬하게 찌푸린 얼굴이, 먼 옛날 일본의 말들처럼 머리를 조아리고 혹한에 꿇은 무릎이 도사리고 있었다.

잔디밭 벤치에 앉은 그를 올려다보며 데이브가 "조지, 곧 괜찮아질 거야." 하자 그가 "모르겠어." 하고 대답하지만 사실은 "상관없어."라는 뜻이다. 내게 늘 따뜻하고 친절했던 사람이 이젠 숫제 알은체도 안 한다. 어리벙벙하고도 진실한 미소를 띠고 꽃들을 바라보며 잔디밭을 뛰어다니는 조이 로젠버그를 위시한 허접스러운 비트닉들의 문병을 받는 자신에게 군인을 비롯한 다른 환자들의 시선이 쏠리는 게 좀 거북한 눈치다. 165센티의 키와 얼마 안 나가는 체중, 아이처럼 깨끗하고 보드라운 머리칼과 섬세한 손을 가진 그가 바닥만 내려다본다. 대답도 노인 같다.(겨우 서른 살인데.) "모든 것이 아무것도 아니라는 설법이 그야말로 실감이 난다고 할까."라는 그의 체념에 나는 오싹해진다. (가는 도중에 데이브는 조지가 많이 변했으니 마음의 준비를 해 두라고 경고했었다.) 그래도 나는 최대한 말을 섞어 본다. "세인트루이스에서 본 그 댄서들 기억나?" "응, 매춘부의 사탕." (댄서 하나가 춤을 추면서 우리에게 던진, 향수를 뿌린 솜 조각 얘기인데, 우리는 애리조나주의 피처럼 붉은 황혼 녘 도로에서 뽑은 사고 안내 십자목 위에, 딱 그리스도의 머리가 있었을 자리에 그걸 붙인 뒤 당연히 뉴욕으로 가져왔고, 조지는 우리가 이런 일을 반무의식적으로 한 것을 두고 정말 아름답다 감탄했으니, 그리니치빌리지의 건달들이 우리를 찾아와서 십자목을 치켜들고 거기 머리를, 아니, 코를 대고 비비는 결과를 가져왔기 때문이었다.) 하지만 조지는 이제 아무 관심도 없다. 그리고 어쨌든 떠날 시간이다.

그런데 아, 우리가 자리에서 일어나 그에게 손을 흔들고 그가 멈칫멈칫 돌아서서 병원 안으로 들어가는 중에도 나는 일행 뒤에서 미적거리며 몇 번이나 뒤돌아보고 다시 손을 흔들다 구석에 몸을 숨기고는 머리를 좀 내밀며 손을 흔드는 장난까지 친다. 조지가 덤불 뒤에 숨어 손을 흔든다. 나도 덤불 뒤로 숨어서 엿본다. 느닷없이 우리는 잔디밭에서 까불까불 노는, 가망 없이 정신 나간 두 현자가 된다. 둘 사이의 거리가 더 벌어지고 그가 출입문에 가까워질 즈음 우리는 아주 미세한 동작들을 연출하는데, 이를테면 조지가 출입문 안에 들어서서 손가락을 내밀면 나는 신발 한 짝을 내밀고, 그러면 그는 한쪽 눈을 문밖으로 내밀고, 나는 더 내밀 것은 없고 "우!" 소리를 지르는 거다. 조지는 더 내밀 것도, 할 말도 없다. 나도 구석에 숨어 아무 짓도 안 한다. 그러다 내가 튀어 나가면 그도 튀어나오고, 서로 손을 마구 흔들다 각자 숨을 장소로 돌아간다. 나는 재빨리 그냥 걷다가 갑자기 돌아서서 다시 손을 흔들고, 그는 뒷걸음치며 손을 흔든다. 더 멀리 갔다 뒷걸음치며 더욱 맹렬히 손을 흔든다. 둘 사이에 100야드 거리가 벌어지면서 더 이상 장난질이 어려워져도 우리는 용케 계속한다. 이윽고 선불교식으로 서글프게 흔드는 손이 저 멀리 보인다. 나는 껑충 뛰어올라서 양팔을 흔든다. 그도 마찬가지다. 그가 병원 안으로 들어가는가 싶더니 잠시 후 이번에는 병동 창으로 내다본다. 나는 트럭 트렁크 뒤에서 그를 향해 코를 튕긴다. 끝이 안 난다. 이미 차에 들어가 앉은 일행은 내가 왜 이리 꾸물대는지 알지 못한다. 내가 꾸물대는 이유는 조지가 완쾌되어 즐거운 진리를 가르치며 살리라는 것을 알기 때문이고 내가 안다는 것을 조지가 알기 때문인데, 바로 그래서 그는 나와 이 기쁜 자유의 마술 같은 장난을(그것이 곧 선불교, 아니, 궁극적으로 일본의 혼이 뜻하는 것이리라.) 치고 있는 것이다. 마지막으로 손을 흔든 뒤 나는 "언젠가 조지랑 일본에 갈 거야." 하고 다짐하는데, 저녁 식사 종이 울리고 식당 앞에 모여드는 환자들이 보이자, 연약한 신체 안에 엄청난 식욕을 가진 조지를 기다리게 하고 싶지 않은 나에게 그가 마지막 장난을 친다. 물 한 컵을 철퍼덕 창밖으로 뿌리고는 그의 모습이 사라진다.

"저건 무슨 뜻이지?" 나는 차에 타면서 머리를 긁적인다.

16

이 광란의 하루를 끝마치기 위하여 나는 새벽 3시에 시속 100마일로 샌프란시스코의 잠든 거리와 고개와 해안 지구를 달려가는 차 안에 앉아 있다. 데이브는 로마나와 자러 갔고 나머지는 곯아떨어졌다. 그러나 내가 하숙집의 이 괴짜 이웃과(그 또한 자유분방한 족속이며 인부이기도 하여 페인트 일을 나갔다가 지저분한 장화를 신고 귀가하는데, 아내와 사별한 후 어린 아들과 함께 산다.) 그의 방에서 하이파이로 스탄 게츠의 재즈를 크게 듣다가 데이브 웨인과 코디 포머레이가 세상에서 운전을 가장 잘하는 것 같다고 문득 말하자, "뭐라고?" 건장한 금발 사나이가 왠지 어색한 미소를 띠고 고함을 친다. "내가 왕년에 도주용 차량 운전자였어. 자, 나와. 보여 줄게!" 그리하여 밤 깊어 새벽이 다 된 지금 뷰캐넌을 가로지르고 이 모통이 저 귀퉁이를 날카롭게 찌르고 돌다가 빨간불을 만나자 급격히 왼쪽으로 꺾어 언덕을 올라간 뒤 꼭대기에 이르러 이제 그 뒤에 뭐가 나올까 보려고 좀 주춤하겠지 해 봤지만, 웬걸 뭐 거의 언덕에서 굴러떨어지겠다 싶게 더 급히 달려 샌프란시스코 특유의 가파른 거리에 다다르고, 거기서 그는 만 쪽으로 다시 액셀을 밟으며 그렇게 시속 100마일로 언덕 기슭을 향해 내닫고, 다행히 교차로가 나오고 파란불이라 도로가 갈라지고 내리막 경사가 진 지점에서 잠시 주춤한 걸 빼고는 같은 속도로 달려간다. 선창에 도착하자 오른쪽으로 꺾는다. 단숨에 다리 입구의 경사로를 뛰어넘어 가져온 술병에서 한두 모금 마실 새조차 없이 뷰캐넌의 하숙집 앞으로 돌아온 것이다. 세상에서 운전을 가장 잘하는 그 친구의 이름조차 나는 모르고 다시 본 적도 없다. 브루스 뭐였던 것 같다. 굉장한 도주였다.

17

이번에는 데이브가 없다는 걸 까먹고 방바닥에 깔아 둔 그의 매트리스 옆에서 나는 술에 취해 끙끙거린다.

그날 아침, 코디가 밸리에서 전화하기 전에 일어난 이상한 일이 지금 떠오른다. 타이크가 죽었다는 사실을 떠올리며 바보처럼 절망적인 우울에 빠진 채 나는 그 가라앉는 해변을 다시금 회상한다. 화장실 라디에이터 옆에는 차 안에서 신나게 토론한 보즈웰의 『존슨』이 놓여 있다. 아무 페이지나 펼치고 한 페이지 넘긴 뒤 맨 윗줄부터 읽어 내려가다가 나는 또다시 아주 완벽한 세계에 진입한다. 늙은 박사 존슨과 보즈웰이 로리 모어라는 작고한 친구 소유의 스코틀랜드 고성을 찾아가서는, 로리의 과부와 함께 근사한 벽난로 옆에서 셰리를 마시며 벽에 걸린 로리의 초상을 바라보다 문득 존슨이 말하기를,

"경, 나라면 로리 모어의 검에 이렇게 맞서겠소.(초상화 속 로리는 '하이랜드 플링' 자세다.) 단검을 들고 그의 몸 안으로 들어가 짐승처럼 마음껏 찌르는 거요." 숙취로 멍한 가운데서도 로리 모어의 안타까운 죽음에 대해 과부에게 슬픔을 표할 길이 있다면 바로 이거다 싶다. 한없이 처량하고 무분별하면서도 완벽하니까. 나는 부엌으로 달려가, 벌써 아침 비슷한 걸 먹고 있는 데이브 웨인과 다른 몇몇에게 그 대목을 읽어 주기 시작한다. 존시가 파이프 담배를 피우며 '첫새벽부터 웬 문학질?' 하듯 곁눈질로 나를 보지만 이건 '문학질'과는 거리가 멀다. 죽음, 로리 모어의 죽음에 대한 존슨의 반응은 대단히 이상적이어서 나는 지금 존슨 박사가 이 부엌에 있다면 좋겠다. (도와줘! 지금 생각하는 중이야.)

로스 가토스의 코디가 전화를 걸어와 타이어 재생 일자리를 잃었다고 알린다. "어젯밤에 우리가 갔던 것 때문이야?" "아니, 아니야. 그건 전혀 아니고, 주택 대출금 상환 때문에 돈이 쪼들리고 뭐 그래서 직원들을 좀 내보내야 된다는 거야. 가짜 계산서를 발급했다며 고소하려는 여자도 있다 하고. 어쨌든 나도 월세도 내야 하고 다른 일자리를 찾아야 돼. 완전 망했어. 친구, 저기, 부탁이 있는데, 정말, 잭, 아, 100달러만 좀 빌려줄 수 있겠나?" "코디, 왜 이래. 지금 내가 당장 내려가서 100달러 직접 줄게." "정말로? 이봐, 빌려주는 것만으로도 충분하지만, 그래 준다면, 뭐, 흠." 그의 속눈썹이 떨린다.(내가 진심이란 걸 알기 때문에.) "그런데 자네가 어떻게 여기 내려와서 내게 그 돈을 건네며 감동시킬 수 있을까?" "데이브한테 태워 달라고 하지." "그래, 그럼 그걸로 당장 월세를 내야겠어. 오늘이 금요일이니까. 아니, 목요일인가. 아님 뭐든지. 아, 목요일 맞는 구나. 그럼 다음 월요일까지는 새 일자리를 찾지 않아도 되고 우리 다 함께 노닥노닥 예전처럼 이야기나 나누면서 긴 주말을 보내면 좋겠군. 체스로 내가 한판 눌러 줄 수도 있고 아니면 같이 야구 중계를 봐도 되겠지." 이어서 속삭이듯 말하길, "시내로 들어가서 예쁜 애인도 보고 말이야." 그래서 나는 데이브 웨인에게 청하고, 그는 당연히 언제든 떠날 준비가 되어 있고, 나 또한 종종 사람들을 따라다니듯 그도 그냥 나를 따라다니는 사람이라 우리는 출발한다.

도중에 몬샌토의 서점에 잠깐 들러 데이브랑 코디랑 오두막에 가서 조용한 광란의 주말을(어떻게?) 보내는 건 어떨까 싶다고 하자, 몬샌토는 자기도 가겠다고, 그뿐 아니라 중국인 친구 아서 마도 데리고 가자고, 그리고 산타크루스에서 매클리어도 만나고 그 김에 헨리 밀러도 찾아가자고 하는 바람에 사태가 예상외로 커진다.

월리가 길거리에서 대기하고, 나는 가게에 들어가 술을 사고, 데이브가 월리를 돌려 론 블레이크와 방금 벤 페이건까지 뒷자리 매트리스에 올라타 앉고, 나는 앞자리 흔들의자에 앉아, 그렇게 우리는 이 대낮에 코디를 만나러 시끌벅적 베이쇼어 고속도로를 달리고, 몬샌토는 자신의 지프에 아서 마를 태우고 뒤따르니 지프가 두 대인데, 곧 알게 되겠지만 두 대가 추가로 붙을 예정이다. 오후 중반에 코디의 집에 도착해 보니 이미 손님들로 북적댄다.(로스 가토스 지역 문필가들을 비롯한 이런저런 사람들에 전화벨까지 쉴 새 없이 울린다.) 코디가 이블린에게 "잭이랑 이 친구들하고 옛날처럼 한 이틀 보내고 월요일부터 일자리를 알아보려고 해." 하자 "알았어."라는 대답이 돌아온다. 모두 로스 가토스의 훌륭한 피자집에 몰려가 버섯과 고기와 멸치와 뭐든 원하는 걸 처넣다 보니 1인치 두께로 부풀어 오른 피자를 먹는다. 내가 슈퍼마켓에 가서 여행자 수표를 환전한 뒤 100달러를 건네주자 코디는 그걸 바로 이블린에게 준다. 얼마 후 지프 두 대는 몬터레이를 향해, 물집 잡힌 발로 걸었던 그 길을 지나 레이턴 캐니언의 무시무시한 그 다리까지 달려 나간다. 다시는 안 볼 줄 알았던 그곳에 참관자들까지 거느리고 돌아온 길이다. 어찌어찌 뚫고 가는 산길 아래 협곡을 바라보며 나는 경이와 비애로 입술을 깨문다.

18

옛날 사진 속의 늙은 얼굴처럼 친숙한 저 풍경, 마치 바위
들 위의 그림자, 흰 거품으로 노란 모래밭을 덮치는 무정한 푸
른 바다, 굳센 절벽 양옆으로 내려오는 노란 물줄기, 저만치 보
이는 푸른 목초지를 백만 년은 떠나 있었던 것만 같다. 지난
며칠간 사람들의 얼굴과 입만 보며 지내다가 저 거대한 자연
을 바라보는 게 너무 이상하다. 마치 자연이란 것이 큼직한 콧
구멍이 나 있고, 눈 밑에는 커다란 자루들이 매달려 있으며,
지프 스테이션왜건 5천 대와 데이브 웨인과 코디 포머레이 만
명쯤은 아무렇지도 않게 너끈히 삼킬 큰 입까지 달린, 온통
비늘로 덮인 거대한 얼굴을 갖고 있는 듯싶다. 거기 그렇게 내
골짜기의 모든 서글픈 윤곽들과 틈새들과 다시 미엔 모 산과
높이 난 도로 아래 꿈같은 숲이 보이더니, 멀리 축사 울타리

옆에서 한낮의 풀을 뜯는 앨프의 모습까지 시야에 들어온다. 멀쩡하게 콸콸거리며 흐르는 샛강은 대낮임에도 깊이 뒤엉킨 풀 속에서 어쩐지 어둑하고 굶주린 듯 보인다.

이제 캘리포니아 토박이가 다 됐으나 이 정도의 전원은 처음인 코디는 깊은 감명을 받았을 뿐 아니라, 친구들과 소풍을 나와서 이런 장관을 구경하게 되어 정말 잘됐다고 생각하는 것 같다. 여러 해 만에 눈이 초롱초롱한 어린아이로 돌아간 듯 보이는 건 학교나 직장이나 밀린 청구서도 없이 오직 나를 즐겁게 해 주는 것 말고는 달리 할 일이 없기 때문이리라. 그러고 보면 샌 퀜틴 출소 이래 그에게서는 마치 교도소 경험으로 성인의 무지근한 부드러움이 다 빠져나가기라도 한 듯 아득히 소년다운 분위기가 느껴졌다. 저녁을 먹고 나면 말 없는 총잡이와 동거한 감방에서 날마다 아니면 적어도 이틀에 한 번은 애인 빌리에게 보내려고 철학이며 종교적 묵상이 담긴 편지를 정성껏 썼다. 소등 후 잠자리에 누워도 잠이 오지 않아서 가능하다면 달콤하게 바깥세상을 떠올리곤 했으니,(구치소라면 달콤하게 기억하기가 비교적 쉽지만 교도소는 장 주네가 보여 주었듯 훨씬 어렵다.) 그 결과 격렬한 고통을 억누를 수 있었을 뿐 아니라(물론 2년쯤 폭음과 줄담배에서 벗어나 사는 건 좋은 일이고, 규칙적인 수면도 마찬가지다.) 다시 아이 같아진 건데, 그것은 이를테면 갓 출소한 전과자들이 공통적으로 갖춘 듯 보이는 어렴풋한 '아이다움'이다. 범죄자들을 사방이 꽉 막힌 벽 안에 처박아 엄벌하겠다는 취지이겠지만, 도리어 온갖 흉악 행위를 저지를 더 큰 힘과 자원을 장착해 주는 것이 사회의 모순이다. "이럴 수가……." 깎은 듯한 절벽들, 늘어진 덩굴 식물들, 죽은 고목들을 둘러보며 그가 감탄사를 연발한다. "그러니까 자네가 여기서 혼자 3주를 살았다 이 말이야? 나라면 꿈도 못 꿀 텐데……. 밤에는 끔찍하겠는걸……. 저 아래 저 늙은 노새 좀 봐……. 야, 저쪽 삼나무는 정말로 근사하다……. 옛날 콜로라도 시절이 떠올라……. 매일같이 차를 훔쳐서 탱탱한 고등학생이랑 언덕배기에 올라 쏘다녔지……." 운전대를 잡고 우리를 얼빠진 듯 바라보면서 '냠냠' 하고 입맛을 다시는 데이브 웨인의 미친 듯 격렬한 눈동자마저 함께 '냠냠'을 외쳐 댄다. "여학생들을 떼로 데리고 와서 이야기도 나누고 노닥거리게 사전에 치밀하게 계획을 세워야지, 어떻게 된 거야?" 코디가 긴장이 확 풀린 애처로운 어조로 말한다.

뒤에는 몬샌토의 지프가 악착같이 따라온다. 몬터레이를 지날 때 그가 아내랑 아이들과 함께 산타크루스에서 여름을 났던 팻 매클리어에게 전화를 걸었고, 이제 매클리어도 자기 지프를 몰고 고속도로를 달리기 시작해 수 마일은 지났다. 오늘은 위대한 '빅 서의 날'인 거다.

언덕을 달려 내려가 샛강을 건넌 다음 축사 울타리에 이르자, 나는 당당히 내려 차가 통과할 수 있도록 문을 열어 준다. 바큇자국 두 줄을 따라 통통거리며 몰아간 끝에 오두막에 도착해 차를 댄다. 오두막이 눈에 들어온 순간, 철렁 가슴이 내려앉는다.

그토록 슬프게 거의 인간처럼 아마도 나를 기다려 온 오두막, 오직 나를 위해 샛강이 다시 부르는 멋진 노래, 황홀한 아침마다 포치 난간에 치리오스를 뿌려 주다 사라진 나를 기다려 왔고 이제야 돌아온 내 모습이 반갑고도 야속한 바로 그 어치들! 맨 먼저 안에서 먹을 것을 좀 찾아 내어놓아도 사람이 너무 많아 두려운지 내려오지 않는다.

꾀죄죄한 차림에 녹초가 다 됐지만 몬샌토는 자신의 아늑한 오두막에서 술과 이야기가 꽃피는 주말을 기대하며 벽에 걸린 도끼를 내려 들고 밖으로 나가 커다란 나무를 찍기 시작한다. 사실 몇 해 전에 쓰러진 나무의 반쪽을 이따금 패곤 했는데, 지금 몬샌토는 그것에 금을 내 가르고, 다시 금을 내 가른 다음, 우리가 다 함께 모닥불용 장작 크기로 쪼갤 수 있도록 하려고 맘을 먹고 나섰다. 한편 늘 도화지와 옐로잭 펠트 촉 연필을 갖고 다니는 아서 마는 그새 포치의 내 의자에 앉아서(내 모자까지 쓰고) 끝없이 그림을 그린다. 오늘도 내일도 스물다섯 점은 그릴 것이다. 말을 하면서 계속 그릴 것이다. 펠트 촉 연필은 빨강, 파랑, 노랑, 초록, 검정, 색깔도 다양한데, 그는 그것들을 가지고 잠재의식을 멋지게 표현할 뿐 아니라 객관적인 풍경을 그릴 수도 있으며, 뭐든 원하는 것을 만화로 그려 내기도 한다. 데이브는 윌리에서 우리 륙색을 내려 오두막 안에 던져 넣고, 벤 페이건은 흡족한 승려의 미소를 지은 채로 파이프 담배를 뻐금대며 샛강 주변을 얼씬거리고, 론 블레이크는 도중에 몬터레이에서 산 스테이크의 포장을 벗기고, 나는 수년간 동서남북 가리지 않고 벌인 술잔치 끝에 배운 정교한 손놀림으로 벌써 플라스틱 뚜껑을 퉁겨 술병을 딴다.

여전히 협곡의 벽 너머로 안개가 흘러나와 해를 가려 보지만, 해도 쉽사리 물러서지 않는다. 모닥불을 지핀 오두막은 내 마음속에서 유난히 초점이 잘 잡힌 사진처럼 더없이 선명하게 포근하고 아늑한 처소다. 양치식물 잔가지들이 아직 물컵에 담겨 서 있고, 책들도 그대로이고, 선반 위의 식료품들도 가지런히 배열되어 있다. 친구들과 함께 있는 게 즐거우면서도 어쩐지 슬픈 감이 있는데, 그것은 나중에 몬샌토가 "여기는 사실 혼자 있어야 하는 그런 곳이야. 우리나 딱히 다른 누구를 가리키는 건 아니지만, 패거리를 데리고 오면 어쩐지 더럽혀지는 느낌이 들지. 저 나무들에는 애잔한 다정함이 깃들어 있어서 고래고래 모독하거나 그저 뭐라고 지껄이기조차 해선 안 될 것 같다고 할까?"라고 한 말로 잘 표현된다. 그게 그런 느낌이었다.

우리는 떼를 지어 바다로 걸어가며 코디가 '저 망할 놈의 다리'라고 부르는 것을 공포에 질려 올려다본다. "웬만한 사람들은 다 겁에 질려 줄행랑을 놓고 말 거야." 코디 같은(데이브도 마찬가지지만) 나이 든 운전자에겐 모래밭에 거꾸로 처박힌 차체야말로 가장 무서운 형상이라, 그들은 반 시간은 족히 그것을 찔러 보며 고개를 연신 흔든다. 한동안 해변을 거닐다 밤이 깊어서야 술병과 손전등을 들고 돌아와 커다란 모닥불을 지핀다. 이제 오두막 안에 들어가 스테이크를 굽고 신나게 즐길 시간이다. 매클리어의 지프가 도착해 서 있고, 데이브가 또 '냠냠' 할 만큼 착 붙는 청바지를 빼입은 금발 미녀 아내와 함께 매클리어도 거기 서 있다. 코디는 코디대로 한 수 거든다. "음, 그래, 그래야지, 그렇고 말고, 으음, 자기야, 그래."

19

깊은 협곡에서 떠들썩한 술잔치가 시작된다. 밤과 함께 창밖에서 한기가 들어오자 약골들이 창문을 닫자고 아우성을 치고, 그래서 이제 램프 불빛 아래 앉아 연기 때문에 콜록콜록 기침을 해 대지만 뭐 상관없다. 그냥 스테이크를 굽는 연기인 거다. 나는 물 주전자를 손에 꼭 쥐고 놓지 않는다. 잘생긴 청년 시인 매클리어는 「진갈색(Dark Brown)」이라는 미국 최고 시를 최근 발표했는데, 아내의 육체 구석구석을 무아경의 합일과 교섭과 내부와 그야말로 온갖 것들의 시선으로 그려 내는 그 시를 그는 우리에게 읽어 주지 못해 안달이고, 나는 나대로 내 시 「바다」를 읽어 주고 싶고, 코디와 데이브 웨인은 뭔가 다른 이야기를 하고, 실없는 청년 론 블레이크는 쳇 베이커 흉내를 내며 노래를 부르고, 아서 마는 구석에서 그림을 그려 대고, 대략 이렇게 흘러간다…….

"늙은이들이 하는 짓이야, 코디. 세이프웨이 슈퍼마켓 주차장에서 천천히 후진하듯 말이야." "그렇지, 맞다. 내 자전거 이야기 중이었구나. 그래, 그런데 그게 왜냐면 할머니들이 안에서 장을 보는 동안에 모쪼록 출입구 가까이 차를 대 보겠다고 천천히 주차 공간에서 빠져나왔는데, 뒤에 뭐가 있는지 몸을 돌려 보기가 어렵지 않겠어? 보통은 아무것도 없겠지만 말이야. 그래서 아주 천천히 벌벌 떨며 차를 움직여 점 찍은 주차 공간으로 가 보면 그새 누가 그 자리를 차지해 버렸다 이거야. 그래서 노인들은 머리를 긁적이며 '에잇, 요즘 젊은것들은 영' 뭐 이러고 투덜대는 거야. 그런데 맞다, 내가 덴버에서 자전거를 좀 구부렸어. 바퀴가 워낙 흔들거려서 제대로 조종할 방법을 찾아내야 됐거든." "이봐 코디, 한잔해." 내가 그의 귀에 고함을 지르고, 매클리어는 "어둠 속 불구덩이 같은 내 허벅지에 입을 맞춰 주오." 어쩌고 시를 읽고, 몬샌토는 킬킬거리며 페이건에게 "이 괴상한 인물이 계단을 내려와서 앨리스터 크롤리의 책을 한 권 달라는 건데, 일전에 자네에게 듣기 전까지 나는 모르는 책이었어. 그런데 나가는 길에 서가에서 책 한 권을 슬쩍 뽑더니 주머니에서 다른 걸 꺼내 그 자리에 꽂더라. 덴턴 웰치라는 사람이 중국 거리를 헤매 도는 청년을 주인공으로 쓴 낭만파 장편 소설인데, 배경은 중국이지만 젊은 트루먼 카포티랑 비슷해." 하고 지껄이는데, 아서 마가 갑자기 소리 지르기를 "가만히들 있어라, 이 자식들아. 내 눈에는 구멍이 있다." 이러고, 뭐 그렇게 전형적인 파티가 계속되다가 스

테이크로 저녁을 먹은 다음, (나는 손도 안 대고 그저 술만 들이
켠다.) 어깨동무를 하고 해변에 나가 커다란 모닥불을 피우는
걸로 끝난다. 나는 게릴라 부대 대장이 되어 중위에게 명령을
내리며 행군하는 기분이 된다. 우리는 손전등을 흔들고 '영차,
영차' 기합을 넣으며 좁은 길을 내려가, 숨지 말고 얼른 나오라
며 적군에게 싸움을 거는 용맹한 게릴라 부대인 것이다.

나무꾼 몬샌토가 바닷가로부터 수 마일 떨어진 곳에서도
다 보일 만큼 거창한 모닥불을 지핀다. 저 다리 위를 지나가
는 차들도 오밤중의 파티를 알아차릴 것이다. 모닥불은 음산
하고 기이한 빛을 뿜고, 저 위 다리에서는 고약한 악취가 풍기
고, 바위 위에는 거대한 그림자가 춤춘다. 바다는 소용돌이치
지만 한풀 가라앉은 듯, 광대한 지옥에 홀로 앉아 바다의 소
리를 받아 적던 때와는 사뭇 다르다.

다들 녹초가 되어 바깥의 간이침대와 침낭에 뻗는 것으로
(매클리어 부부는 집으로 돌아간다.) 밤이 끝나고, 아서 마와 나
만 사위어 가는 불가에 앉아 동이 터 올 때까지 닥치는 대
로 소란스레 이야기를 주고받는데, 이를테면 이런 식이다. "머
리에 모자가 있다고 누가 알려 줬지?" "내 머리는 모자에 대
한 질문을 하지 않아." "간 훈련이라니 대체 뭔 소리야?" "내
간 훈련이 신장 기능과 연계가 돼 버렸어." (중국인이나 일본인
은 한 사람도 몰랐던 동해안 출신의 내가 이렇게 다시 동양의 작은
거인과 함께한다는 것은 서해안 사람에겐 비교적 흔한 일이겠지만,
동해안 출신에다 젠(Zen)이건 챈(Chan)이건 선불교에 도교도 공부
한 내게는 굉장한 일이다.) (또한 아서는 부드러운 머리에 몸집이 작

고 성품도 온화한 동양 건달이다.) 급기야 아무거나 머리에 떠오르는 생각을 탁구 치듯 독경 조로 주거니 받거니 하는 상황이 되고 만다. 재밌는 것은 한쪽(나)이 예컨대 "오늘 밤에는 8월 원지점 보름달이 뜰 거야. 처음에는 누르스름하다 지붕 위에 천사들이 확 나타날 것이고 그 옆에 천신들이 서서 꽃을 뿌릴 것이야." 하고 외치면(아무거나 그냥 말도 안 되는 소리면 된다.), 다른 쪽은 다음 할 말을 준비할 수도 있고, 방금 들은 '지붕 위 천사들'이 반 무의식 영역에 일깨워 준 생각들을 변주할 수도 있는 것인데, 그렇게 할 말을 미리 준비하지 않고 더욱 기막히거나 더욱 기상천외하게 미친, 실없는, 멋진 소리가 나온다면 더욱 좋은 거다. 이를테면 이렇게. "순례자들이 똥을 던지고 천국의 이름 없는 열차에 탄 전능한 청년들이 내가 내 볼을 꼬집어 생각이란 감촉과 같다는 걸 입증하는 순간을 기다렸다가 원숭이 여자들을 업고 무대로 뛰어나오겠지." 하지만 이건 시작에 불과한데, 왜냐면 이제 우리는 게임의 규칙을 파악했고 점점 실력이 향상되고 있어서, 어렴풋한 기억에 따르면 새벽녘에는 실로 입신 경지에 이르러(모두 코를 고는 가운데) 하늘이 듣고 놀라 와들와들 떨었던 것이다. 게임의 스타일을 최대한 되살려 보면……

아서 : "자네는 언제나 제8대 장로가 될 것인가?"

나 : "자네가 그 좀먹은 스웨터를 내게 주는 그 순간이네." (이보다 훨씬 나았지만 일단 잊어버리자. 먼저 아서 마에 대해 이야기한 다음 이 묘기를 재현해 보겠다.)

20

내 첫 중국인 친구를 말할 때 내가 버릇처럼 '작은' 조지, '작은' 아서라고 하는데, 사실이 둘 다 작기는 했다. 조지는 말을 느리게 하고 모든 것이 결국은 무심하다는 사실을 아는 선승처럼 매사에 다소 무연했던 데 반해, 아서는 그보다 상냥하고 따뜻하고 호기심이 많아 늘 뭔가 물었고 항상 그림을 그렸으니 조지보다 활동적이고 당연히 일본인이 아닌 중국인이었다. 그는 그다음 주에 내가 자기 아버지를 만나 주길 바랐다. 그 무렵 그는 몬샌토의 가장 가까운 친구였는데, 한쪽은 상고머리에 코듀로이 재킷, 때로 입에 파이프를 문 혈색 좋고 건장한 남자이고, 다른 쪽은 나이가 서른이지만 하도 동안이어서 바텐더들이 술을 내주기를 꺼리는 중국인 청년이라, 둘이 나란히 걷는 모습은 상당히 괴상했다. 그럼에도 아서는 샌프란

빅 서

시스코의 전설적인 비트닉 거리 바로 뒤에 자리한 차이나타운의 명문가 자제인 데다 제법 난봉꾼이어서, 나야 본 적 없지만 몬샌토에 따르면 세계 최고의 흑인 미녀하고 이혼한 이후에도 터무니없이 아름다운 여자들을 달고 다녔다. 아서의 대가족은 그의 화가라는 직업과 자유분방한 생활 방식이 못마땅했고, 그래서 그는 노스 비치의 안락한 호텔에서 따로 살면서, 차이나타운 중국 잡화점 뒷방에서 아름다운 색지에 중국 서예로 획획 써 갈긴 수많은 시를 읽고 그 작은 칸막이 방 천장에 시를 걸기도 하는 아버지를 가끔 찾아가곤 했다. 그의 아버지는 정결하고 단정하게 거의 빛을 발하며 앉아서 다음에는 무슨 시를 쓸까 고민하면서도 날카로운 작은 눈만은 언제라도 거리를 향해 난 문으로 옮아가 누가 들어오는지 확인할 태세를 갖췄으며, 누가 들어오면 그게 누구이며 왜 왔는지 한눈에 파악했다. 또한 미국에서 살지만 장제스가 가장 신임하는 친구이자 조언자이기도 했다. 반면 아서는 공산 중국을 지지했는데, 그건 뭐 가정사이고 중국 문제였기에 단지 유구한 문화 속의 한 부자를 극적으로 보여 준다는 점을 빼고는 나로서는 할 말도 관심도 없었다. 어쨌든 요점이라 하면 아서는 조지처럼 나와 노닥거리고 조지처럼 나를 기쁘게 해 줬다는 것이다. 그의 어쩐지 편안하고 익숙한 의리를 대하면, 내가 혹시 전생에 중국에 살았던 건 아닐까, 아니면 그가 전생에 서양인으로 중국 아닌 어디에 살며 나랑 엮였던 건 아닐까 의심이 들 지경이었다. 새들이 잠에서 깨어날 때 우리가 무슨 이야기를 고함치며 주고받았는지 안타깝게도 기억이 안 나지만 대충 이런 거였다.

　나 : "누가 내 심장을 인두로 지지거나 악업을 잔뜩 쌓아 쟁이고 잠든 내 어머니를 끌어내 내 눈앞에서 살해하지 않는 한……."

　아서 : "나는 머리들을 치느라 손을 부러뜨리고……."

　나 : "그 유리 집에서 고양이에게 돌을 던질 때마다 자네에게는 스탠리 굴드의 죽음처럼 어두운 겨울이 한없이 반복될 것이야. 그렇게 늙어 가는 거지……."

　아서 : "쓰레기통이 자네를 물어뜯을 것이고 또 추울 테지……."

　나 : "그리고 장차 자네 아들은 결코 자신의 생각이 자신의 생각이고 자신의 행위가 자신의 생각이고 자신의 감정이 자신의 생각임을 확신하지 못할 거야……."

　아서 : "그리고 장차 나의 명마 파이산 파샤는 프리크니스 경기에서 또 지고……."

　나 : "오늘 밤 달은, 어린양의 옆에서 연약한 눈으로 꼴깍대는 아기의 창에 모여든 천사들을 지켜볼 거야. 어린 양치기 아랍 소년이 아기 양을 끌어안고 어미 양은 옆에서 메에 울겠지……."

　아서 : "그리하여 실없는 조는 또……."

　나 : "우와……."

　아서 : "바람과 차와……."

　나 : "천사 천신 괴물 아수라 데바닷타 베단타 매클로플린 스톤은 양 양 지옥의 양을 양고기 요리가 맘에 안 든다면 지

옥에서 빙빙 돌 테고…….”

　아서 : “스콧 피츠제럴드는 왜 수첩을 갖고 다녔을까?”

　나 : “더없이 훌륭한 수첩이지…….”

　아서 : “코미 데네라 네스 파타 수티암프 안다 완다 베스노키 샤다키루 파리우멤가 시카렘 노라 사르카디움 바론 로이 켈레기암 미오르키 아야스투나 하이단셋첼 암포 안디암 예르카 야마 첼름스포드 알리아 본네아반체 코룸 체만다 베르셀…….”

　나 : “제26회 아르메니아 총회 연례 음악회?”

21

빼먹은 게 있는데 혼자 지낸 3주 동안은 별이 전혀 보이지 않았다는 사실이다. 안개 철이라 떠날 채비를 하던 그 마지막 밤을 빼고는 하루도, 아니 한순간도 없었다. 그런데 이제 밤마다 별이 떴다. 해가 나는 시간도 한결 길어졌으나 바람이 몹시 거센 빅 서의 가을이었다. 레이턴 캐니언과 그 반대편 깊은 골짜기에 온 태평양의 강풍이 한꺼번에 불어닥치는 것 같았다. 저 아래 골짜기에서 나무들이 몸을 떨며 끔찍한 소리로 울부짖었다. 왠지 불길한 징조 같았다. 그보다는 안개와 침묵과 고요한 나무들이 훨씬 나았다. 이제 한바탕 바람이 불면 온 협곡이 울부짖으며 사방으로 미친 듯 흔들려, 함께 온 친구들도 슬쩍 놀랐다. 작은 협곡에 부는 바람치고는 너무나 셌다.

게다가 그 때문에 늘 졸졸 흐르며 마음을 가라앉혀 주는 샛강 소리도 들을 수 없게 됐다.

한 가지 좋은 점은 제트기가 하늘의 음속 장벽을 꿰뚫고 지나갈 때 바람이 그 굉음을 분산시켜 준다는 것이다. 안개철에는 소음이 협곡까지 내려와 응축하면서 무슨 폭발이라도 일어난 듯이 집채를 들썩이는데, 처음(혼자서) 들었을 때는 정말 누가 근처에 다이너마이트를 터뜨린 줄 알았다.

숙취로 끙끙대며 일어나 보니 해장하기 안성맞춤인 술이 놓여 있었다. 한편, 분별 있는 사람답게 일찌감치 물러나 샛강으로 자러 갔던 몬샌토가 일어나 머리를 물에 집어넣고는 부르르 손을 비비며 새날을 맞이했다. 데이브 웨인이 아침 식사를 차리면서 늘 그러듯 "달걀은 모름지기 뒤집어 부쳐야지 노른자에 하얀 막이 사뿐히 덮이는 법. 팬케이크 반죽 다 되면 시작하지." 하고 연설을 했다. 처음 장을 볼 때 잔뜩 사들인 음식을 게릴라 부대가 먹어 치웠다.

아침을 먹고 나서 장작 패기 대결이 펼쳐졌다. 몇몇은 포치에 앉아 구경하고, 선수들은 저 아래에서 굵기가 1피트가 넘는 나무등치를 도끼로 찍어 댔다. 이어서 2피트 굵기 장작도 찍었으나 쉽지 않았다. 장작 패는 방식에 따라 남자들의 성격을 분석할 수 있다는 것을 나는 배웠다. 메인주에서 장작깨나 패 봤던 몬샌토는 짧고 뭉툭한 토막을 양쪽에서 찍어 내며 시간을 별로 들이지 않고 간단히 그가 살아가는 방식과 비슷하게 해치웠는데, 다만 도끼질이 빨랐다. 반면 노련한 페이건은 파이프를 문 채로 아마도 오리건주며 북동부 소방관 학교에서 배웠을 방식으로 묵묵히 차근차근 베어 나갔다. 한편 코디는 불같이 격정적인 성격을 드러내며 괴력을 실어 장작을 팼다. 전력을 다해 도끼를 내리찍어 누르면 나무줄기 전체가 끄응 소리와 함께 세로로 쪼개졌다. 힘이 장사인 데다 체중을 실어 도끼를 찍다 보니 발이 허공에 들릴 정도여서 그야말로 격노한 그리스 신이 떠올랐는데, 몬샌토에 비하면 시간과 체력 소모가 컸다. "애리조나 남부에서 동료 인부들이랑 해 본 일이야." 나무 전체가 흔들릴 만큼 세게 도끼를 내리찍으며 그가 말했다. 이 무모한 체력 과시에는 코디뿐 아니라 어떤 면에선 내 삶까지 반영돼 있었다. 나도 젖 먹던 힘을 다해 광분하며 점점 빨리 도끼질을 해 봤지만 결국 싱글싱글 웃으며 구경하는 몬샌토보다 시간이 더 걸렸다. 작은 아서도 한번 나섰으나 다섯 번 휘두르다(아니, 도끼에 끌려다니다) 집어치웠다. 다음으로 데이브 웨인이 여유 있는 도끼질 시범을 보여 주었고, 그렇게 금방 커다란 장작 다섯 짝이 준비되었다. 이제는 차에 올라(매클리어가 돌아왔다.) 해안 고속도로를 타고 남쪽 온천장에 갈 차례였다.(처음에는 나도 솔깃했다.)

가을 태양을 받아 취한 듯 반짝이는 푸른빛이 해안의 무시무시함과 거대함과 그 모든 잔혹한 찬란함을 한층 선명하게 부각시키는 가운데, 우리는 지프 세 대에 나눠 타고 끝없이 구불구불 이어지는 남쪽 방향 도로를 달려갔다. 급커브가 곳곳에 도사리고 있고, 우리 쪽 도로 옆으로는 가파른 벼랑이나 있고, 저 멀리 아득한 다리 밑으로는 파도가 넘실댔다. 다들 감탄하지만 내게는 그저 지구의 비정한 격투장일 뿐이다. 이미 충분히 맛보았고 삼켜 보기도 한 것들이다. 친구들은 온

천욕을 하면 기분이 풀릴 거라고 달래지만(내가 숙취에 푹 찌들어 우울한 것을 알고), 도착 후 매클리어가 야외 수영장 발코니에서 바다를 가리키는 순간 가슴이 다시 철렁 내려앉는다. "저기 해초에 뒤엉켜 떠다니는 것 좀 봐. 죽은 수달이야!" 굽이치는 물결을 타고 무시무시한 해초와 함께 서글프게 떠올랐다 가라앉는 연갈색 덩어리는 과연 죽은 수달이 맞는 것 같다. 나의 수달, 나의 사랑하는 수달, 이렇게 시도 썼었는데. "왜 죽은 거지?" 절망에 빠져 혼잣말을 해 본다. "도대체 왜?" "왜 이런 일이 일어났느냐고." 친구들은 사사로운 흥밋거리 대하듯 손으로 해를 가리며 고통 속에 죽어 간 순한 해우를 바라보지만, 내게는 처참하고 가슴 아픈 광경이다. 페이건과 몬샌토를 비롯하여 모두가 김을 뿜는 온천물에 목만 내놓고 몸을 담그고 있다. 다 알몸인데 주변에 동성애자 몇몇이 옷을 벗고 선 채로 갖은 포즈를 취하고 있어서 나는 그냥 일반적인 원칙상 옷을 벗기가 망설여진다. 그러고 보니 코디는 다 귀찮다는 듯이 옷을 입은 채 발코니 테이블에 누워 일광욕을 하며 담배만 피워 대고 있다. 나는 매클리어의 노란 수영복을 빌려 입는다. "온천에 와서 수영복을 왜 입어?" 페이건이 킬킬 웃으며 묻는다. 물 위에 정충들이 둥둥 떠다니는 걸 깨닫고 나는 기겁한다. 다 벗은 채로 바다를 바라보고 선 론 블레이크의 엉덩이를 그 남자들(동성애자들)이 유심히 바라보고 있다. 매클리어와 데이브 웨인도 똑같이 벗었는데, 나와 코디가 이런 상황에서 옷을 벗지 않으리란 건 뭐랄까 아주 빤한 일이다.(둘 다 가톨릭 학교를 다닌 탓에?) 이른바 우리 세대의 성적 영웅들이 말이다. 하지만 말없이 묘하게 바라보는 동성애자들의 눈길과 저 수달 시체와 물 위에 둥둥 뜬 정충이 합세하여 내 속을 뒤집는다. 이 온천이 뉴욕에서 잘 알고 지냈던 청년 작가 케빈 커더히의 것이라는 소리를 듣고 그 낯선 젊은이들 중 하나에게 케빈 커더히가 어디 있는지 물었지만 대꾸하는 시늉조차 없어 더욱 그렇다. 질문을 못 들었나 싶어 다시 물었지만 여전히 묵묵부답. 한 번 더 묻자 벌떡 일어서더니 성가시다는 기색으로 성큼성큼 탈의실로 가 버린다. 점점 더 혼란스러워지며 술에 손상된 뇌가 힘들어하고, 레이턴 캐니언을 향한 내 평온한 애정의 죽음을 포함한 죽음 전반의 항구적인 암시가 돌연 공포로 전이된다.

우리는 온천장을 나와서 절벽 꼭대기에 있는 아름다운 식당 네펜시로 향한다. 널찍한 야외 패티오, 훌륭한 음식과 술, 친절한 지배인과 웨이터들, 햇볕을 받고 앉아 근사한 해안을 내다볼 수 있는 테이블과 의자와 체스판까지 갖춘 곳이다. 우리는 여러 테이블에 나누어 앉는다. 코디가 체스를 두기 시작하자 모두 다 가담한다. 코디는 헤븐(heaven)버거라는 이름답게 굉장한 햄버거를 그것도 거창하게 세트로 시켜 야금야금 먹는다. 원체 그냥 앉아서 가벼운 담소나 나누는 부류가 아니고 한번 이야기하려 들면 모든 게 완전히 설명될 때까지 몇 시간이고 독무대를 차지해야 성이 차는 코디는 체스판 위에 몸을 굽히고, "히히히, 스크루지 영감이 졸을 아껴 둔 모양이지? 이얏, 잡았다!" 떠들어 댄다. 한편 매클리어랑 몬샌토와 문학 토론을 하는 나에게 낯선 남자 둘이 다가와 자기소개를 한다. 그중 하나는 육군 중위라는 젊은이다. 내가 곧바로(맨해튼 다섯 잔에 취해) 몬샌토와 아서와 코디와 데이브와 벤과 론 블레이크와 내가 다 전투 부대 요원이라면(그래서 모두 요대에 술통을 달고 다닌다면) 우리는 가까운 친구 사이이며 서로를 필사적으로 보호하려 들 테니 적군이 우리 누구라도 해치기가 굉장히 어려울 것이라고 전날 밤의 사색에 기초한 게릴라 전투론을 젊은 중위에게 피력하자, 본인을 육군 장군이라 소개한 나이 좀 든 남자가 호기심을 보인다. 한편 다른 테이블에 앉은 또 다른 동성애자들을 보고는 데이브 웨인이 체스 게임이 좀 따분해진다 싶은 시점에 건조한 비음으로 "삼나무 들보 아래 사람들은 동성애와 전쟁을 이야기한다……. 이게 내 네펜시 하이쿠(haiku)야." 한마디 한다. "좋았어!" 결정타를 먹이며 코디가 덧붙이기를, "한번 빠져나와 보시지. 그럼 내가 퀸으로 다시 코를 꿰어 줄 테니."

　장군을 언급하는 이유는 이 긴 폭음의 시간 동안 또 다른 장군, 그러니까 도합 두 명의 장군과 마주쳤다는 어쩐지 찜찜한 사실 때문이다. 그전까지는 장군이라는 존재를 생전 보지도 못했는데 말이다. 첫 번째 장군은 좀 이상했는데 지나치게 정중해 보이면서도 엉뚱한 짙은 선글라스 너머 완고한 눈빛이 어딘지 불길한 인상을 주었다. 우리를 알아맞힌(샌프란시스코 시인들이라고 했는데 핵심 인물은 적어도 그랬으니) 첫 번째 중위도 비슷한 게, 재미있어하는 것 같은 장군과는 달리 전혀 즐거워 보이지 않았다. 불길하긴 했어도 장군은 친구들로 조직된 내 게릴라 전투론에 상당한 관심을 보이는 듯했고, 그래서 1년 후 케네디 대통령이 우리 군대에 바로 그런 편제를 지시했을 때 나는 이 장군이 내게 영감을 받아 건의한 게 아닌가 싶기도 했다.(역시 정신 나간 생각이었지만 거기에는 다른 이유도 있었다.) 이보다 더 괴상한 두 번째 장군 사건은 내가 더 취했을 때 일어났다.

맨해튼을 끝도 없이 들이켜다 오후 늦게야 오두막에 돌아온 나는 기분은 좋았지만 내일은 완전 끝장임을 알았다. 모두 다 차 세 대에 나눠 타고 도시로 돌아가려 하는데, 론 블레이크가 나하고 오두막에 머물러도 되느냐고 물었다. 감정 상하지 않게 거절하기가 쉽지 않아서 그러라 해 버렸고, 그래서 모두 다 떠나고 뜻밖에 이 무모한 비트닉 청년과 단둘이 남게 됐다. 그저 자고만 싶은 내 심정은 아랑곳없이 그는 자꾸 노래를 부른다. 그래도 그를 실망시키지 않고 이 고비를 잘 넘겨야 한다.

왜냐하면 이 젊은이는 비트라는 것에 뭔가 고귀하고 이상적인 것이 있다고 실제로 믿고 있고, 신문사들에 따르면 나는 비트닉의 왕이라 하지 않는가. 그런데 한편으로는 나를 알고 싶어 미치겠고 내가 열심히 수긍해 주고 격려해 주기를 기대하며 자신의 삶 전체를 내게 쏟아부으려 드는 청춘들의 무구한 열광이 싫증 나고 지겨워서 정말로 더는 못 하겠는 것이다. 올여름 빅 서를 찾은 것도 그런 덫에서 벗어나고 싶었기 때문이다. 어느 밤 '달마 부랑자들'이라고 새겨진 재킷을 입고 책 표지에 잘못 적힌 내용 탓에 스물다섯 살배기를 기대하고 롱아일랜드의 내 집 문 앞에 나타났다가 아버지뻘 되는 나를 봐야 했던 덜 떨어진 고등학생 넷 같은 그런 청춘들 말이다. 하지만 젊고 발랄한 론은 모든 걸 파헤치고 해변에 가고 달리고 뛰고 노래하고 떠들고 작곡하고 소설을 쓰고 등산을 하고 모든 걸 보고 모두와 모든 걸 하고 싶다. 마지막 남은 술이 있기에 나는 그를 따라서 해변에 가기로 한다.

좁고 고리타분한 승려의 길을 따라 내려가는데 풀밭에 죽은 쥐가 보인다. "조그마한 죽은 쥐." 하고 제법 시적으로 선언하고 보니, 뚜껑을 연 쥐약을 몬샌토의 선반에 올려놓고 나왔던 것이 비로소 떠오르며 이것이 나의 쥐였구나 싶다. 그것은 거기 죽은 채 누워 있다. 바다의 수달처럼. 여름내 초콜릿과 치즈를 정성스레 먹였던 나의 쥐였던 것을, 벌레를 비롯한 모든 살아 있는 것들에게 친절하자는 다짐을, 나는 아무 생각도 없이 무참히 파기하고 이렇게 쥐 한 마리를 살해하고 말았다. 그뿐 아니라 가터 얼룩뱀이 누워 햇볕을 즐기곤 하는 곳에 이르러 론에게 보여 주자, 그가 갑자기 "조심해요! 그냥 봐서는 무슨 뱀인지 알 수 없어요!" 하고 고함치는 바람에, 나는 심장이 쿵쾅쿵쾅 뛸 만큼 겁에 질리고 내 머릿속에서는 긴 녹색 몸을 지닌 나의 친구가 돌연 빅 서의 사악한 독사로 둔갑한다.

굉장히 큰 것들도 포함해 속이 빈 해초 줄기들이 살갗을 지닌 동물처럼 햇볕 아래 죽어 가며 슬픈 분위기를 자아내는 연안에 다다르자 이 젊은 한량이 그 옆에서 광란의 데르비시 춤을 추면서 나의 빅 서를 완전히 낯설게 바꿔 버린다.

그날 밤 내내 등불 옆에서 우리는 큰 소리로 노래하는데, 뭐, 그건 괜찮지만 아침이 되자 술병도 없이 나는 다시 '최종적 공포'에 사로잡혀 잠에서 깬다. 이곳으로 도망쳐 오기 전 샌프란시스코 빈민굴의 방에서 잠이 깨며 느꼈던 바로 그것이 돌아와 "왜 신은 나를 괴롭히는 것인가?" 하고 보챈다. 비록 초기라 해도 알코올 중독을 경험하지 못한 사람은 그게 육체적 고통보다는 정신적 번민에(자신은 술을 마시지 않으면서, 술 마시는 다른 사람들에게 무책임하다고 손가락질하는 무지한 자들에게는 도저히 묘사할 수 없는) 가깝다는 사실을 모를 것이다. 자신의 출생 자체를 배반해 버린 듯한, 자신을 잉태하고 출산한 어머니의 산고와 자신을 먹이고 튼튼하게 기르고 세상에 대한 '평생' 가르침을 준 아버지의 노고를 저버린 듯한 기분에 가까울 만큼 그 정신적 번민은 독하다. 죄책감이 너무 무거워 자신이 악마라는 생각이 들고, 이미 신에게 버림받아 내동댕이쳐진 것 같다. 아주 온전하게, 한참이나 역겨워져서 살아 있어도 살아 있지 않은 기분으로 영혼이 앓는 소리를 하고, 마치 불에 타올라 움직일 수 없는 것 같은 무력감으로 제 손을 내려다보고, 흐리멍덩한 눈으로 세상을 바라보고, 변비에 시달리는 구름 위 천사인 듯 한없이 찌무룩한 얼굴을 하는 것인데, 그것은 사실 눈 위에 드리운 회갈색 천 쪼가리 사이로 세상을 향해 던지는 암적인 눈길이다. 혀는 희고 역겹고 이빨은 싯누렇고 머리카락은 밤새 말라붙었고 눈꼬리에는 대문짝만 한 눈곱이 끼고 코는 번들거리고 입가에는 거품이 물렸다. 한마디로 술에 취해, 이를테면 바워리 도심 거리를 걸어 본 사람이면 누구나 아는 지긋지긋한 흉측함 그 자체다. "기분 좋게 취한 거니까 자고 나면 가뿐할 거야." 사람들은 말하지만 기쁨은 전혀 없다. 가련한 술꾼은 울고 있다. 어머니와 아버지에게, 좋은 형제와 친구에게 도와 달라고 울부짖는다. 신발 한 짝을 발 가까이 옮기려고 하지만 그조차 잘 안 되어 신발이 아니면 다른 뭔가를 떨어뜨리고, 그렇게 자꾸 뭔가를 하며 다시 또다시 운다. 그는 얼굴을 손에 묻고 자비를 호소하고 싶지만 그럴 자격도 없고 애당초 자비란 존재하지 않는다는 걸 안다. 파란 하늘을 올려다보면 허공이 인상을 찌푸리고 있을 뿐이다. 세상을 바라보면 그것은 '메롱' 하고 혀를 내물다 가면을 벗고, 그 자신의 것처럼 퀭하고 붉은 눈이 그를 맞바라본다. 땅이 움직이는 게 보인다 해도 별다른 의미 따위는 없다. 뒤에서 갑자기 무슨 소리가 들려오자 그는 불같이 화를 낸다. 지저분한 셔츠를 잡아 뜯는다. 무엇인가에 얼굴을 묻고 비비고 싶다.

양말은 축축하고 더럽다. 흐르는 땀 때문에 뺨의 수염이 근질거리고 입도 성가시기만 하다. 절대 더는, 아, 다시는 안 된다는 뒤틀린 감정이 도사리고 있다. 어제는 아름답고 깨끗했던 것이 말도 안 되게, 까닭을 알 수 없이 거대한 똥통으로 변해 버렸다. 손가락에 난 털이 무덤에 솟은 잡초처럼 그를 노려본다. 셔츠와 바지는 앞으로도 영영 주정뱅이로 살리라는 예언처럼 몸에 찰싹 붙어 버렸다. 누가 위에서 찔러 넣기라도 한 듯 회한의 아픔이 쓰라리다. 하늘의 고운 흰 구름도 눈만 아플 뿐이다. 돌아누워 얼굴을 파묻고 흐느끼는 것 외에 할 수 있는 게 없다. 입안도 엉망으로 헐어 이조차 갈 수 없고 머리털을 잡아 뜯을 힘도 없다.

한편 론 블레이크는 소리 높이 노래하며 하루를 시작한다.

나는 샛강으로 가 모래밭에 드러누워 이제는 나와 친하지 않고 어서 꺼져 주기를 바라는 물을 슬픈 눈으로 바라다본다. 오두막에는 술 한 방울도 없고, 빌어먹을 지프들은 건강한 승객들을 싣고 모두 가 버렸으며, 어쩌다 보니 나는 신명을 주체할 줄 모르는 이 젊은이와 단둘이 남겨졌다. 그냥 혼자서 멍하니 앉아 기쁜 마음으로 건져 줬던 조그만 벌레들도 모르는 새에 모두 물에 빠져 버렸다. 변소의 거미는 아직도 건재한다. 저 아래 골짜기의 앨프는 내 마음을 아는지 나지막한 소리로 구슬피 운다. 내가 너무 지치고 기운이 없어 먹이를 줄 수 없다는 걸 알고도 한번 해 본다는 듯 주변에서 지저귀는 어치들을 향하여, 나는 모래밭에 입을 댄 채 "탐욕스러운 새들 같으니!" 하고 불평한다. 한때는 유쾌했던 샛강의 우렁찬 물줄기 소리도 이제는 애당초 아무것도 이해하지 못하는 눈먼 자연의 무의미한 소음일 뿐이다. 이 모든 것, 모든 도시들과 세대들이 결국 십억 년의 침니로 뒤덮이고 만다는 건 한낱 어리석은 생각일 뿐이다. "술 취하지 않은 한심한 바보나 할 생각이지. 그따위 망상에 즐거워하는 꼴이라니." ("지혜를 향한 길은 부절제를 통해 열려 있다."고 괴테나 블레이크 아니면 다른 누군가 말했듯이, 주정뱅이는 어떤 면에서 지혜를 배우는 법이다.) 하지만 이런 상태에서는 "지혜란 사람들을 병들게 하는 또 하나의 길에 불과하다."는 말이 더 어울릴 것이다. 나무들에게, 옆에 펼쳐진 숲에게, 그 위의 언덕에게 "아프다."고 강력히 호소하며 주위를 둘러보지만 아무도 관심 없다. 안에서 점심을 먹으며 론이 노래하는 소리만 귀에 들려온다.

더 끔찍한 건 그가 안타까운 듯 "필요한 거 있으면 뭐든 말해요." 하며 나를 돕고 싶어 한다는 사실이다. 그러다 산책을 나가길래 얼른 오두막에 들어가 간이침대에 누워 두 시간 동안 탄식을 계속한다. "O mon Dieux, pourquoi Tu m'laisse faire malade comme ça — Papa Papa aide mué — Aw j'ai mal au coeur — J'envie d'aller à toilette 'pi ça m'interesse pas — Aw 'shu malade — Owaowaowao — "[2] (마지막 '아이고 아이고 아이고' 부분은 1분쯤 이어졌을 것이다.) 나는 몸을 뒤치락대며 한탄할 새 이유를 찾는다. 혼자라는 생각에, 암으로 시한부 삶을 살던 아버지가 밤에 내 옆에 누워 그랬듯 모든 걸 방기하는 것만 같다. 간신히 일어나서 문간에 기대선 순간, 론 블레이크가 줄곧 거기 앉아 책을 읽으며 전부 들었음을 깨닫고 곱절로 질색한다. (나중에 그가 사람들에게 이 경험을 어떻게 전달했을까, 생각만 해도 소름이 쫙 끼친다.) (완전 백치, 천치 같은 소리지만, 혹 프랑스계 캐나다인이라서 그런 걸까?) "론, 여기서 그 소리를 다 들어야 했다니 미안하네, 내가 아파서." "알아요. 괜찮아요. 어서 누워서 좀 자요." "잘 수도 없어!" 화가 나서 소리를 지른다. 생각 같아서는 "입 닥쳐, 이 등신아. 내 지금 상황을 네가 뭘 안다고 나불대는 거야?" 하고 싶다가, 아버지가 얼마나 역겹고 절망적이었는지 등등이 문득 떠오르면서, 유명 작가와 멋진 주말을 즐긴답시고, 나중에 친구들에게 얼마나

---

2) '오 신이여, 어찌하여 이렇게 나를 아프게 하시나이까⋯⋯. 아, 제 마음이 아픕니다⋯⋯. 할 수만 있다면 화장실에 가고 싶습니다⋯⋯. 아, 아픕니다⋯⋯. 아이고 아이고 아이고⋯⋯.'라는 뜻의 프랑스어.

즐거운 경험이었으며 내가 뭘 하고 무슨 말을 했는지 자랑할 요량으로 이렇게 앉아 있는 젊은이가 측은하다. 어찌 됐든 절 제나, 최소한 비트닉의 실상에 대해 교훈을 얻었으리라는 건 짐작된다. 어이없게도 이보다 더 아프고 더 화가 났던 날이 하나 있으니, 바로 일주일 후에 데이브와 내가 여자 둘과 보내게 된 정말이지 끔찍한 밤인 것이다.

22

한편 오후가 되자 좀이 쑤신지 론이 굳이 몬터레이로 하이
킹을 가서 매클리어를 보고 오고 싶다고 한다. "오케이, 그렇
게 해." 내가 말한다. "같이 안 가요?" 길 위의 챔피언이 하이킹
을 마다하는 게 믿기지가 않는 모양이다. "나는 여기서 몸 좀
추스르려고…… 그러려면 혼자 있어야 돼." 이것은 사실이다.
그가 떠나고 포치에 홀로 앉아 햇볕을 쬐고, 다시 드디어 새
들에게 먹이를 주고, 양말과 셔츠와 바지를 빨아 덤불 위에 널
어 말리고, 샛강 옆에 쪼그려 물을 엄청 마시고, 말없이 나무
들을 바라보다가 해가 지는데, 정말 맹세코 믿을 수 없이 몸이
가볍다.

"혹시 론하고, 그러니까 데이브나 매클리어나 누구든 다
른 친구들이 나 미치는 꼴 좀 보려고 마녀 작당을 한 건 아닐

까?" 의심이 든다. 성 요셉 교구 학교에서 집에 돌아오던 길이나 우리 집 거실에서 세상 모든 사람이 나를 조롱하는데 나만 그걸 모르는 거라고 골똘히 생각하던 유년기의 몽상을 떠올린 것이다. 누가 있나 싶어서 뒤돌아보면 시치미를 뚝 떼고 모른 척하다가, 내가 눈길을 돌리면 단숨에 내 목덜미로 달려들어 귓속말을 하고 낄낄대며(소리 없이) 음모를 꾸미고, 내가 다시 홱 돌아보면 금세 제자리로 돌아가 "달걀을 제대로 부치려면" 같은 소리를 해 대거나 딴 곳을 보며 쳇 베이커의 노래를 부르거나 "그 당시 짐 이야기 내가 해 준 적 있나?" 하고 엉뚱한 이야기를 한다. 하지만 내 유년기의 몽상에는 세상 모든 사람이 나를 그렇게 조롱하는 이유가 그들이 어떤 영원한 비밀 단체나 세상의 비밀을 아는 천국 협회 따위의 회원이어서 나도 얼른 깨어나 광명을 찾으라고(즉, 깨달음을 얻으라고) 그러는 것이라는 생각도 포함돼 있었다. 그러니 나, 즉 '타이진'은 세상의 마지막 타이진이자 최후의 가련한 바보였고, 내 목덜미에 들러붙는 그들은 나, 천사 아기가 마치 그야말로 마지막 예수처럼 그들과 한데 섞여 살도록 신이 지정한 지상 마귀들이었으며, 그들은 내가 그것을 깨닫고 미몽에서 깨어나 자신들의 눈길을 의식하기를, 천국에서 함께 웃게 되기를 기다리고 있었던 것이다. 하지만 동물들은 달라서 내 고양이들은 무슨 장식품처럼 애잔하게 제 발만 핥았고, 예수로 말하자면 동물들처럼 애달프게 바라만 보았지 내 목덜미 위에서 내려다보거나 하진 않았다. 예수를 향한 내 믿음의 뿌리가 거기에 있다. 따라서 내게 세상의 유일한 현실이란 예수와 양들(동물들), 그리

빅 서

고 나를 가르친 제러드 형이었다. 들여다보는 이들 중에는 아버지처럼 인정 많고 구슬픈 편도 있었으나 그들 역시 같은 배를 탄 다른 이들을 따라야 했다. 하지만 내가 미몽에서 깨어나는 순간에 천국, 곧 신만 빼고 모든 게 사라질 것이었고, 바로 그래서 나는 솔직히 조금 괴상한 유년기의 몽상 이후에, 황금빛 영원과 이를테면 부처가 숲속에서 명상을 하다 겪은 삼매를 비롯한 그 전후의 것들을 어렴풋이 본 후에, 그들의 그 들여다보는 사회가 사실 그릇된 길로 가는 '사탄의 사회'임을 일러 주거나 본을 보여 주려고 천국에서 내려온 아주 특별하고 고독한 천사 역할을 자임한 것이다.

이런 배경에다가 과음 탓에 성인으로서 영혼이 파멸될 문턱에 이르고 보니, 이 모든 것은 세상 사람 전부가 내가 광인이 되는 꼴을 지켜보고 있다는 환상으로 쉽사리 탈바꿈한다. 앞에서 말한 대로 론 블레이크가 사라지자 몸이 괜찮아지고 기분도 좋아진 것을 보면 나도 모르게 그걸 믿었던 모양이다.

아닌 게 아니라 무척 흡족하다. 이튿날 아침에는 그 어느 때보다도 더 기쁜 마음과 몸 상태와 결의를 품고 잠에서 깼다. 빅 서의 골짜기가 다시 내 것이었다. 내게 다가오는 순한 앨프에게 먹이를 주고 온갖 요상한 털이 돋은 튼튼하고 거친 목을 쓰다듬어 주었다. 양옆에 기이한 덤불이, 꼭대기에는 평화로운 농장이 내려앉은 미엔 모 산이 저만치 나타났다. 온종일 달리 하는 일 없이 마녀들과 술에 시달리지 않고 나는 혼자 놀았다. 그리고 다시 "내 영혼은 눈이 아니오. 모르시겠소. 내 영혼의 색은 보극(補極)이라오." 같은 실없는 노래를 하고, "아서 마가 만약 마녀라면 정말 웃기는 마녀겠는걸, 핫핫!" 너털 웃음을 웃어도 본다. 덜 떨어진 어치가 포치 난간에 놓인 비누 조각에 한 발을 얹고 서서 쪼아 먹고 있기에 웃음을 터뜨리며 고함을 질렀더니, "왜 그랬? 내가 모 잘못했냥?" 하는 귀여운 표정으로 나를 올려다보고, 가까이 내려앉던 다른 어치는 "오, 이런, 잘못 온 것 같아." 하며 도로 훌쩍 날아가 버린다. 내 삶의 모든 것이 다시 아름다워지면서 광란의 술잔치가 슬그머니 떠오르더니, 아예 더 나아가 그동안 살아오면서 저지른 미친 짓거리들도 하나둘 떠오른다. 우리가 우리 영혼 속에서 산도 움직일 만한 힘을 끌어낼 수 있다는 것이, 오직 뼛속의 원초적 힘을 써서 구두끈을 고쳐 매고는 성큼성큼 혼연히 걸어간다는 사실이 놀라울 따름이다. 바다를 찾아가도 이젠 무섭지 않아서 "바닷속의 7만 모사꾼" 하는 노래를 부른 뒤 오두막에 돌아와 고요히 커피를 따르는, 참으로 쾌적한 오후인 것이다.

도끼를 갖고 나무를 하러 가서 아무 데든 닥치는 대로 찍어 길가에 내려놓은 뒤 설렁설렁 집으로 가져온다. 샛강 아래쪽의 다른 오두막에 들어가 비상용 성냥 열다섯 개비를 찾아낸다. 셰리를 한 모금 마셔 보니 영 끔찍하다. 내 이름이 쫙 깔린 오래된 《샌프란시스코 크로니클》도 한 부 보인다. 샛강 한가운데서 커다란 삼나무를 반으로 쪼갠다. 이 완벽한 하루는 어머니의 모습을 떠올리며 "세상에 집만큼 좋은 곳은 없지" 하고 노래를 부르고 남루한 스웨터를 꿰매는 것으로 이어진다. 그리고 주변에 널린 온갖 책과 잡지들을 집어 읽는데, 램프 불빛

빅 서

아래서 '파타피직스'라는 것에 관해 읽다가 "지적인 체하지만 사실은 경박한 농담일 뿐이군." 하고 경멸 조의 소감을 고함으로 표출하며 잡지를 내던지고, "일부 얄팍한 유형들에게 특히나 매력적이겠지." 하며 덧붙여 본다. 널뛰는 내 주의력은 테오 마지얼스와 헨리 할런드라는 세기말 무명 시인 두 사람에게 돌아간다. 저녁을 먹고 잠깐 눈을 붙이자 전쟁 중인 섬에 정박된 미국 해군 함선이 꿈에 나온다. 아득한 공기 속에 낚싯대를 든 수병 둘이서 언덕에 올라 조용히 사랑을 나누려고 개를 가운데 끼고 오솔길을 걸어 오른다. 그들이 동성애자라는 걸 모두 알지만 화를 내거나 그러지 않고 그 부드러운 사랑에 깜박 매혹돼 있다. 선미루의 수병이 망원경으로 둘을 훔쳐보기도 한다. 웬 전쟁이 아무 일도 없고, 그저 빨래뿐인지······.

나는 아주 즐겁게 이 실없고도 어쩐지 예쁜 꿈에서 깨어난다. 그리고 이제 밤마다 나오는 별을 보러 포치로 나가서 낡고 차가운 캔버스 의자에 앉아 고개를 치켜든다. 창공은 행복한 슬픔으로 눈물을 흘리며 천천히 움직이는 별들, 데임(Dame) 메이 휘티와 저 산맥만큼 오래되었을 수십 광년 묵었을 좁은 통로들이 난 크림색 거품들로 가득하다. 달빛이 내린 8월의 밤에 미엔 모 산 쪽으로 산책을 나가서 지평선 위로 아름답게 솟은 안개 낀 산을 보자, "끝없는 생각으로 나 자신을 고문하지 않아도 돼." 달래 주는 것만 같아서, 모래밭에 주저앉아 내면을 들여다보니 태어나지 않은 자들의 장미가 보인다. 단 몇 시간만의 이 변화가 놀랍다. 바다로 걸어 돌아올 기운까지 있는데, 문득 이 협곡을 동양 비단 족자에 담으면 얼마나 아름다울까 싶다. 한쪽 끝에서 천천히 열어 쭉쭉 펼치고 펼칠수록 골짜기에서 급격한 벼랑까지 모습을 드러낼 것이고, 등불을 밝힌 오두막에 홀로 앉은 보살도 툭 튀어나올 테고, 샛강들과 바위들과 나무들에 흰 모래밭과 바다까지 차례차례 나오면 족자의 끝에 다다르겠지. 그리고 서로 다른 색조와 명암을 지닌 촉촉한 장밋빛 어둠으로 밤의 그 덧없음이 도드라질 것이다. 안개 낀 언덕들 사이의 축사 울타리와 달빛을 받은 풀밭과 샛강 근처의 건초더미도 빼놓을 수 없겠고, 오솔길을 따라 가늘어지는 샛강을 지나, 아아, 바다의 신비까지 담은 긴 족자! 골짜기 족자를 그려 보며 나는 또 노래한다. "인간은 분주한 동물이야. 괜찮은 동물이지. 오만 가지 생각만 많지 이루는 것은 별로 없지만."

밤늦게 오두막에 돌아와 오벌틴을 데워 마시면서 「스윗 식스틴」을 천사처럼(맹세코 론 블레이크보다는 잘) 부르다 보니, 매사추세츠 집의 업라이트 피아노와 여름밤의 합창과 함께 어머니와 아버지의 추억이 떠오른다. 포치에서 별들 아래 그렇게 잠이 들고, 새벽녘에는 골짜기 양쪽 끝의 고목에 각각 앉아 서로를 불러내는 올빼미들의 울음소리에 행복하게 웃으며 돌아눕는다.

어쩌면 밀라레파[3]의 말이 맞는지도 모른다. "그대들 새 세대의 젊은이들은 허위의 운명으로 들끓는 마을에 살지만, 진실의 고리는 아직 남아 있다."라고 자그마치 890년에 그는

---

3) Milarespha, 티베트의 불교학자.

말했다. "고독 속에 있을 때 마을의 놀 거리를 생각하지 말라……. 정신을 내면으로 돌려야 길을 찾을 수 있다……. 내가 찾아낸 부는 아무리 써도 다하지 않는 신성한 자산이다……. 내가 찾아낸 벗은 영원한 '공(空)'의 복이다……. 이 '욜모 타그 푸그 센게 존'에서 울부짖는 암호랑이의 애처롭게 떨리는 목소리에서 나는 즐거이 노는 가련한 어린 새끼들을 떠올린다……. 나는 미치광이처럼 허식도 희망도 없다……. 나는 숨김없는 진실을 들려줄 뿐이다……. 이것들은 나의 미친 말들이다……. 오, 헤아릴 수 없는 어머니 같은 존재들이여, 그대들은 상상의 운명에 휘둘려 무수한 환영을 보고 무한한 감정들을 겪는다……. 나는 미소 짓는다……. 수행자에게는 모든 것이 훌륭하고 멋지다……. 만인에게 베푸는 이 천국 울타리의 아늑한 고요 속에서 나는 내 모든 동무들의 소리를 듣는다……. 이처럼 안락한 장소에서, 고독 속에서, 나, 밀라레파는 공을 비추어 주는 정신에 관해 명상하면서 행복하게 깃든다……. 운명의 부침이 심할수록 내 기쁨은 커지고, 두려움이 클수록 나는 더 행복하다……."

23

그러나 아침이 밝아 오고,(그리고 나는 발가벗고 눈밭에 앉아 한번은 하늘을 난 적도 있다는 밀라레파가 아니다.) 론 블레이크가 팻 매클리어와 그의 미녀 아내와, 그리고 꽃을 찾아 들판을 폴짝폴짝 뛰어다니며 고통에 찌든 인간의 협곡 안에 있는 이 모든 것이 에덴동산의 아침처럼 완벽하게 새롭고 아름답게만 보이는 그들의 다섯 살배기 귀여운 딸을 거느리고 돌아온다. 안개가 짙어 팻과 나는 블라인드를 닫고 난롯불을 지피고 램프를 켜고 앉아 그가 가져온 술을 마시며 문학과 시를 이야기하고, 그의 아내는 옆에서 듣다가 가끔 일어나 커피와 차를 조금 더 데우거나 나가서 론과 딸아이하고 논다. 팻과 나는 아주 신이 나서 이야기꽃을 피우는데 가슴속에서 느껴지는 외로움의 떨림에 늘 그렇듯 경계심이 인다. 너는 사람들을 좋

빅 서

아하고 있어, 이것 봐, 팻이 옆에 있는 게 좋은 거라고.

팻은 내가 본 가장 미남이거나 최소한 그중 하나다. 시집 머리말에 자신의 3대 영웅으로 진 할로[4], 랭보, 빌리 더 키드를 꼽은 것이 흥미로운데, 전설처럼 떠도는 빌리 더 키드의 외모처럼(실존 인물 윌리엄 보니는 사실 여드름투성이에 천치 같은 인상의 괴물이었다고 한다.) 짙은 머리에 약간 사팔뜨기인 것이 정말 영화에서 그 역을 맡아도 좋을 만큼 잘생겼기 때문이다.

아늑하고 침침한 오두막, 따스한 불빛 옆에 앉아(나는 재미로 짙은 선글라스를 꼈다.) 우리는 그야말로 무제한 토론에 돌입한다. 팻이 말한다. "근데, 잭. 어제도 그렇고 작년이나, 아니, 우리가 처음 만난 10년 전에도 말할 기회가 없었는데, 자네하고 포머레이가 차를 몇 봉지 갖고 밤중에 우리 집 앞에 들이닥친 적 있지? 그때 나 정말 기겁했어. 영락없이 한 쌍의 자동차 도둑 아니면 은행 강도 꼴이었거든……. 자네도 알다시피 샌프란시스코와 비트 시인, 작가에 대한 야유조의 글이 엄청 많은데 그게 다 우리가 지식인이나 뭐 그런 것으로 보이지 않기 때문이거든. 특히 자네와 포머레이는 어떤 면에서 참 끔찍해 보이고 어쨌든 지식인 행색은 분명히 아니야." "자네는 정말이지 할리우드에 가서 빌리 더 키드 역을 해야 돼." "할리우드에 굳이 간다면 랭보 역을 해야지." "음, 진 할로는 안 되겠군." "난 어떻게든 「진갈색」을 파리에서 출판하고 싶어. 괜찮을 때 자네가 갈리마르나 지로디아스에 말 좀 넣어 준다면 도움

---

4) Jean Harlow, 할리우드의 전설적인 금발 미인 배우.

이 되겠는데." "글쎄⋯⋯." "내가 자네 시 「멕시코시티 블루스」를 읽고 나서 전혀 새로운 방식으로 쓰기 시작했었지. 그 책이 내 눈을 깨쳐 줬어." "하지만 자네 것에 비하면 한참 뒤떨어지지. 나야 말을 갖고 노는 사람이고 자네는 관념을 다루니까⋯⋯." 이런 식으로 정오까지 이야기를 나눴고, 론은 들어왔다 나갔다 하며 여자들하고 바닷가에도 다녀오는데, 팻과 나는 해가 난 줄도 모르고 오두막에 틀어박혀서 이제는 비용과 세르반테스 이야기를 하는 중이다.

별안간 요란한 쿵 소리와 함께 오두막 문이 활짝 열리며 햇빛이 밀려들어 실내가 환해진다. 팔을 뻗고 문간에 서 있는 천사가 내 눈에 들어온다. 가장 좋은 옷을 차려입은 코디 옆으로 금빛 천사들이 더 있다. 하나는 아름다운 아내 이블린이고, 그중 가장 빛나는 천사는 햇살 아래 머리칼을 반짝이며 서 있는 꼬마 티미다. 이 믿을 수 없이 놀라운 광경에 팻과 나는 경외감에 이끌렸거나 그냥 겁이 나서(무섭다기보다는 환영을 본 듯 황홀감에 휩싸였다고 해야 옳겠지만) 절로 의자에서 일어난다. 아무 말 없이 무슨 이유에선지 팔을 앞으로 뻗고 서 있는 코디의 모습 또한 일종의 놀라움과 함께 경계심도 일으키는데, 그가 성 미카엘과 너무도 닮은 것부터 벌써 어리둥절한 데다, 아내와 아이들까지 포치 계단(시끄럽게 삐걱거리는)을 살금살금 지나 나무판자를 건너 까치발로 조심조심 문간에 서게 한 뒤 용의주도하게 문을 열어젖힘으로써, 세련된 팻 매클리어와 놀라면서도 반색하는 나의 신비한 눈에 금빛 우주를 쏟아부었다는 사실이 기가 막힐 노릇이다. 로웰의 웨스트 스트리트에 있는 우리 집 뒤 부엌문 앞에 여러 부부가 살금살금 몰려들었던, 깜짝 놀라 서 있는 아홉 살배기 나에게 주모자가 조용히 하라고 시킨 다음, 아무것도 모른 채 1930년대 구식 라디오로 프리모 카네라와 어니 샤프트의 권투 시합 중계를 듣던 아버지에게 한꺼번에 달려들어 소란을 빚었던 일이 떠오른다. 그런데 코디 가족의 옛날식 살금살금 움직임에는 코디가 늘 빚어내는 기이한 종말론적 금빛이 또한 담겨 있다. 어디선가 내가 말했듯 멕시코에 갔을 때 그가 거친 노면 위로 낡은 차를 아주 천천히 모는 가운데 우리는 모두 차를 마셔 취했고 나는 금빛 천국을 보았다. 다른 때도 그는 늘 금빛이어서 무슨 천국 꼭대기에서 무슨 소파에 앉아 있는 것만 같았다.

물론 의도한 것은 아니다. 그는 그냥 그렇게 서서 타고난 극적 신비를 품고 마치 "보라, 태양이다! 보라, 천사들이다!" 하듯 팔을 앞으로 뻗어 자기 가족의 금빛 머리를 가리킨 것이고, 팻과 나는 소스라쳐서 벌떡 일어선 것일 뿐이다.

"생일 축하하네, 잭!" 뭐 그런 평범하고 공허한 인사말과 함께 코디가 말하기를, "좋은 소식을 갖고 왔어! 이블린과 에밀리와 개비와 티미를 데려왔는데, 왜냐하면, 야, 자네가 준 그 100달러 덕에 모든 게 너무나 완벽하게 처리된 것이 너무나 고마워서 말이야. 무슨 일이 일어났는지 아주 굉장한 이야기 하나 들려주지." (그에게는 전적으로 굉장했다.) "그래서 웃돈을 얹어 주고 자네가 알다시피 시동도 안 걸리는 내시를 다른 걸로 교환했는데, 친구 녀석이 그걸 밀어 줘야 되거든. 그런데 이 친구가 보라색인가, 아니 뭐더라, 그래, 자홍색으로 아주 멋지

게 빠진 집스터 스테이션왜건을 갖고 있다 이거야. 잭, 정말이
지 라디오 성능도 굉장하고, 후진 지시등도 아주 신형이고, 타
이어도 아주 새거에다 아주 죽여주는, 그러니까, 맞다, 포도색
으로 페인트칠도 반드르르하게 새로 했더라고." (이블린이 낮은
소리로 색깔을 알려 준다.) "잘 묵힌 와인의 그 포도색이지. 그래
서 자네에게 감사 인사도 하고 즐기는 것뿐만 아니라, 거기에
더해, 아이구, 내가 여자들처럼 감정 과잉이 되는군, 히히히. 그
래, 얘들아. 어서 들어오고 다시 나가서 차에 있는 장비들 갖
고 와서 오늘 밤에는 신선한 공기를 마시면서 노천에서 잘 준
비를 하자. 잭, 그뿐이 아니라, 아이구, 가슴이 터질 것만 같네.
내가 새로 취직을 했어! 멋들어지게 잘 빠진 그 지프에다 말이
야. 새 일자리는 로스 가토스 다운타운에 있는데, 사실 운전
도 필요 없고 그냥 반 마일 걸어가면 돼. 자, 마, 자네도 어서
들어와서 팻 매클리어랑 인사 좀 해. 그리고 내가 친히 이 술
꾼 친구 잭을 새 지프를 세워 둔 곳으로 안내하는 동안, 내가
가져온 걸로 달걀이며 스테이크도 요리하고 로제 와인 병도
좀 따 놓고. 잭, 자네 축사 출입문 열쇠 가지고 있지? 좋았어,
자 옛날 그 시절처럼 이야기를 나누며 걷자고. 그리고 내 중국
행 신형 배를 타고 천천히 돌아오는 거야."

　이렇게 코디에게 오늘은 완전히 새로운 날이고 완전히 새로
운 상황이며 아예 완전히 새로운 우주라서, 우리는 실로 오랜
만에 단둘이 차를 세운 곳으로 빠르게 걸어 내려가는데, 뭔가
놀랄 만한 이야기 직전의 좀이 쑤신 얼굴로 그가 나를 보더니
정말로 엄청나게 놀랄 만한 이야기를 해 준다. "자네 짐작이

맞네, 친구. 내가 지금 마지막, 진정 마지막 남은 세계에서 가장 완벽한 검정 씨앗 대마초를 챙겨 왔으니까 이제 자네랑 나랑 좀 피워 보세. 바로 그래서 와인을 갖고 내려오지 말자고 했던 거였어. 와인을 마시고 춤출 시간은 따로 있으니까." 그러더니 불을 붙이고 이어 말하기를, "자, 너무 빨리 걷지 말게. 철로에서 쉬는 날 가끔 그랬듯 천천히 걸어가는 거야. 자네가 말한 대로 타운센드 스트리트 3번가 아스팔트를 함께 건너갔던 것 기억하지. 거기 미션 십자가 너머로 해가 너무도 완벽하게 신성한 보랏빛으로 넘어갔었지……. 그래, 천천히, 저 골짜기를 바라보며 말이야." 그렇게 대마초를 뻐끔뻐끔 피우기 시작하자 우리 둘의 머릿속에는 으레 그러듯 의혹 어린 망상이 차오르는 바람에 둘 다 입을 다물고 차가 있는 곳에 다다르는데, 그것은 실로 아름다운 포도색에 온갖 장비를 갖춘 반짝반짝 신형 집스터였으나, 금빛 재회는 이제 이 차가 어찌하여 그토록 최고인지를 기술적 세부 사실들을 대 가며 강조하는 코디의 무미건조한 설명으로 변질되더니, 이어서 그는 빨리 축사 문을 열라고 숫제 고함을 질러 댔다. "여기 온종일 이러고 있을 거야? 자, 빨리빨리."

하지만 대마초 망상이 중요한 게 아니다. 아니, 어쩌면 그럴 수도 있지만, 어쨌든 나와 잘 맞지 않아 오래전에 그만뒀었다. 우리는 천천히 차를 몰아 오두막으로 돌아오고 서로 안면을 튼 이블린과 팻의 아내가 여자들의 대화를 나누는 중에 매클리어와 나와 코디는 식탁에 앉아 아이들과 함께 갈 바닷가 소풍을 계획한다.

한편 이블린과는 몇 년간 제대로 이야기도 못 나눠 봤다. 이건 어떻고 저건 어떻고 코디의 영혼을 논하며 벽난로 옆에 앉아 우리는 함께 밤을 새웠고, 코디의 이름은 그의 여자들의 목소리로 미국의 양 해안에 울려 퍼졌다. 그녀는 항상 뭔가 고민이 깃든, 또한 고자질하는 소녀의 은밀한 즐거움이 섞인 어조로 '코디'의 이름을 발음했다. "코디는 내면의 그 어마어마한 힘을 통제할 줄 알아야만 돼." 나, "코디는 착한 거짓말도 자꾸 고치다가 결국은 나쁜 거짓말로 만들어." 등이었는데, 어원가든에 따르면 코디의 여자들은 언제나 그의 행실을 놓고 양 해안에서 전화 통화를 했다고 한다.(그럴 만한 일이다.)

그는 항상 그의 여자들과 아주 완전한 관계를 지향하여 영혼과 눈물, 구강성교와 한밤중에 차에서 방으로 또는 그 반대로 달려가는 호텔 방 밀회들로 점철될 지경이었으니, 중간은 성에 차지 않는 진짜 미친놈이었으나 어쨌든 언젠가 묘비에 "그는 살았고, 그는 땀을 흘렸다." 정도는 쓸 수 있을 거였다. 체포되고 징역을 사는 등 구질구질한 불의를 경험한 뒤 뭐랄까 참하게 진정됐고 이제는 세상이 슬슬 지겨워지기도 해서, 예전 같으면 양말을 신고 떠날 채비를 하며 머릿속에 들어오는 생각 하나하나를 방 안의 모두에게 구구절절 설명했을 그가 이제는 음흉한 책략가처럼 모른 척 어깨만 들썩인다. 그래도 전형적인 코디를 기억하게 해 주는, 천지 만물이 한순간 폭발하기라도 한 듯 수백만의 복합적인 뉘앙스가 동시에 발산하는 미친 순간이 있었으니, 팻의 천사 같은 어린 딸이 매우 작은 꽃을 내게 주려고("아저씨 가지세요." 하고 내게 직접 말했다.) 다가오고 있을 때(무슨 일인지 이 어린 것은 내게 꽃이 필요하다고 생각했거나, 아니면 제 엄마가 뭐 장식용 같은 용도로 갖다주라고 시켰을 것이다.) 코디는 불같이 화를 내며 어린 아들 팀에게 "왼손이 하는 일을 오른손이 알게 하면 못쓰는 거야." 훈계하고, 나는 어쨌든 손바닥을 오므려 꽃을 받으려고 하는데 그게 하도 작아서 느껴지지도 보이지도 않으니 그건 오로지 그 어린 소녀만이 찾아낼 수 있는 것이고, 와중에 팀에게 훈계하는 코디를 쳐다보다가 나를 바라보는 이블린에게 잘 보이고 싶은 마음에 "왼손이 하는 일을 오른손이 알게 하면 못쓰는 건데 이 오른손은 이 꽃을 쥐지도 못하는군." 농담을 한마디 하고, 코디는 건성으로 "그래, 그래." 하는 것이다.

뭐, 대단한 재회와 꿈같은 서프라이즈 파티처럼 시작됐던 게 적어도 나로 말하자면 과시의 입담으로 변질되고 마는데, 와인이 좀 들어가면서 기분이 조금 가벼워지기도 해서 우리는 함께 해변으로 내려간다. 이블린과 앞장서서 걷던 나는 좁다란 길에 다다르자 인디언 걸음 시범으로 여름내 내가 얼마나 멋진 인디언으로 성장했는지를 보여 주며 시시콜콜 주절대기를, "저기 수풀 보이지? 이마에 루스처럼 머리카락을 늘어뜨리고 조용히 선 노새 때문에 가끔 소스라치게 놀란다니까. 성경에 나올 법한 노새가 묵상하듯 여기 아니면 저 위에 서 있는 거야. 그리고 저기 다리 보이지? 어때?" 아이들은 거꾸로 처박힌 자동차를 보고 신이 나 있다. 그러다 모래밭에 앉아 있는데 코디가 다가오기에 겨드랑이를 긁적대며 윌리스 비어리 목소리로 "데스밸리에서 죽는다고 사람을 저주하라."(명작 영화 〈스무 마리 노새〉의 마지막 대사)라고 하자, 코디는 "그렇지, 윌리스 비어리 흉내는 그게 정답이지. 자네 목소리에는 딱 맞는 결이 있어. '데스밸리에서 죽는다고 사람을 저주하라.' 히히, 그래." 하고는 금방 매클리어의 아내 쪽으로 가 버린다.

가족들, 사람들이 산만하게 흩어져 애매하게 바다를 바라보는, 혼란하고 한심한 피크닉 풍경이다. 내가 이블린에게 언제라도 하와이에서 몰려오는 해일이 아주 쉽사리 덮칠 수가 있으며 그 어마어마한 물이 수 마일 거리에서도 보일 거라고 하면서 "저 낭떠러지들을 기어올라 돌아가려면 힘 좀 써야 되겠는걸. 그렇지?" 하자, 코디가 그 말을 듣고 "뭐?" 하길래, "우리는 살리나스까지 휩쓸려 갈 거야, 분명히." 하자, 코디가 "뭐라고? 저 새 지프도? 당장 가서 옮겨 놓아야 되겠네." 한다.(이게 그의 유머다.)

"여기 비는 어떻지?" 시적 감각을 자랑하며 내가 이블린에게 말한다. 그녀는 나를 정말로 사랑한다. 전에는 남편처럼 사랑했으니, 한동안 코디와 나, 이렇게 남편이 둘이었다. 완벽한 가족이었는데 결국 코디 아니면 내가 질투를 하게 되었다. 내가 철로 일을 마치고 램프를 들고 꼬질꼬질해져서 거품 목욕을 할 기대에 부풀어 집에 돌아오면 코디가 전화를 받고 일을 하러 나갔고, 그렇게 이블린에게는 새 남편이 생겼고, 코디가 새벽녘에 역시 꼬질꼬질해져서 거품 목욕을 할 기대에 부풀어 집에 돌아오면 내가 전화를 받고 일을 하러 나갔다. 둘 다 똑같은 고물 차를 타고 일을 하러 나갔다. 이블린은 언제나 자신과 내가 천생연분이라고 했지만, 이번 생에는 코디를 섬기라는 게 그녀의 업보였고, 나는 그걸, 그리고 그녀가 코디도 사랑한다는 걸 정말로 믿는데, 그녀는 내게 "다음 생에는 당신을 가질 거야, 잭……. 그러면 당신은 무척 행복할 거야."라고 말하곤 했고, 내가 "뭐? 당신에게서 벗어나려고 영원한 업보의 동굴을 뛰어다니라는 거야?" 농담을 하면, 그녀는 구슬프게 "내게서 벗어나려면 영원이 걸릴 거야." 하는데, 나는 질투가 나서 영원이 다 지나도 내가 그녀에게서 벗어나지 못할 거라고 말해 주고 싶다. 나는 영원이 다 지나도록 그녀를 쫓아가서 붙잡고 싶다.

"아, 잭." 해변에서 두 팔로 나를 안으며 그녀가 말한다. "다시 보게 되어서 정말로 좋아. 아, 다시 조용하게 피자를 구워 저녁을 먹고 함께 텔레비전을 보면 좋겠다. 이제 당신은 친구도, 책임도 너무 많아 슬프네. 술 마시다 자칫 병이나 나고. 한동안 우리랑 지내며 좀 쉬면 어때?" "그럴게." 그런데 이블린에게 반한 론 블레이크가 자꾸 건너와 해초의 춤을 추면서 그녀의 관심을 사려 든다. 론은 이블린과 단둘이 시간을 보낼 수 있게 코디에게 말 좀 해 달라고 내게 부탁도 했다. "그러라 그래." 코디가 대답했다.

술이 동나고 코디와 나와 아이들이 한 차에, 매클리어와 가족들이 다른 차에 올라 밤에 먹을 음식과 담배를 좀 더 사러 몬터레이로 출발하자, 론은 바라던 대로 이블린과 단둘이 남는다. 이블린과 론은 해변에서 모닥불을 피우고 우리가 돌아오기를 기다린다. 나가는 길에 티미 녀석이 포머레이에게 "엄마도 함께 가야 되는데, 엄마 바지가 바닷물에 젖어 버렸어."
한다. 코디는 그 끔찍한 협곡 흙길을 영화에 나오는 도주 차량
처럼 날쌔게 달리며 특유의 기가 막힌 말장난으로 "이제는 김
이 모락모락 날 거야." 하고 대꾸한다. 매클리어 가족의 차가
저만치 멀어진다. 다 죽게 생긴 좁고 가파른 커브 길이 나오자,
코디는 "산중 운전은 말이야. 깨작깨작 하면 안 돼. 움직이는
건 차뿐이고 길은 가만있거든." 하며 급회전을 건다. 고속도로
로 나오자 곧장 몬터레이로 향한다. 저 아래 황혼이 내린 빅
서의 바위 위에서 바다표범 우는 소리가 들린다.

24

여름 캠프의 매클리어가 어깨에 매 한 마리를 얹고 거실에 나오면서, 잘생겼지만 어쩐지 '퇴폐적인' 랭보 유형의 또 다른 단면을 보여 준다. 하고많은 애완동물 중 선택된 이 칠흑같이 검은 매는 그가 손에 들어 올려 준 햄버거 덩어리를 사납게 쪼아 댄다. 사실 드물게 시적인 장면인데, 매클리어는 정말 매 같은 시를 쓴다. 늘 어둠, 진갈색, 어두운 방, 움직이는 커튼, 화학성 화재, 검은 베개, 화학성 화염처럼 붉은 어둠 속 사랑 따위에 대해, 지면을 가로지르며 불규칙하면서도 적절히 늘어지는 아름답고 긴 행으로 쓴다. 잘생긴 매 매클리어에게 내가 외친다. "이제 자네 진짜 이름을 알겠어! 엠리어(M'Lear)야! 폭풍우 몰아치는 스코틀랜드 황무지 고원에서 매와 함께 미쳐 가며 머리를 쥐어뜯는 엠리어!" 뭐, 그런 소리인데 와인이 좀 더

생기니 기분이 좋아져서다. 이제 오직 코디만 가능한 방식으로 어두운 고속도로를 날아 오두막에 돌아갈 시간이다.(그의 운전은 데이브 웨인보다도 대단하지만, 데이브 웨인과 함께일 때 더 안전한 느낌이 들기는 한다. 코디의 야간 운전이 파멸의 예감을 안기는 이유는 그가 차를 통제하지 못하게 될까 봐 걱정돼서가 아니라, 차가 갑자기 천국이라든가 최소한 러시아인들이 '어두운 우주'라 부르는 곳까지는 떠오를 것 같은 느낌을 주기 때문이다. 코디가 밤거리의 흰 차선을 따라 달릴 때면 창밖에서 뭔가 웅웅대는 소리가 들려온다. 데이브 웨인과의 동승이 단란한 대화 속 안락한 승차라면, 코디와 함께하는 것은 악화의 위기라 할 수 있다.) 그가 내게 말한다. "오늘만이 아니라 지난번 친구들과 함께했던 그날도, 야, 그 아름다운 매클리어 여자 말이야. 아주 착 붙는 청바지에, 그렇게 순수하게 움직이는 걸 보고 내가 나무 밑에서 울었다니까. 와, 어쨌든 이렇게 하자고. 내일 로스 가토스에 가서, 7시에 다 같이 〈악당에게 야유를〉 연극을 보고 나서, 가족들, 이블린이랑 아이들을 집에 내려 주자……." "뭘 본다고?" "그게 연극인데 말이야……." 그가 별안간 학부모회 담당 여자처럼 징징대는 소리로 "저기 가서서 앉으시면 옛날 1910년 연극이 공연되는데요. 악당들이 주택 담보를 압류하는 거예요. 콧수염에 과장된 눈물, 그런 것들 말이죠. 저기 앉아서 마음껏 악당들을 야유하시고 뭐 원한다면 쌍욕을 해도 되고, 모르겠네요……. 하지만 이건 이블린의 세계거든. 그녀가 세트 디자인을 다 했어. 내가 감옥에 가 있는 동안 한 일들이라 마뜩잖아할 수도 없고 솔직히 가타부타 할 말도 없어. 그리고 한 집안의 가장이면 물론 여자 뜻에 따라야 하기도 하고, 아이들도 좋아라 하고. 악당들을 야유한 다음 집에 데려다주자, 친구." 하면서 속도를 바짝 올린다. 밤처럼 검은 매는 열심히 손을 비비는 대신 더욱 단단히 앉아, 마치 어서 속도를 내라고 재촉하는 것 같다. "자네와 내가 저 베이쇼어 고속도로를 달려 내려갈 거고, 자네는 늘 그러듯 '이봐 코디.' 하면서 산골 주정뱅이 같은 멍청한 질문이나 던지겠지."(늙은 주정뱅이처럼 우는 소리를 한다.) "'벌링게임에 다 온 것 같은데, 아닌가?' 뭐 이렇게. 그런데 말이야, 자네는 항상 틀려. 히히, 이 미친 멍청이 잭. 그리고 우리는 도시로 함께 돌아가서 거기 윌러민을 만날 거야. 자네가 꼭 만났으면 좋겠는데, 그녀도 자네를 무척 밝히니까 자네도 그러기를 바라네. 그러면 나는 두 원앙새를 며칠 단둘이 있게 남겨 놓겠지. 자넨 거기서 그녀를 그냥 좀 즐기면 돼. 왜냐면 그러니까……." (이제 사무적인 어조로) "자네가 아는 그런 이야기들을 그녀가 좋아하면 좋겠어, 알겠나? 그녀는 내 소울메이트이자 비밀이 없는 절친한 친구이자 애인이기도 해서, 모쪼록 행복하고 많이 배우기를 내가 바라거든." "어떤 여자야?" 내가 징그럽게 묻는다. 그가 얼굴을 찡그린다. 그는 나를 제대로 안다. "음, 외모는 괜찮아. 내가 보기엔 몸매도 잘 빠졌고, 잠자리에서는 더할 나위 없이 단연 넘버원이지." 코디가 나를 자신의 미녀들의 하위 애인으로 만드는 건 오래된 일이었다. 그는 나를 형제, 아니, 그 이상으로 사랑하지만 때로는 짜증을 내기도 하는데, 특히 내가 술에 취해 허둥거리거나 지난번처럼 운전하고 있다는 걸 잊어버리고 차 기어를 뽑아 버릴 뻔했을 때를 예로 들 수 있는바, 그때 그는 내게서 자신의 늙은 주정뱅이 아버지를 보았던 것인데, 희한한 것은 그 또한 나에게 나의 아버지를 연상시킨다는 점으로, 이렇게 우리는 괴상하고 한없이 이어지며 때로는 눈물 바람을 하게 만드는 부친 이미지 관계를 공유하고 있어서 코디를 생각하면 눈물이 흐르고, 나를 보는 그의 눈에서도 때로 그런 눈물을 보게 되는 것이다. 그가 내 아버지를 연상시키는 것은 그 또한 경마권과 종이와 연필 따위를 주머니에 채운 채 허풍을 떨며 돌아다니기 때문인데, 무슨 거창한 심야의 미션이나 되는 듯 자못 비장하게 마지막 여행을 떠나지만, 늘상 아무 의미도 없는, 말하자면 막스 브라더스의 코미디 모험 꼴로 끝나 버리고, 오히려 그래서 그를(그리고 아버지를) 더 사랑하지 않을 수 없다. 대략 그렇다. 그리고 우리에 관해 쓴 책(『길 위에서』)에서 중요한 사실 둘을 빠뜨렸는데, 첫째는 우리가 독실한 가톨릭 신자로 어린 시절을 보냈으며 결코 그 사실을 거론하지는 않아도 그것이 어떤 공통점이자 우리 본성의 일부라는 점, 둘째는 더 중요한 것으로 여자를 공유하는 그 괴상한 경험을 했을 때(메리루 아니면 조애나라고 해 두자.) 코디가 "친구, 자네와 나는 이중 남편 관계야. 나중에 아예 하렘을 세우자고. 그리고 그걸 그러니까……" (눈을 깜박거리며) "우리를 둘루오머레이라고 부르는 거야. 둘루오즈와 포머레이, 둘루오머레이, 어때, 히히히." 하더라는 점이다. 그때는 지금보다 젊었고 정말 실없었지만, 어쨌든 그가 나를 어떻게 생각했는지 보여 주는 이 예는 세상에 새로이 나타난 현상으로, 남자들이 동성애자가 아니면서도 천사 같은 친구가 될 수 있으며 여자를 놓고 싸우지 않는 그런 거였다. 하지만 슬프게도 우리는 적어도 돈을 놓고 싸웠고, 대마초 가루를 책 위에 올려놓고 칼로 나눌 적에도 싸웠다. 그가 "우리의 당초 합의는 대마초 가루와는 아무 상관이 없어!" 하고는 그걸 모두 주머니에 넣고 얼굴을 붉히며 자리를 뜨길래, 내가 벌떡 일어나 짐을 싸고는 떠나겠다고 나서자, 이블린이 시내까지 차로 데려다주겠다고 하지만 차 시동이 안 걸려서(몇 년 전이다.), 코디가 이제 수치심에 얼굴을 붉히며 뒤에서 고물 차를 밀어 시동이 걸리게 도와주는 한편, 욕심도 사납다고 이게 어디 짐을 싸 떠날 일이냐고 나를 비난하면서 새너제이 불러바드를 한참 내려갔던 것인데, 그러다 그는 아예 뒷자리에 들어와 앉아 소리를 질러 대기도 했다. 그날 밤 나는 노스 비치에 있는 맬 댐렛의 집에서 술에 진탕 취해 뻗어 누웠다. 어쨌든 우리, 이른바 세상에서 가장 진화된 두 남성 친구가 그래도 돈 앞에서 싸운다는 건 "돈은 캐나다인이 싸우는 유일한 문제라고 하던데 그건 촌뜨기들도 똑같은 모양이네."라는 뉴욕의 줄리언의 말로도 설명될 수 있을지 모르겠지만, 내가 보기에 줄리언은 자신을 무슨 명예를 걸고 싸우는 고결한 스코틀랜드인쯤으로 착각하는 것 같다.(나는 그에게 "아, 자네 같은 스코틀랜드인들은 시계 주머니에 침을 뱉지."라고 해 준 적이 있다.)

라크리메 레룸(Lacrimae rerum), 존재의 눈물, 나와 코디가 함께한 그 세월들. 나는 늘 '코디와 나', 뭐 그렇게 말하지 않고 '나와 코디'라고 하는데, 이제 밤일 세상의 건너편에서 우리

154

를 지켜보는 어원은 약간의 경탄을 표하는 입술로 "아, 서양의 천사들, 천국의 동반자들."이라 말하고, 편지에는 "이제는 무엇인가? 무엇이 최신이고 어떤 비전과 어떤 논쟁과 어떤 달콤한 합의가 나왔는가?" 등등을 쓴다.

그날 밤 아이들은 어두운 숲이 무서워 지프 안에서 자고, 나는 샛강 옆에 침낭을 깔고 거기 들어가 잔다. 아침이 밝고 모두 로스 가토스로 돌아가 악당 연극을 볼 차례다. 좌절한 론은 이블린에게 슬픈 눈길을 던지는데, 아무래도 퇴짜를 맞은 모양인지 그녀가 내게 "정말이지 코디가 내게 사람들을 갖다 붙이는 게 끔찍해. 내게도 선택권은 있어야 하는 거잖아." 하는데 참으로 지당한 말이다.(그러면서도 그녀는 그게 자신이 정말 원하는 건지 전혀 아닌지 몰라 쩔쩔매면서도, 그러는 코디가 우스워서 깔깔 웃는다.) "적어도 생판 낯선 사람들과는 아니지." 내가 웃으라고 한마디 던지자 그녀가 "게다가 나는 이 섹스란 게 지겨워. 그이는 밤낮 그 소리만 하는데, 여기 그이 친구들, 전부 다 신의 공동 창조자로서 역할을 할 열린 채널들인데 고작 늘 생각하는 게 궁둥이잖아. 그래서 당신이 그렇게 신선한 거겠지." 하더니 덧붙이기를, "하지만 난 별로 신선하지 않지? 응?" 한다. 나와 이블린의 관계가 그렇다. 우리는 무엇에 대해서도 농담을 나눌 수 있는 진정한 친구인데, 심지어 1947년 덴버에서 처음 만나서 춤을 추고 코디가 그걸 불안하게 지켜보던 밤도 포함해서다. 일종의 낭만적인 커플인 건데, 나는 이따금 미래의 생에 그녀가 나를 어떻게 취할 것인지 그 꿈결 같은 미스터리를 생각하면서, 와, 하고 전율을 느끼기도 한다. 그리고 그게 나의 구원일 것이라고 진지하게 믿는다.

아직 갈 길이 멀다.

25

〈악당에게 야유를〉은 어리석기는 해도 사실 괜찮은 연극이다. 그런데 취사 마차와 천막 같은 것들이 옛날 웨스턴 스타일로 재현된 그곳에 도착하자 6연발 권총 두 자루를 든 뚱뚱한 보안관 유형의 남자가 입구에 서 있는 걸 보고 코디가 "현실감을 주기 위한 거야."라고 말하고, 모두 차에서 내려 그 뚱보 보안관 쪽으로 가는 도중에 술 취한 내가 그에게 남부 농담을 건네자(사실 어스킨 콜드웰의 단편 줄거리일 뿐이다.) 그는 우둔한 웃는 표정, 아니, 그보단 양키의 대화를 듣는 사형 집행인이나 남부 순경 같은 표정으로 농담을 받는다. 이래 꾸며 놓으니 그럴싸한 서부 술집에 들어가서는, 낡은 피아노를 두들기는 아이들에게 합세한 내가 웅장한 스트라빈스키 곡조를 치자, 총을 찬 뚱보 보안관 둘이 다가와 텔레비전 서부 영화의 위협적인 음성으로 "그 피아노, 치면 안 됩니다." 하고 경고하고, 나는 놀라지 않을 수 없다. 이블린에게 그가 바로 이곳의 망할 주인이라는 사실, 그리고 주인인 그가 나더러 피아노를 치면 안 된다고 했다면 치지 않는 것 외에 다른 법적 방도가 없다는 사실을 듣고 나는 더욱 놀란다. 게다가 그의 6연발 권총들엔 진짜 총알이 들어 있다. 역할에 완전히 몰입하는 것이다. 아이들과 즐겁게 피아노를 두들기다 홱 끌려 나와 그 어두운 공포의 끔찍한 민낯과 마주한 나는 벌떡 일어나 "알았어요. 제기랄, 어차피 나갈 거니까." 하고 나와 버린다. 차 앞에서 화이트 포트와인을 한 모금 들이켜는데 코디가 나오길래 나는 "당장 나가자."고 했고, 코디는 "연극 연출자에게 이블린과 아이들을 집까지 데려다 달라고 부탁해 놓았으니 바로 시내로 돌아가자." 하고, 내가 "좋았어!" 하자, 코디는 "이블린에게도 지금 나간다고 해 뒀으니까 그냥 가면 돼." 한다.

"코디, 자네의 가족 파티를 망쳐 버려 미안해." 내가 말하자, 그는 "아니, 아니야." 하며 "가석방자 신분에 이런 데 와서 제대로 된 남편과 아버지 시늉을 하는 것도 다 허울일 뿐 힘들기만 해." 털어놓는다. 그게 정말 얼마나 힘든 일인지 보여 주기 위해 우리는 도로를 쌩쌩 달려 차 여섯 대를 눈 깜박할 새에 추월한다. "사실 이렇게 돼서 난 정말 좋아. 왜냐면, 킥킥, 거기서 나오려면 핑계가 필요한데 딱 그 일이 일어나자마자 이거구나 싶었어. 그 영감 뭐 백만장자라는데, 미친놈이지 뭐냐. 나는 이야기도 나눠 봤어, 그 생쥐 같은 영감하고. 어쨌든 거기 앉아 그 연기를 보지 않아도 돼서 참 다행이지. 게다가 관객들도, 아이구, 아예 샌 퀜틴에 돌아가는 게 낫겠다 싶던데, 이렇게 나왔잖아, 친구!"

　그렇게 이 밤중에 차에 앉아 어딘가로 이어지거나 아니면 특히 이 시간엔 아무 데로도 이어지지 않거나 할 흰 차선을 따라 달려가노라니, 차선은 불안하고 조급하게 떨리며 우리 차 펜더 앞에 스며들고, 추월해야 하거나 장애물을 피해야 하거나 따위의 이유로 코디가 부드럽게 방향을 틀 때마다 아름답게 이쪽 또는 저쪽으로 차선이 곡선을 그리기도 한다. 널따란 베이쇼어 고속도로 위에서 그는 참으로 능란하게, 힘을 거의 들이지 않고 완전히 자연스럽게, 자유자재로 차선을 넘나드는데, 실로 천의무봉의 솜씨인지라 다른 운전자들은 불안한 눈동자로 우리를 바라보지만, 이렇게 운전을 완벽하게 하는 사람은 이 길 위에 그를 빼면 아무도 없다. 푸른 땅거미가 캘리포니아를 온통 덮는다. 저 앞에 샌프란시스코가 반짝거린다. 라디오에서 리듬 앤드 블루스가 나오는 동안 우리는 아무 말 없이 앞만 바라보면서 대마초를 주고받으며, 하도 거대하여 소통할 수 없고 아무리 애를 써도 백만 년의 시간과 십억 권의 책이 소요될 생각에 각자 사로잡혀 있다. 너무, 너무 늦었다. 우리가 함께, 그리고 각자 보았던 모든 것의 역사는 하나의 도서관이 되어 버렸다. 서가는 자꾸 위로 더 올라간다. 안개 같은 문서들 또는 '안개'의 문서들로 그득하다. 인간 정신은 복잡하게 얽히고 꼬여서 옛것은 고사하고 최신 사고들조차 더는 표현할 수가 없다. 코디는 전처럼 다시 집필에 착수하면 세계 최고 작가가 되리라고 확신할 만한 탁월한 정신의 천재다.

그 거대함에 압도되어 우리는 그저 앉아서 한숨만 쉬고 있다. "내가 글을 써 본 건" 하며 그가 말한다. "월러민에게 쓴 편지가 전부야. 사실 꽤 되긴 하지. 그녀가 리본으로 잘 묶어 놓았는데, 책이든 산문이든 뭘 쓰면 출소할 때 뺏길 것 같아서 2년 동안 매주 세 통씩 편지를 써 보냈지. 문제는 수천 번 말했듯이 정신은 흐르고 일어나고 하는 거라서, 이 세상 그 누구도, 아이구, 말하기조차 싫다." 게다가 힐끗 보니 그는 작가가 되고 싶은 생각이 전혀 없는데, 왜냐하면 그에게 삶이란 아주 신성한 것이어서 뭘 어떻게 하기보다는 그냥 살면 되는 것이고, 글을 쓴다는 것은 중대한 의미라고 할 것도 없는 그저 하찮은 일이기 때문이다. 하지만 원하기만 한다면 그는 작가가 될 수 있다! 가엾은 고양이가 묻히고 어머니는 애도하고 있는 우리 집에서 한참 떨어진 캘리포니아의 차 안에서 나는 그런 생각을 한다.

항상 세상을 어떻게라도 사랑하고 있을 때 나는 자신이 자랑스럽다. 그에 비하면 증오는 훨씬 쉽다. 그런데 지금 나는 세상 한심한 증오에 목까지 깊이 빠져 잘난 체하고 있다.

26

코디와 이런 대화를 나누기는 했지만, 오늘 밤의 백미는 빌리를 만나서 기쁘게 해 주는 것임을 나는 아주 잘 알고 있다.(그녀는 코디에게서 내 이야기를 들었고 내 책들을 읽었다고 한다.) 사실 코디는 이블린에게 내가 그들의 로스 가토스 집에 한 달 묵을 거라고 알려 뒀고, 나는 뒷마당에 침낭을 깔고 잘 예정인데, 그건 그들이 나를 집 안에 들이기 싫다거나 해서가 아니라 별 아래서 자는 게 아름다운 일이고 식구들이 일어나 직장이며 학교에 가는 걸 방해하고 싶지 않아서 내가 자진한 것이다. 그들은 정오에 뒷마당에서 비틀비틀 들어와 하품하며 커피를 찾는 내 모습을 보는 것이다. 나는 그게 괜찮고 그러고 싶고 그게 내 계획인데, 코디와 함께 금붕어 어항, 책들, 특이한 장식품들, 깔끔한 부엌 등으로 정갈하게 꾸민 윌러민의 아파트로 달려가서, 금발에 남자 줄리언 블론드처럼 눈썹이 치켜 올라간 윌러민의 모습을 보고 "줄리언이네. 맙소사, 줄리언이야!" 하고 외친다. (나는 어쨌든 잔뜩 취해 있는데, 베이쇼어 고속도로에서 조 이나트라는 히치하이커를 태워서 술을 사 주며 나도 좀 마셨기 때문이고, 한편 이 조 이나트는 참 잊지 못할 친구인데, 왜냐면 자신이 러시아인이고 자기 이름도 옛 러시아 이름이라기에 우리 이름을 써 주자 그가 내 이름도 옛 러시아 이름이라 했던 것이다.) (사실 브르타뉴 이름인데.) (그리고 이어서 그가 공중화장실에서 흑인 청년에게 아무 이유 없이 두들겨 맞았다고 하자, 코디가 헉 숨을 내쉬면서 "노인들을 패는 흑인들을 본 적이 있어. 이름이 '샌 퀜틴의 힘센 팔'인데 다른 죄수들하고 떨어져서 자기들끼리 어울리거든. 전부 다 흑인인데 힘없는 늙다리들을 두들겨 패는 게 일이야. 지금 저 말은 완전 사실일 거야." 하기에, 내가 "왜 그러는데?" 하자, 코디가 "내가 어떻게 알아. 그냥 맞서 싸우지 못할 늙은이들을 패고 싶은 거겠지. 패고 또 패서 죽어 나자빠질 때까지 말이야." 하고, 아, 정말이지 코디가 아는 세상사는 참으로 끔찍한 것이었다.) 그리하여 이제 우리는 빌리와 함께 그녀의 아파트에 앉아 있고, 창밖으로 도시의 불빛이 다시 번쩍거리니 아, Urbi y Roma, 즉 '다시 세상으로'인 것이고, 그녀는 강렬한 푸른 눈동자에 치켜 올라간 눈썹과 영리한 얼굴이 영락없는 줄리언이고, 그 바람에 자꾸만 "빌어먹을, 줄리언이야!" 되뇌는 나의 취한 눈에도 코디의 얼굴에 우려의 빛이 스쳐가는 게 보인다. 사실인즉슨 코디의 코앞에서 빌리와 내가 서로에게 너무 열중하여 코디가 일어나며 로스 가토스로 돌아가 좀 자고 출근해야겠다고 했을 때는 내가 오늘 밤은 물론이고 몇 주, 몇 달, 몇 년이고 여기 머물 것임이 분명해져 버린 것이다.

불쌍한 코디. 이미 설명했듯이 사실 그가 무의식중에 이렇게 되기를 원한 것임에도 그는 시인은커녕 내게 화낼 구실을 자꾸 찾아내면서 후레자식이라고 욕한다. 코디는 그렇다 치고, 이 외로운 밤에 빌리는 함께 있기 참 좋은 희한한 여자여서 정말로 한동안 반드시 그녀와 지내고 싶다. 빌리도 나도 코디에게 이유를 설명한다. 하지만 여자를 놓고 겨루는 남자들 사이의 피비린내 나는 대결 같은 게 아니라 그저 기이한 순수라고나 할까, 즉각적인 사랑의 폭발 같은 것인데, 그건 누구보다도 코디가 잘 아는 것이어서 그는 자정에 내일 밤 돌아오겠다며 떠나고, 그렇게 나는 이 매혹적인 여인과 단둘이 있게 되고, 우리는 책과 술병이 널린 마룻바닥에 책상다리를 한 채 서로를 바라보며 끝없는 이야기를 나눈다.

그녀의 아파트에서의 첫 밤이 그토록 단정하고 깨끗하고 매혹적이었음을 지금 돌아보노라면 회한으로 가슴이 찢어진다. 내가 단번에 내 걸로 접수하고 일주일 내내 앉아 포트와인을 홀짝이던 금붕어 어항 옆 의자, 향신료 통이며 달걀이 냉장고 속에 쓰기 좋게 늘어서 있던 부엌, 따져 보면 잘 정돈된 뒷방에서 자던 빌리의 꼬마 아들까지 말이다.(역시 철로에서 일했던 사별한 남편 사이에서 얻은 아들이었다.) 아이 이름은 엘리엇인데 그날 밤 나중에야 얼굴을 봤다. 그녀는 코디가 샌 퀜틴에서 써 보냈던 편지 뭉치를 손에 들고 코디와 영원에 대한 나름의 이론을 펼치는데, 나는 다만 술병을 들고 꿀꺽꿀꺽 들이

켜며 "줄리언, 말이 너무 많군! 줄리언, 줄리언, 맙소사, 줄리
언을 닮은 여자와 마주친다는 건 상상도 못 했거든…… 당신
은 줄리언과 닮았는데 줄리언이 아니고 게다가 여자이고, 젠
장, 이 얼마나 괴상한 일이야." 하고 지껄일 따름이다. 그녀는
사실 술에 취한 나를 자러 가라고 보내야 할 지경이었는데 물
론 사랑을 나눈 후였고, 코디가 그녀에 대해 해 준 말은 모두
한없는 진실이었다. 그녀가 줄리언과 닮았고, 업보에 대한 코
디의 추상적이고 구슬픈 편지들을 리본으로 묶어 간직하고
있으며, 아침에 출근하여 패션모델로 일해 주당 100달러를 벌
고, 뭐, 다 좋은데, 굳이 핵심이라면 그녀가 내 평생 들어 본
가장 아름답고 슬픈 목소리를 갖고 있다는 사실이다. 말의 내
용은 약간 공허한데, 코디의 전 애인이었던 바짝 마르고 머리
색이 엷고 제정신이 아니고 추상적인 소리를 줄곧 지껄여 대
던 로즈메리가 그랬듯, 그녀도 과민한 캘리포니아식 교육을
받은지라 어쩔 수 없다. (이를테면 로즈메리는 "즉각적인 윤리와
보편적인 윤리 사이의 모순을 완화하는 뭔가를 할 수 있을 줄 알았
는데, 그게 내 문제라고 생각한 거고, 상담 치료를 통해 거기에 도달
하기를 바란 거지. 모든 퇴행 전에는 진화가 추정되듯 말이야."라는
말로 나를 한숨 짓게 했으나, 이따금 "코디가 감옥에 있을 때 나는
주로 아주 온종일 기도를 했는데, 저녁 9시부터 9시 9분까지는 함께
기도를 조금 했어. 이제 풀려났는데, 뭔가 잘 모르겠는 다른 일이 일
어나고 있는 거야…… 우리가 어떤 측면에서는 시간을 초월하고 다
른 측면에서는 따라가지도 못할 때 상황은 나빠지는 거겠지……" 같
은 흥미로운 말도 했다.) 하지만 사람마다 채널이란 게 있고 그

것은 닫혀 있기도 하고 열려 있기도 한데, 코디는 커다란 열린 채널을 갖고 있어서 하늘의 모든 신성한 에너지를 분출한다는 둥, 기억도 제대로 안 나는 무슨 운명이니 한숨이니 지붕이니 운운에다, 그들이 숨을 쉴 때 별들이 그들의 머리 위로 빛을 비추어 모든 무의미한 것들을 설명해 준다는 따위의, 내게는 중요하지도 흥미롭지도 않은 허튼소리가 계속된다. 그녀에게 보낸 편지들은(나는 그것들을 훑어본다.) 그들이 어떻게 만났고 그들의 영혼이 지금 이 차원에서 어떻게 충돌하였는지에 관한 것인데, 그것은 다른 행성에서 충족되지 못한 업보 때문이며, 이제 그들은 정신을 바짝 차리고 이런저런 부름에 부응할 커다란 책임을 떠안아야 한다는, 정말로 나로서는 더 길게 입에 담고 싶지도 않은 이야기들이다. 사실 윌러민이 내게 이야기할 때 나는 온전히 따분할 뿐이고, 다만 그녀 목소리에 담긴 슬픈 음악과 그녀가 가련한 줄리언과 꼭 닮았다는 이 기이한(업보일 수도 있을) 상황에만 관심이 있다.

고로 그녀의 목소리가 핵심인 것이다. 그녀는 상한 마음으로 말한다. 그녀의 목소리는 길 잃은 마음처럼, 음악처럼, 버려진 숲처럼 아프게 류트를 뜯는다. 라스베이거스의 조명 아래 마이크 앞에 나서서 노래는 하지 않고 그냥 이야기만 해도 남자들이 한숨을 짓고 여자들은 고개를 갸우뚱하게 만드는(여자들이 그럴 때가 있기나 하다면), 말하자면 공상 속 제리 서던 부류의 나이트클럽 가수처럼 차마 견디기 어려울 때도 있다. 그래서 이 모든 말도 안 되는 소리들을(그녀와 코디의 철학이며, 이튿날 찾아오는 코디의 새 친구 페리에 대해) 늘어놓는 그녀 앞에서, 나는 얌전히 앉아 경탄하면서 아름다움의 원천인 그녀의 입을 궁금해하며 바라볼 따름이다. 그리고 우리는 다정하게 사랑도 나눈다. 섹스의 모든 면에 통달했으며 부드럽고 따뜻한 조그만 금발 여인. 아, 정말 너무한 것이어서, 새벽녘에 이르자 결혼을 하고 일주일 후에는 멕시코로 떠나자는 이야기가 나온다. 코디-이블린 쌍과 함께하는 멋진 4인 결혼식이 머릿속에 선명하게 그려진다.

그녀는 이블린의 적수이기 때문이다. 코디의 애인만으로는 성에 안 차고 당장 달려가 이블린을 때려눕히고 코디를 영원히 빼앗아 오고 싶은데, 그러기 위해서는 잭과의 가망 없는 (그리고 빤한) 연애도 감수하는 것이다. 코디에 대해 하는 말을 들어 보면 그녀와 이블린 사이에 별 차이가 없는데, 다만 이블린의 경우에 늘 강한 호기심이 느껴지기는 한다. 빌리는 사실 따분한데 물론 그렇게 말해 줄 수는 없다. 이블린이 아직 최고이고 나는 코디가 경이롭다.

아, 간다르바스처럼 마술적인 샌프란시스코라는 도시에서 여자들, 그것도 금발 여자들을 동시에 다룬다는 일의 파란만장함! 지금 나는 그런 여자와 단둘이 마법 양탄자 위에 올라탄 것인데, 야, 처음에는 당연히 너무 신나고 눈이 휘둥그레질 만큼 신기한 경험이다. 다가올 일은 꿈도 꾸지 못했다. 슬픈 음악 같은 빌리를 품에 안은 나의 이름도 이제 빌리이므로, 빌리가 빌리 품에 안긴 것이니, 아, 아름답기 그지없으며, 코디도 어떻게 보면 동의한 터라 이제 우리는 칭기즈 칸의 평원 같은 부드러운 사랑과 희망의 구름 위를 떠돈다. 이걸 안 해 본 자는 미친 것이다. 새 연애는 언제나 희망을 주고 비이성적인 죽음의 외로움은 언제나 완성되기 때문에, 빅 서 해변에서 아이오딘을 흡입했을 때 본 것은(그 끔찍한 뱀 같은 공허는) 옷을 벗고, 정신과 육체가 표현할 수 없도록 불안하고 슬픈 사랑의 희열 속에 맞부딪히는 단순한 사실에 의해 이제 천국에 바쳐지는 거룩한 항아리처럼 합리화되고 성화되어 떠받들어지는 것이다. 늙은이들의 군소리는 믿지 말 일이며, 그뿐 아니라 이 세상 누구도 진짜 사랑 이야기는 쓰려 들지 않는 암울한 현실 탓에, 이제 우리는 반은 미완성인 문학과 연극에 사로잡혀 버렸다. 우리 정신을 감도는 공포의 추상에서 아주 멀리 떨어져 베개를 베고 허리를 마주한 채 누워 입을 맞대고 키스하는 믿을 수 없이 달콤한 항복 속에서는, 인간이 신을 '섹스를 거스르는 존재'로 규정한 이유가 궁금해질 뿐이다. 세계 어느 곳이나 미친 욕망의 진실은 땅 밑 쓰레기장 아래 은밀히 숨겨져 있어 신문들은 일체 언급하지 않고, 작가들도 무슨 티눈이라도 되듯 어쩔 수 없을 때만 쓰고, 예술가들은 모른 척 슬쩍 끼워 넣는 정도다. 바그너의 「트리스탄과 이졸데」를 듣고 바이에른 평원의 가을 낙엽 아래 사랑스럽게도 나체로 서 있는 그를 상상해 보라, 우웩.

참으로 이상한 건 도시와 빅 서를 오가며 겪은 내 고통을 비롯해 지난 몇 주간 일어난 모든 일이 차곡차곡 성실히 쌓여서, 내가 서툴게나마 빌리의 영혼 속에 뛰어들 수 있는 다이빙 대가 세워졌던 것이니, 불평할 일 없었다.

한밤중에 그녀가 네 살배기 아들을 불러와 그의 영적 아름다움을 내게 보여 준다. 아이는 내가 만나 본 가장 괴상한 인간 중 하나다. 아주 아름답고 촉촉하고 커다란 갈색 눈을 가졌고 제 엄마 곁에 다가오는 사람은 무조건 싫어해서, "왜 저 사람이랑 있는 거야? 저 사람은 왜 여기 있고 누구야?", "왜 바깥이 깜깜한 거야?", "어제는 왜 해가 빛났는데?" 같은 질문들을 연속적으로 던져 댄다. 아이가 그야말로 온갖 것에 대한 온갖 질문들을 던지면 그녀는 또 한없이 기쁘게, 그리고 참을성 있게 일일이 대답해 주어서, 급기야 내가 "애가 이렇게 질문이 많은데 짜증 안 나? 왜 아기처럼 저렇게 칭얼대게 놔두지? 당신 무릎에 매달려서 온갖 질문을 하고 있는데? 야, 아예 노래를 부르라고 하지?" 하고 나서게 된다. 그녀가 대답하기를, "내가 다음 질문을 잊고 있을 수도 있으니 대답하는 거야. 아이가 내게 묻거나 하는 말들은 내가 잊고 있을 절대적인 것들에 대한 중요한 무언가를 의미하거든." 하고, 그래서 나는 "당신이 이미 그랬잖아. 모든 게 절대적인 거라고." 대꾸하지만, 물론 그녀의 말이 옳고 내 늙고 더러운 영혼은 이미 엘리엇을 질투하고 있음을 깨닫는다.

27

그날 밤의 매트는 신음으로 가득한 찬란하고 신성한 사랑을 입증하겠지만 한편으로는 따분한 데도 있어서 우리는 웃음을 터뜨리며 그 점을 토론한다. 첫 밤은 새벽까지 깨어 코디와 나와 그녀와 이블린에 대한 모든 것에서부터 책과 철학과 종교와 절대적인 것까지 토론하던 중, 나는 끝내 그녀에게 시를 속삭인다. 가련하게도 그녀는 아침에 일어나 출근해야 해서 나 혼자 술에 취해 드르렁 코를 곤다. 그녀는 아침 식사를 야무지게 차려 놓고 엘리엇을 베이비시터 여자에게 데려가 맡기고, 나는 오후 1시에 홀로 일어나 와인을 한 모금 마신 다음 뜨거운 물로 목욕하며 책을 읽는다. 전화벨이 자꾸 울린다. 몬샌토와 페이건과 매클리어, 그리고 문 맨까지 다들 빌리를 제대로 만난 적도 본 적도 없는 인간들이 내가 여기 있다는 것과 여기 전화번호를 어떻게 알았는지 전화를 걸어 대는 것이다. 그의 은밀한 삶이 이렇게 까발려진 걸 알면 코디가 얼마나 화를 낼지 소름이 다 끼친다.

하지만 페리가 나타난다. 나처럼 페리도 코디와 '비밀을 털어놓는 상대'이면서 때로 코디의 모든 여자들과 연애도 하는 이상한 형제 같은 관계를 맺고 있다. 이유를 알 것 같다. 나보다 젊지만 코디가 나를 처음 만났을 때 젊었던 나와 아주 닮았다. 하지만 중요한 건 그게 아니다. 소년 같은 동안에 얼굴을 덮으며 흘러내리는 검은 머리와 상대를 반으로 갈라놓을 만한 근육질의 힘센 팔뚝을 가진 그는 폭풍 같은 길 잃은 영혼이기도 하여 솔레다드 주립 교도소에서 갓 출소했다. 이름도 괴상하게 페리 이터바이드여서, 내가 "자네 뭔지 알겠군. 바스크 사람 맞지?" 하자 그는 "바스크? 그런가요? 몰랐던 사실인데. 유타주에 사는 어머니에게 장거리 전화를 걸어 알려 줘야겠는데!" 하더니 빌리의 전화로 정말 장거리 전화를 걸고, 나는 한 손에 포트와인을 들고 바스크 혈통 전과자의 유타주 어머니에게 제법 그럴싸하게 "그래요, 분명 바스크 이름이라고 생각해요." 헛소리를 지껄여 대고, 그 어머니는 "여보세요, 무슨 소리예요? 누구세요?" 하는 가운데, 페리는 뭐가 그리 좋은지 만면에 웃음이다. 아주 괴상한 젊은이다. 나의 문학 비슷한 일생을 살며 방금 감옥에서 나왔고, 그런 철완을 가진 데다 정부와 관료들이 겁을 집어먹게 할 진짜 터프 가이를 만난 것은 실로 오랜만이다. 이런 사나이들은 항상 감옥에 처넣어지고, 늙은 총독이 무슨 전쟁을 일으키거나 할 때 나라의 부름을 받는다. 페리는 정말 위험한 인물이기도 한데, 그의 시적 영혼이라 든지 뭐 그런 것들을 높이 살 만한 것도 사실이지만, 가만 보고 있자면 그가 어쩌면 어떤 사상이나 사랑을 위해 누군가를 죽이고 폭탄을 던질 수 있을 사람임을 예감케 된다.

그의 친구들 몇이 빌리의 초인종을 누른다. 내가 여기 있다는 걸 모두 아는 것 같고 이렇게 자꾸 찾아오는데, 지금 이 작자들은 이상한 무정부주의자 흑인들과 전과자들로 모종의 갱단 깡패들로 보여 상당히 헷갈린다. 몹시 흥분한 현자들처럼 흑인들은 맹렬하고 과격하고 지적인데, 하나같이 강한 근육질 팔을 가졌고, 모두 전과가 있고, 모두 자신들의 말에 세상의 종말이 걸린 듯 이야기한다. 설명하기 어렵다.(하지만 해 보겠다.)

빌리와 그녀의 패거리는 영적 문제니 어쩌니 하는 온갖 그 럴싸한 장황한 이야기에도 불구하고 실은 무슨 비밀 매춘 조직인 건 아닐까 싶다. 샌프란시스코에서도 어떤 모임들 안에 공공연히 숨겨진 무슨 덧없는 광증 같은 것을 감지한 적이 있었는데, 그것은 항상 자살과 부상으로 이어지곤 했다. 나는 길 잃은 무고한 중재자로 치열한 마음의 선동가들 사이에 들러붙어 있을 뿐이다. 그러고 보니 해안으로 오기 전에 꾸었던 악몽이 떠오른다. 꿈속의 나는 샌프란시스코에 돌아가 있다. 그런데 희한한 일이 벌어지고 있으니 도시 전체가 죽은 듯 고요하다. 인쇄공들과 기업 중역들, 페인트장이 같은 남자들이 모두 2층 창가에 말없이 서서 텅 빈 샌프란시스코 거리를 내려다보고 있다. 거리에는 이따금 비트닉들이 역시 말없이 지

나간다. 그들은 당국만이 아니라 모든 사람들의 감시를 받는
다. 비트닉들은 거리 전체를 독차지한 듯하다. 하지만 아무도
아무 말도 하지 않는다. 이 숨 막히는 침묵 속에서 나는 자동
보도를 타고 도심을 거쳐 농장으로 향한다. 양계장을 하는 여
자가 와서 함께 살자고 나를 부른다. 내가 탄 보도가 조용히
구르는 걸 창가에 선 자들이 옛 반다이크 그림 속 인물처럼
맹렬한 의심에 찬 눈으로 심각하게 바라보고 있다. 빌리와의
관계가 내게 그것을 상기시키는 이유는 단 하나인데, 중요한
것은 나 자신의 마음속 관념들이기 때문이다. 일어나고 있다
고 내가 생각하는 그것에는 어떤 실체도 없을 것이다. 하지만
이것은 빅 서에서 다가올 광증의 전조이기도 하다.

28

희한하게도, 빌리는 출근하고 우리는 방금 그의 어머니에게 전화를 건 그 첫날, 페리가 내게 미국 육군 장군을 만나러 가자고 한다. "왜? 그리고 이 장군들은 다들 왜 말없이 창밖을 내다보는 거지?" 내 말에 페리는 전혀 당황하지 않는다. "우리가 본 최고 미녀들과 놀게 해 주려고요." 하고, 그렇게 우리는 택시를 잡아타고 간다. '미녀들'이란 알고 보니 여덟, 아홉, 열 살쯤 되는 장군의 딸들이거나 옆집에 사는 괴상한 장군의 사촌 또는 딸들일 텐데, 어머니라는 여자도 거기 있고 뒷방에서 남자아이들이 놀고 있으며 우리에게는 페리가 줄곧 어깨에 지고 간 엘리엇이 있다. 페리를 쳐다보자 그가 말하길, "마을에서 가장 아름다운 여자들을 보여 주고 싶었어요." 하는데, 정말 위험하게 실성한 인간임을 알겠다. 게다가 그가 "이 완벽한 미녀 보이죠?"(아직 집에 돌아오지 않은 장군의 열 살배기 말총머리 딸을 가리켜) 말하더니, "얘를 당장 유괴하려고." 하면서 소녀를 끌어당겨 한 시간 동안 밖으로 산책을 나가고, 그동안 나는 어머니 되는 여자와 마주 앉아 술을 마시며 이야기를 나눈다. 어쨌든 이 뭔가 거대한 음모 때문에 나는 미쳐 버릴 것 같다. 어머니는 평범하고 정중하다. 집에 돌아온 장군은 우락부락한 대머리다. 시어(Shea)라는 절친한 사진가와 함께인데, 그는 시내에서 흔히 볼 수 있는 상업 사진사로 마른 체격에 머리를 단정하게 빗고 옷도 잘 차려입었다. 이게 다 무슨 일인지 도무지 모르겠다. 갑자기 다른 방에서 엘리엇이 울길래 달려가 보니, 아이가 뭘 잘못했거나 그 때문에 다른 남자아이 둘이 아이를 때리거나 했던 모양이고, 그래서 다른 아이들을 꾸짖은 뒤 페리가 그랬듯이 엘리엇을 어깨에 둘러메고 거실로 나오는데, 엘리엇이 당장 내리고 싶어 할 뿐 아니라 내 무릎 위에 앉기를 거부하고 그저 나를 꼴도 보기 싫어하는 것이다. 에이전시로 다급히 전화를 걸자, 빌리는 아이를 데리러 오겠다며 "페리는 오늘 어때?" 하고 묻고, "아름답다는 어린 소녀들을 유괴하는 중이야. 말총머리 열 살 소녀와 결혼하고 싶대." 하자, "원래 그래. 좀 좋아해 줘." 하고 전화선을 타고 슬픈 음악 같은 목소리가 말한다.

황폐해진 정신을 장군에게 돌리자, 제2차 세계대전 동안 마키 대원들과 함께 파시즘에 대항해 싸웠고, 남태평양에서는 유격대원으로 활동했으며, 샌프란시스코에서 가장 훌륭한 음식점 하나를 아는데, 차이나타운의 필리핀 식당이라면서 다 함께 먹으러 가자고 하고, 나는 알았다, 좋다고 대답한다. 그가 내게 술을 더 준다. 사진사 시어의 재미있게 생긴 아일랜드계 얼굴을 보고 내가 "언제든지 원하면 내 사진을 찍어도 돼요." 하자, 그가 "선전용은 안 돼요. 선전 용도만 아니라면 뭐든지 좋아요." 음침하게 대꾸하고, 내가 "선전 용도라니 그게 대체 무슨 말이죠? 나는 선전 같은 거랑은 아무 상관 없어요." 쏘아붙이고, (이때 페리가 푸푸의 손을 잡고 뒷문으로 들어오는데, 알고 보니 거리에 나가서 코카콜라를 사 마셨던 것이다.) 문득 모두가 조용히 자기 삶을 살아가고 있으며 오직 나만이 실성했다는 생각이 든다.

코디가 옆에서 이 모든 것을 내게 설명해 주면 얼마나 좋을까 싶다마는, 코디조차도 설명하지 못할 상황임이 분명해진다. 나는 '지하의 아이린(Subterranean Irene)[5]'처럼 심각하게 미쳐 가는데 다만 아직 그걸 모르고 있을 뿐이다. 모든 평범한 말에 숨겨진 음모를 나는 읽기 시작한다. 게다가 '장군'이 필리핀 식당에서 밥을 먹은 뒤 식대에 한 푼도 보태지 않는 이상하고 돈 많고 옷을 잘 차려입은 민간인으로 드러나는 바람에 나는 더욱 두려워진다. 식당에서는 빌리를 만났는데, 몸집이 커다랗고 입술이 두꺼운 젊은 필리핀 여자가 식당 끝에 홀로 앉아 여기저기 고기 국물을 흘리며 음란하고 게걸스럽게 음식을 먹으면서 마치 "꺼져라. 나는 나 먹고 싶은 식으로 먹으

---

5) 본래 이름은 알린 리(Alene Lee)로, 잭 케루악을 비롯한 비트족들에게 영감을 주었던 여성.

빅 서

175

런다." 하듯 무례하게 우리를 쳐다보는 상황이 발생해, 더욱 기괴해질 뿐이다. 무슨 일이 벌어지고 있는지 도무지 모르겠다. 장군이 식사를 제안해 놓고 내가 장군 본인이며 시어머 페리며 빌리며 엘리엇이며 나를 비롯한 기타 등등의 밥값을 다 내야 하는 기이한 종말론적 광란에 나는 눈이 떨리고, 심지어 그들이 이 샌프란시스코의 침묵 안에 빚어낸 대재앙 속에서 빈털터리가 되어 버린 것이다.

여기를 떠나 이블린의 품에 숨어서 울고 싶은데 대신 빌리의 품에 숨어 버리고, 그녀는 이 두 번째 저녁에 자신의 영적 사상을 낱낱이 설명한다. "하지만 페리는 뭐지? 무슨 심산인 거지? 그 이상한 장군은 누구야? 당신들 무슨 공산주의자 집단인 거야?"

29

꼬마는 아기 침대에서 잠자기를 거부하고 아장아장 걸어 나와 우리가 침대 위에서 사랑을 나누는 모습을 바라봐야 직성이 풀린다. 빌리는 "괜찮아. 배우게 될 거야. 저래야 배우지." 한다. 나는 부끄럽지만 아이 엄마인 빌리가 거기 그러고 있으므로 걱정하지 않고 그대로 따를 수밖에 없다. 불길한 사실이 하나 더 있는데, 침을 질질 흘리며 서 있는 아이를 보고 내가 "빌리, 저거 봐. 아이에게 좋지 않아." 외쳐 보지만, 그녀는 다시 "아이가 원하는 건 뭐든지 가질 수 있어. 우리조차 말이야." 하고 답한다.

"하지만 그건 정당하지가 않아. 왜 애가 그냥 자지를 않지?"
"자기 싫으니까, 우리랑 있고 싶은 거지." "하." 하면서, 나는 빌리가 미쳤지 나는 생각만큼 미치지 않았고, 전반적으로 뭔가 잘못됐다는 생각을 한다. 나 자신이 미끄러지는 느낌이다. 그 다음 주에 그 금붕어 어항 옆 바로 그 의자에 앉아 아무 걱정도 하지 않고 자동인형처럼 계속 술을 마시고 있을 때 몬샌토와 매클리어와 페이건과 모두가 찾아와 내 이름을 부르며 계단을 뛰어 올라오고, 그렇게 우리는 이야기를 나누며 술에 찌든 날들을 보내는데, 나는 그 의자에서 절대 일어나지 않고 기분 좋은 따뜻한 목욕도 독서도 더는 하지 않는다. 밤에 빌리가 돌아오면 우리는 다른 할 일이라곤 모르는 괴물들처럼 다시 사랑 나누기에 돌입하고, 이제 나는 어차피 무슨 일이 일어나고 있는지 알 수 없을 만큼 흐리멍덩한 상태이건만 그녀는 모든 게 다 괜찮다고 날 안심시켜 주고, 코디는 완전히 사라져 버렸다. 코디에게 전화를 걸어 "여기 돌아와 나를 데려갈 거야, 말 거야?" 하면, "그래, 뭐, 며칠 내에 그럴게. 거기 좀 있어." 하는 것이, 자기는 이미 겪은 고난을 내가 이제 겪으며 뭘 배우고 느낄지 두고 보자는 기색이다.

사실 모든 것이 미쳐 돌아간다.

페리가 찾아오면 나는 무섭다. 노인들을 두들겨 패는 '힘센 팔' 중 하나일 거라는 생각이 든다. 나는 경계하는 눈빛으로 그를 살핀다. 그런데도 그는 왔다 갔다 하며 "이 사랑스러운 미녀들을 보고도 아무 생각 없어요? 여자 나이가 아홉 살이건 열아홉 살이건 무슨 상관이야? 조그만 젖통이며 말총머리를 찰랑거리고 걸어 다니는 귀여운 것들인데." "유괴해 본 적 있어?" "술이 떨어졌네. 내가 가서 좀 더 사 오죠. 아니면 대마초나 뭐 그런 거 필요해요? 도대체 뭐가 문제예요?" "무슨 일이 벌어지고 있는지 모르겠어!" "술을 너무 마셔서 그런 건지 몰라요. 코디 말로는 무너져 가고 있다던데, 그러지 마요." "하지만 무슨 일이 벌어지고 있는 거지?" "무슨 상관이에요. 세상 전부가 우리를 무시하려 들지만 우리는 모두 사랑 속에서 즐기며 그리고 자신을 존중하며 하루하루 살아가는 거라고요." "누가?" "세상 전부가, 우리를 무시하려 든다고……. 하지만 우리는 즐기며 살아가고 싶은 거라고……. 로스앤젤레스에 갈 때처럼요. 거기 내 친구들과 정말 최고의 광란이 뭔지 보여 줄게요." (술에 취해서 나는 이미 빌리와 엘리엇과 페리와 함께 대대적인 멕시코 여행을 계획했는데, 도중에 로스앤젤레스에 들러 페리가 안다는 돈 많은 여자를 만나 돈을 받을 것이고, 만약 돈을 안 주면 그냥 빼앗아 올 것이고, 빌리와 나는 결혼도 할 것이다.) 내 인생 최고로 실성한 일주일. 빌리가 밤에 "당신은 내가 당신하고 결혼해서 감당 못 할까 봐 걱정하는데, 물론 우리는 할 수 있고 코디도 그걸 원해. 당신 어머니하고도 말씀 나눠서 나를 사랑하고 찾게 만들 거야, 잭!" 하더니 느닷없이 고뇌에 찬 음악 같은 목소리로 울음을 터뜨린다.(내가 막 "아, 빌리, 어디 가서 상남자 하나 찾아 결혼해." 했던 차였다). "당신이 내가 상남자와 결혼할 마지막 기회라고." "상남자라니, 내가 미친 게 눈에 안 보여?" "당신 미친 게 맞긴 하지만 당신은 내게 상남자를 이해할 마지막 기회라고." "코디는 왜 안 되지?" "코디는 절대 이블린을 안 떠나." 참으로 이상하다. 하지만 그보다도 나는 이해가 안 된다.

빅 서

30

벤 페이건이 마침내 와인을 손에 들고 파이프 담배를 피우며 찾아와 "잭, 자네 좀 자야겠어. 며칠씩 앉아 있었다는 저 의자 꼴을 좀 봐. 바닥이 아주 내려앉고 있잖아." 하는 이상한 날은 이해된다. 바닥에 내려와서 보니, 맙소사, 과연 용수철이 튀어나오고 있었다. "도대체 얼마나 저기 앉아 있었던 거야?" "매일 빌리가 돌아오기를 기다리고 페리와 다른 친구들하고 이야기를 나누며 뭐 하루 종일……. 이제 나가서 공원에 앉아 있자." 내가 말한다. 어떻게 지나가는지도 모르게 경계가 흐릿해진 날들 속에서 매클리어가 기억에도 안 남게 한 번 다녀갔는데, 그가 그냥 지나가는 말로 어쩌면 내 책이 파리에서 출간될 수도 있다고 하고, 나는 벌떡 일어나 파리의 클로드 갈리마르에게 장거리 전화를 넣지만 아마도 파리 교외의 무슨 집사일 듯한 누군가와 연결될 뿐이고, 그 남자는 전화선 저편에서 미친 듯 킥킥대는 것이다. "거기가 갈리마르 씨 집 맞나요?" 킥킥. "우 에 무슈 갈리마르?[6]" 킥킥. 아주 이상한 통화다. 매클리어는 자신의 「진갈색」이 출간될 것이라는 기대에 차서 거기 서 있다. 고삐가 풀린 나는 그냥 아무런 이유 없이 옛 친구 라이어널과 이야기를 나누러 런던에 전화를 걸고 마침내 집에 있는 그와 연결되는데, 그가 말하길, "샌프란시스코에서 전화하는 거라고? 근데 왜?" 이 질문에 나 또한 집사의 킥킥거림 이상의 대답을 할 길이 없다.(이렇게 파리 출판업자에게 건 장거리 전화는 킥킥거림으로 끝나고, 런던의 옛 친구에게 건 장거리 전화는 친구가 화를 내는 것으로 끝나니, 내가 더욱 미치지 않고 어찌 배기겠는가?) 이렇게 잔뜩 미쳐 가는 내 꼴을 페이건이 보는데, 내게는 잠이 필요하다. "술을 더 사자!" 내가 외친다. 하지만 결국 그는 정오부터 저녁 6시까지 공원 잔디밭에 앉아 파이프를 피우고, 지친 나는 술병도 못 따고 잔디밭에 나가떨어져 자다가 가끔 잠이 깨어, 아니, 여기가 어디지? 벤 페이건이 뭇 인간들과 나를 굽어다 보는 천국인가? 궁금해한다.

저녁 6시, 내려오는 땅거미 속에서 내가 벤에게 "아, 벤, 이렇게 잠이나 자며 우리 하루를 망쳐 버려 미안해." 하자, 그는 "자네, 그 잠 꼭 자야 했어. 내가 말했잖아." 대꾸한다. "그럼 오후 내내 여기서 이렇게 앉아 있었던 거야?" "의외의 사건들을 구경도 했지. 예를 들면 저 덤불숲에서 술잔치가 열리는 소리

---

6) '갈리마르 씨는 어디 계신가요?'라는 뜻의 프랑스어.

가 들려." 하기에 그쪽을 보니, 공원 안 감춰진 덤불 속에서 아이들이 고함을 치고 비명을 지르는 소리가 들린다. "뭐 하는 거야?" "몰라. 그리고 이상한 사람들도 많이들 지나갔어." "내가 얼마나 잤지?" "한참." "미안해." "뭐가 미안해. 어쨌든 나는 자넬 사랑해." "내가 코를 골던가?" "온종일 코 골았지. 나는 온종일 여기 앉아 있었고." "참으로 아름다운 날이군!" "아름다운 날이었지." "이상도 해라!" "맞아, 이상해…… 하지만 그리 이상할 것도 없어. 자네는 그냥 피곤한 거야." "빌리는 어떤 것 같아?" 그가 파이프를 문 입으로 킥킥 웃는다. "무슨 말을 듣고 싶은데? 개구리가 자네 다리를 물었다는 소리?" "자네 이마 위에는 왜 다이아몬드가 있지?" "이마에 다이아몬드가 있다니, 무슨 소리야? 멋대로 꾸며 대지 좀 마!" 그가 으르렁댄다. "그런데 나는 뭘 하고 있는 거지?" "자네 자신에 대한 생각도 그만 좀 하고 세상에 맞춰 흘러가라고!" "공원 옆에서 세상이 흘러갔나?" "온종일. 자네도 봤어야 돼. 나는 에지우드 한 갑을 다 피웠어. 아주 이상한 하루였지." "나하고 이야기를 못 나눠 섭섭한 거야?" "전혀 아니야. 오히려 기뻐. 이제 돌아가는 게 좋겠어." 그가 한마디 덧붙인다. "빌리가 곧 돌아올 테니까." "아, 벤. 아, 해바라기." "아, 젠장!" 그가 말한다. "이상해." "누가 뭐래?" "이해가 안 돼." "신경 쓰지 마." "흠, 거룩한 방, 슬픈 방. 인생은 슬픈 방이야." "지각력을 갖춘 존재는 모두 그 사실을 알고 있지." 그가 단호하게 말한다. 조지나 아서보다 더한 나의 진짜 선불교 스승 벤저민. "벤, 나 미쳐 가고 있는 것 같아." "자네는 1955년에도 같은 소리를 했어." "하지만 술을 마시고 마시고 또 마신 탓에 뇌가 완전 물컹해졌어." "자네가 정말 얼마나 미쳤는지 모를 정도로 미쳤다는 걸 내가 모른다면 자네에게 필요한 것은 차 한 잔이라고 말하겠지." "하지만 왜? 무슨 일이 일어나고 있는 거지?" "자네는 그걸 찾아내려고 3천 마일을 건너온 건가?" "3천 마일이 과연 어디서부터일까? 징징대는 나 자신으로부터지." "괜찮아, 모든 것이 가능하거든. 니체조차도 그건 알았으니까." "니체에게는 아무 문제도 없어." "그도 미쳤다는 걸 빼면 그렇지." "내가 미치고 있는 것 같아?" "호호호." (다정한 웃음소리) "무슨 뜻이지? 나를 비웃는 거야?" "아무도 자넬 비웃지 않으니까 공연히 열받지 마." "이제 어떻게 하지?" "저기 박물관에 가 보자." 공원 잔디밭 너머 웬 박물관이 있기에 나는 휘청거리며 일어나 벤과 함께 슬픈 잔디밭을 건너면서 그의 어깨에 팔을 두르고 기대 보기도 한다. "자네 악귀지?" 내가 묻는다. "그럼, 안 될 것 없지." "나는 나를 자게 해 주는 악귀가 좋은데." "둘루오즈, 어떻게 보면 자네가 술을 마시는 게 좋은 점도 있어. 정신이 말짱하면 스스로에게 엄청 인색하거든." "줄리언 같은 소리를 하네." "나는 줄리언은 만난 적 없지만 빌리가 닮았다는 건 알아. 잠들기 전에 자네가 계속 그 소리를 했거든." "내가 잠든 동안 무슨 일이 일어난 거지?" "아, 사람들이 지나갔다가 돌아오기도 하고 해가 내려가다가 자네가 보다시피 이제 완전히 졌지. 뭘 원하든 말만 해. 그럼 자네 것이 되니까." "음, 달콤한 구원을 원하지." "구원이 왜 달콤해야 하나? 시큼할 수도 있지." "내 입안이 지금 시큼해." "자네 입이 너무 크거나 작은지도 모르지. 구원은 고양이 새끼들에게나, 그것도 아주 잠깐 내려지는 거거든." "오늘 고양이 새끼들을 본 거야?" "당연하지. 자네가 자는 동안 수백 마리가 다녀갔거든." "정말로?" "그럼, 자네가 구원받는 걸 몰랐어?" "에이, 거짓말." "그중 아주 큰 놈 하나가 크고 축축한 주둥이로 자네에게 입을 맞추자 자네가 아, 그러던데." "저건 무슨 박물관이지?" "들어가서 알아보면 되지." 벤은 이렇게 무슨 일이 일어나고 있는지 자신도 모르지만 최소한 어쩌면 알아낼 때까지 기다리고 싶어 하는 사람이다. 박물관 문이 닫혀 있다. 우리는 거기 계단에 서서 닫힌 문을 바라보고 있다. "이봐." 내가 말한다. "사원이 문을 닫았어."

그래서 나와 벤 페이건은 교토의(어쨌든 내가 상상하는 교토의) 산책로를 걷는 두 승려처럼 붉은 황혼 아래 어깨동무를 하고 넓은 계단을 천천히 내려온다. 둘 다 별안간 행복한 미소를 짓고 있다. 잠을 자서 좋기도 하지만 친애하는 벤(나와 동갑인)이 하루 종일 잠자는 나를 지켜봐 주고 이제 몇 마디 실없는 소리로 나를 축복해 주는 것이 무엇보다 기쁘다. 어깨동무를 한 채 아무 말 없이 우리는 계단을 내려온다. 숲속에서 홀로 지낸 시간을 빼면 내가 캘리포니아에서 평화롭게 보낸 유일한 날이라는 내 말에, "글쎄, 지금 자네가 홀로가 아니라고 누가 그러던가?" 그가 말하고, 문득 나는 존재의 '유령 같음'을 깨닫게 되지만 커다랗게 부푼 그의 몸을 만지며 "자네야말로 덧없이 커다란 항아리 같은 몸집을 가진 한심한 귀신임이 분명해." 한다. "누가 뭐래?" 그가 말하며 웃음을 터뜨린다. "내가 뭐라고 하든 신경 쓰지 마, 벤. 난 바보니까." "1957년에 잔디밭에서 위스키를 마시다 취해서 자네가 세계 최고 사상가라고 했잖아." "그건 내가 잠을 자고 일어나기 전 일이지. 지금의 나는 내가 아무 쓸모도 없는 인간임을 알았고 그래서 자유로워졌어." "아무 쓸모 없어도 자유롭지는 않아. 생각 자체를 말아야지. 그게 진리야." "자네가 오늘 와 주어서 정말 다행이야. 나 어쩌면 죽었을지도 몰라." "다 자네 잘못이야." "이놈의 생을 어떻게 해야 하지?" "아." 그가 말한다. "나도 몰라, 그냥 바라봐야 될까?" "내가 미운가? …… 음, 좋은가? …… 자네 사는 건 어때?" "촌놈들은 잘 지내." "요즘 누가 해코지하거나 그러지는 않았고……?" "어, 보드게임에서?" "보드게임?" 내가 묻는다. "있잖아, 판자로 집을 지어 사람들을 거기 집어넣고 사람들이 판자고 마법사가 시체를 움직이게 만들고 달에 물을 바치고 달은 이상한 귀를 갖고 있고, 그런 것들 말이야. 그러니까 나는 괜찮아, 바보야."

"알았어."

31

어둑한 저녁, 나는 한 손을 창문 커튼에 대고 서서 거리를 내려다본다. 벤 페이건이 길모퉁이 버스를 타러 걸어간다. 펑퍼짐한 코듀로이 바지와 굿윌에서 샀을 간소한 청색 작업 셔츠를 입고 거품 목욕과 고명한 시를 위해 집으로 향하는 그는 별걱정이나 적어도 내가 걱정하는 그런 걱정은 없겠지만, 아마 그 또한 시류에 맞춘 돈벌이용 작업이 오리건의 소나무 숲에 내리던 초창기의 새벽을 실현하지 못했다는 괴로운 죄책감과 절망적인 회한을 안고 살아갈 것이다. '오페라의 유령'처럼 가면을 쓴 나는 커튼을 움켜쥔 채 빌리가 돌아오기를 기다리다가, 이렇게 창가에 서서 땅거미 지는 거리를 내다보던 어린 시절을 떠올리며 다들 '나의 삶', '그들의 삶'이라 부르는 이 사건에 내가 얼마나 소질이 없는지를 절감한다. 그것은 내가 술주정뱅이여서, 그리고 그 사실에 죄책감을 느껴서라기보다는 이 '지상의 삶'이라는 자리를 나와 함께 나누는 다른 사람들이 전혀 죄책감을 느끼지 않기 때문이다. 아침에 일어나 미소 띤 얼굴로 면도를 한 뒤 악랄한 무관심을 향해 나아가는 부패한 판사들, 전화로 병사들에게 가서 죽으라고, 뒈지라고 명령하는 점잖은 장군들, 감옥에서 고개를 주억거리며 "나는 아무도 해치지 않았어." 또는 "그것만은 분명 진실이야." 말하는 소매치기들, 부자니까 당해도 싸다며 남자들의 등을 치면서 남성의 구제자를 자처하는 여자들.(그렇게 한 놈이 사라지면 열 놈이 줄을 서서 당할 차례를 기다린다.) 깨끗한 셔츠를 입었다는 이유만으로 노동자들의 인생을 통제할 권리가 있다고 생각하는 괴물들은 주지사에 출마해 "저는 여러분의 혈세를 적절히 사용하겠습니다.", "제가 얼마나 귀중하고 여러분에게 얼마나 필요한지 깨달으셔야 합니다. 제가 없다면 어떻게 되려고요. 아예 지도를 받지 않겠다는 건가요?" 한다. 이어서 강인한 어깨에다 발치에는 쟁기를 둔 채 떠오르는 태양을 바라보는 만화 속 거인이 나오고, 넥타이를 맨 주지사는, 뭐, 해가 뜨는 동안 건초라도 만드나? 나는 내가 인류의 일원임에 죄책감을 느낀다. 술주정뱅이에다 지상 최악의 바보 중 하나이다. 아니, 사실 나는 순수한 술주정뱅이나 그냥 바보조차 못 된다. 그런데 나는 이렇게 커튼에 손을 대고 빌리를 찾아 거리를 내다본다. 빌리가 늦는구나 싶다가, 아, 나 좀 봐, 밀라레파의 무서운 말이 생각나는데, 그것은 빅 서에서 달콤한 고독 속에 떠올리며 마음을 가라앉히던 것과 다른 말이다. "명상을 하며 다양한 경험들이 떠오르거든 교만하거나 불안해져서 다른 사람들에게 말하지 말라. 그렇지 않으면 여신들과 어머니들의 노여움을 사리라." 그런데 지금 나는 바로 그런 짓으로 밥벌이를 하는 미국 작가이자(나는 철로나 배 위에서 겸손한 손으로 판자와 자루를 들어 올리는 경험을 통해 그런 것들을 항상 얻어 낼 수 있었다.) 영락없이 확실한 바보인데, 나의 해골처럼 둥그런 이 불행한 지구에서 일어나는 일들을 내 눈으로 보고서 쓰지 않기 때문에 그야말로 쓸데없이 신의 부름을 받은 셈이다. 하지만 내가 '오페라의 유령'이면 뭐가 어때서 걱정하는 것일까? 청춘의 나는 신은 애당초 왜 있는지를 물으며 타자기에 머리를 박았고, 아버지가 앉아 죽었고 우리 모두가 백만 번은 죽었던 거실 의자에 음울하게 몸을 묻은 채 입술을 깨물었다. 페이건만이 이해할 수 있었건만, 그는 버스에 올라탔다. 빌리가 엘리엇을 데리고 돌아오고, 내가 웃으며 의자에 앉는 순간 그것이 콰당, 완전히 무너진다. 나는 깜짝 놀라 바닥에 나동그라지고 의자는 간 곳 없다.

"어쩌다 그런 거지?" 빌리가 의아해하는 순간, 우리는 동시에 금붕어 어항을 바라본다. 금붕어 두 마리 다 물 위에 뒤집혀 죽어 있다.

일주일 내내 어항 옆 그 의자에 앉아 술을 마시고 담배를 피우고 이야기를 했는데, 이제 금붕어들이 죽어 버렸다.

"왜 죽었을까?" "모르겠어." "켈로그 콘플레이크를 좀 준 게 문제였나?" "그럴지도 모르지. 물고기 밥 외에 아무것도 주면 안 되거든." "배가 고파 보여서 콘플레이크 몇 번 던져 준 것

뿐인데." "글쎄, 왜 죽은 건지 나도 모르겠어." "왜 아무도 모르지? 무슨 일이 일어난 거야? 왜들 이러는 거야? 수달과 쥐들과 온갖 것들이 사방에서 죽어 가고 있어, 빌리. 견딜 수가 없어. 모두 항상 내 잘못이야." "자기야, 누가 당신 잘못이라는 건데?" "자기? 나를 자기라고 했어? 왜 나를 자기라고 부르지?" "아, 당신을 사랑하게 해 줘." (내게 키스를 하며) "당신은 그럴 자격도 안 되지만." (꾸중을 듣고) "왜 나는 그럴 자격이 안 돼?" "당신이 그렇게 말하니까……." "물고기들은?" "나도 몰라, 정말로." "내가 일주일 내내 저 무너져 가는 의자에 앉아 어항 쪽으로 담배 연기를 내뿜은 데다 다른 사람들까지 담배를 피우며 떠들어 대서 그런 걸까?" 그때 꼬마 엘리엇이 제 엄마 무릎 위로 기어 올라가 질문을 하기 시작한다. "빌리." 꼬마가 그녀를 부른다. "빌리, 빌리, 빌리." 꼬마가 제 엄마 얼굴을 만지는데, 나는 이 모든 슬픔에 정신이 거의 나가 버릴 것 같다. "하루 종일 뭐 했어?" "벤 페이건이랑 공원에서 잤어……. 빌리, 우리 어떻게 하지?" "당신 말대로 언제든 결혼해 페리랑 엘리엇하고 멕시코로 뜨자고." "나는 페리가 무섭고 엘리엇도 무서워." "그냥 어린아이야." "빌리, 나는 결혼하고 싶지 않아. 나는 무서워……." "무섭다고?" "나는 집에 돌아가 내 고양이하고 죽고 싶어." 나는 정장을 쫙 빼입고 고풍스러운 안락의자에 앉은 늘씬한 미남 대통령일 수도 있고, 아니, 그 대신 나는 죽은 물고기들과 부서진 의자 사이에서 커튼 옆에 선 '오페라의 유령'일 뿐이다. 누가, 또는 왜 나를 만들었는지는 아무도 관심 없는 걸까? "잭, 왜 그래? 무슨 말이야 지금?" 그녀가 저녁밥을 짓고 엘리엇이 스푼을 거꾸로 잡고 기다리는 가운데, 불현듯 이것은 한 가족의 저녁 풍경이고 나는 엉뚱한 자리에 끼어든 불청객임을 깨닫는다. 빌리는 이런 말을 한다. "잭, 우리 결혼해서 엘리엇하고 이런 조용한 저녁 식사를 해야 돼. 뭔가가 당신을 영원히 축성해 줄 거야. 분명해."

"내가 뭘 잘못했는데?" "당신이 잘못한 건 나 같은 여자에게 그리고 나 같은 과거와 미래의 여자에게 사랑을 주지 않고 유보한 거야. 결혼하면 얼마나 재미있을지 상상을 해 봐. 엘리엇을 재우고 재즈를 들으러 나가거나 느닷없이 비행기를 타고 파리에 갈 수도 있겠지. 그리고 내가 당신에게 당신이 내게 가르쳐 줄 그 온갖 것들. 그런데 당신은 손만 뻗으면 당신 것이 될 것들을 마다하고 그냥 주저앉아 처량하게 어디로 갈지 궁리하며 생을 낭비하고 있는 거야." "내가 그걸 원치 않는다면?" "원치 않는다는 그런 말도 마찬가지야. 당연히 원할 텐데 말이야……." "아니, 원하지 않아. 난 당신이 알지도 못하는 그냥 수상하고 기이한 놈이야." ("슈샹? 슈샹이 뭐야, 빌리? 뭐가 슈샹한 거야?" 엘리엇이 묻는다.) 한편 그때 페리가 잠깐 들르고 나는 단도직입적으로 말한다. "페리, 난 자네가 이해 안 돼. 자네가 마음에는 들어. 야생적이고 좋지. 하지만 어린 소녀들을 유괴하고 싶다는 건 대체 무슨 소리야?" 이렇게 말하는 사이에 갑자기 그의 눈에 눈물이 고이고, 우와, 그가 빌리를 사랑하고 있음을, 오래도록 그래 왔음을 나는 알겠다. 내가 아예 말한다. "자네, 빌리를 사랑하지, 그렇지? 미안해. 내가 물러나지." "그게 다 무슨 소리예요?" 빌리와 자신은 그냥 친구 사이라는 항변이 길게 이어지고, 내가 "둘은 친구지만 전 같지는 않죠." 하며 시나트라의 「그냥 친구 사이(Just Friends)」를 부르기 시작하자, 사람 좋은 페리는 그걸 보더니 내게 술을 더 갖다주러 아래층으로 달려 내려간다. 하지만 그럼에도 물고기들은 죽었고 의자는 부서졌다.

페리는 사실 엄청난 잠재력을 갖고 있으나 아마도 멋대로 되라는 식으로 인생을 살다가 곧 무슨 일이 일어나 주지 않는 한 파멸하고 말 비극적 인물이다. 그를 바라보면서 깨닫는 것은 빌리를 몰래 진심으로 사랑하는 것 외에도 그가 나만큼 코디를 좋아하고 나보다 세상 전체를 사랑하지만, 늘 그런 사유로 감옥에 처넣어진다는 사실이다. 고뇌에 사로잡힌 강인한 모습으로 그가 앉아 있다. 검은 머리가 이마와 검은 눈동자 위로 드리우고, 강철 같은 팔뚝이 정신 병원의 힘센 백치의 팔처럼 무기력하게 흔들린다. 길 잃은 자의 아름다움이 그의 전 존재에 서려 있다. 그는, 과연, 누굴까. 설거지에 한창인 금발 빌리는 왜 그의 사랑을 모르는 체할까? 페리와 내가 지옥에서 회개 중인 긴장증 환자처럼 고개를 떨구고 거실에 앉아 있는 모습을 빌리가 돌아와서 본다. 웬 흑인이 들어와 몇 달러만 주면 대마초를 주겠다기에 5달러를 주자, 이제는 "뭐 아무 것도 안 줄 거예요." 한다. "5달러 줬잖아. 어서 가져와요." "가져올 수 있을지 모르겠어요." 몹시 맘에 안 든다. 문득 자리에서 일어나 저놈을 때려눕히고 5달러를 되찾아야지 싶다가, 돈이 문제가 아니라 저런 행동 자체에 화가 치민다. "저거 누구야?" 싸움이 붙는다면 이자는 분명 칼을 지녔을 거고, 따라서

빅 서

빌리의 거실은 아수라장이 될 것이다. 그때 다른 흑인이 들어와 재즈와 형제애를 이야기하는 평화로운 시간이 연출되더니 다들 함께 나가고 나와 재키만 남아 고민을 계속 이어 간다.

근육의 움직임 자체로만 보면 섹스라는 행위는 따분하지만, 빌리와 나의 섹스는 굉장한 것이어서 우리는 그렇게 철학을 논하고 달콤한 무방비 상태로 서로 맞장구치며 웃을 수 있다. "아, 자기야. 우리는 완전 돌았어. 언덕 위의 통나무집에서 몇 년씩 아무 말도 안 하고 살 수도 있을 거야. 우리가 만난 건 운명이야." 그녀가 이런 소리를 하는 동안 머리에 생각이 하나 올라온다. "그러자, 빌리. 엘리엇을 데리고 도시를 떠나 일주일간 모든 걸 잊고 몬샌토의 오두막에서 지내자." "당장 매니저에게 전화를 걸어서 두어 주 휴가를 신청할게. 아 잭, 우리 그러자." "엘리엇에게도 좋을 거야. 맙소사, 당신의 이 험악한 친구들과도 좀 떨어져 지내야 돼." "페리는 험악하지 않아."

"결혼한 뒤 떠나서 애디론댁산맥에 오두막을 구하고 밤이 되면 램프 불빛 아래 엘리엇과 간소한 저녁밥을 먹자." "난 당신과 끝없이 사랑을 나눌 거야." "그럴 필요도 없어. 왜냐면 우리 둘 다 우리가 벌레라는 걸 아니까…… 우리 오두막에는 진실만 가득하겠지만, 세상이 들어와 증오와 거짓말의 검은 페인트로 먹칠을 할 테고, 우리는 술에 취해 진실 속에 나자빠져 죽겠지." "커피 좀 마셔." "손이 다 곱아 도끼질도 못 하겠지만, 그래도 진실한 남자는 되겠지…… 밤에는 창가 커튼 옆에 서서 세상이 조잘대는 소리를 듣고 당신에게 전해 줄 거야." "하지만 잭, 내가 당신을 사랑하는 건 그 때문만은 아냐. 처음부터 우리가 천생연분이었던 걸 모르겠어? 코디와 들이닥쳐서는 당신이 뉴욕에서 알았던 옛날 친구를 닮았다는 한심한 이유로 날 줄리언이라고 부르기 시작했던 그때 그걸 깨닫지 못했어?" "그 친구와 코디는 서로를 꼴도 보기 싫어해." "어쨌든 이게 얼마나 낭비인지 모르겠냐고." "코디는 어떡하지? 나랑 결혼하고 싶다지만, 당신은 코디를 사랑하고 또 페리도 당신을 사랑하잖아." "그야 그렇지만 그래서 뭐? 영원히 우리 둘 사이에는 완벽한 사랑이 분명 있고, 그런데 우리 몸은 두 개뿐인걸." (이상한 진술이다.) 나는 창가에 서서 마법의 판잣집들로 가득한 샌프란시스코의 휘황한 밤거리를 내려다보며, "그런데 당신 아들 엘리엇은 나를 싫어하고 나도 아이가 싫고 사실 나는 당신도 싫고 나 자신도 싫거든. 그건 어쩌지?" (이 말에 대해서는 빌리가 아무 대답도 하지 않고 나중에 터져 나올 분노를 쌓아 둔다.) "데이브 웨인에게 전화하면 우리를 빅 서 오두막까지 데려다주고, 그럼 우리는 마침내 숲속에서 단둘이 지낼 수 있을 거야." "내 말이, 그게 바로 내가 원하는 거라고." "당장 전화해!" 내가 번호를 불러 주자 그녀가 비서처럼 다이얼을 돌린다. "아, 슬픈 음악이여. 나는 모든 걸 해 보았고 보았고 모든 사람과 모든 걸 해 보았다." 수화기를 잡고 내가 말한다. "소위 '새로운 것들'을 배우는 데 열중한 고등학교 2학년생처럼 온 세상이 법석을 떨지만, 기억하라, 죽음의 진실이라는 변함없는 비가를……. 내가 이토록 죽음을 외쳐 대는 이유는, 그러니까 나는 사실은 삶을 외치는 것인데, 왜냐하면 삶이 없이는 죽음도 없는 것이어서, 여보세요, 데이브? 아, 거기 있군.

내가 왜 전화하는 건지 알겠나? 들어 봐, 친구…… 거기 그 갈색 머리, 넋 나간 루마니아 여인 로마나를 윌리에 태우고 여기 빌리네로 와서 우리를 픽업해 줘. 자네들이 오는 길에 우리는 짐을 쌀 테니까. 빌리도 가는 거야. 가서 몬샌토의 오두막에서 행복에 찬 2주를 보낼 거거든." "몬샌토가 그러라고 해?" "지금 전화해서 물어볼게. 분명히 그러라고 할 거야." "내일 로마나 집 벽에 페인트칠을 할 생각이었는데, 그러다 어차피 술에 취해 뻗었을지도 모르지. 정말 지금 하자는 거야?" "그래, 그래, 그렇다니까. 자, 어서!" "로마나를 데리고 가도 되고?" "그럼, 당연히 되지." "그리고 이러는 거 목적이 뭐지?" "아이구, 그냥 자네도 다시 보고 목적이니 뭐 그런 것에 대한 이야기도 나누고 그러자는 거지…… 뭐 유타 대학이나 브라운 대학에 가서 박박 닦인 아이들에게 강연이라도 하고 싶어서 그래?" "뭘로 박박 닦였지?" "죽은 비둘기들 말고는 아무것도 남기지 않을 청교도 개척자적 희망의 끔찍한 완성으로?" "좋았어, 바로 나가지…… 먼저 윌리에 기름을 넣고 엔진 오일도 교환해야 돼." "오면 내가 비용을 댈게." "빌리랑 도피한다고들 하던데." "누가 그래?" "오늘 신문에 났어." "다시 윌리에 올라타기만 하면 되겠군. 론 블레이크는 데려오지 말고, 그냥 커플 둘로 하자고. 괜찮지?" "그럼, 그리고 던질 낚싯대 챙겨 갈 테니 거기서 낚시도 좀 하자." "재밌겠군. 그리고 데이브, 자네가 우리를 거기까지 데려다줄 짬이 있어서 정말 고마워. 내가 낙심이 커서, 일주일 내내 술만 마시다 의자가 부서지고 물고기들이 죽고 완전 다시 엉망이 돼 버렸거든." "아무것도 안 먹고 단 술만 마셔 대면 못쓰지." "그런데 진짜 문제는 그게 아니야." "진짜 문제가 뭔지는 우리가 판단하지." "그럼." "내가 볼 때 진짜 문제는 그 비둘기들이야." "왜?" "글쎄, 조지랑 이스트 세인트루이스에 갔을 때 잭 자네가 그랬지. 그 미녀 댄서들이 영원히 아름다울 거라고 확신할 수 있다면 그녀들을 사랑할 거라고." "그건 그냥 부처를 인용했을 뿐이야." "그래, 하지만 그녀들은 그딴 걸 예상하지 않았어." "기분이 어때, 데이브? 페이건은 오늘 밤 뭘 하나?" "아, 자기 방에 앉아서 뭘 쓰고 있어, 『게으름뱅이의 책 (Goofbook)』이라는데, 크고 괴상한 삽화들이 많더군. 렉스 파스칼은 또 취했고, 음악이 흐르는데 기분이 정말 저조해. 자네 전화를 받아 기쁘네." "내가 좋은가, 데이브?" "달리 할 일이 없어서 그래." "하지만 정말 뭔가 할 말이 있지?" "이봐, 관두고, 지금 곧 갈게. 당장 몬샌토에게 전화를 걸어. 어차피 축사 문 열쇠도 받아야 되잖아." "자네를 안다는 게 기쁘군, 데이브." "나도 그래, 잭." "왜?" "글쎄, 눈밭에 물구나무를 서서 내가 그걸 할 수 있다는 걸 보여 줄까 싶어서. 어쨌든 나는 그래. 기쁘고 기쁠 거야. 결국 그게 맞고 우리는 이 망할 놈의 문제들을 푸는 것 말고는 달리 할 일이 없는 건데, 지금 당장 내 문제는 이 바지 속에 있군. 로마나 때문에 말이야." "인생을 풀 수 있는 문제라 부르는 건 정말 지긋지긋한 일이야." "그래, 그냥 죽은 비둘기들의 교과서에서 읽은 걸 말하고 있을 뿐이야." "하지만 데이브, 자네를 사랑해." "알았어, 금방 갈게."

빅 서

32

엘리엇에게 입힐 따뜻한 옷가지를 좀 싸고 음식도 바구니
에 챙겨 놓고서 데이브가 도착하기를 기다리는 밤, 심각한 대
화가 이어진다. "빌리, 그런데 물고기들은 왜 죽었을까?" 물론
아마도 내가 준 켈로그 콘플레이크나 뭔가 다른 게 잘못되어
죽었을 것임을 그녀는 이미 안다. 분명한 것은 그녀는 먹이 주
기를 절대로 잊거나 하지 않았다는 거다. 전부 내 책임이고 내
잘못이다. 이 가을, 수많은 생각에 짓눌려 지내는 게 지긋지긋
하지만, 그래도 부글대는 물 위에 죽어 떠 있던 가엾은 금붕어
들보다는 낫구나 싶다. 수달이 떠오른다. 하지만 온통 추상 일
변도여서 지옥에서 우리 둘이 추상적인 영혼으로 만나리라는
것에 관해 이야기하고 있는 빌리에게는 이걸 설명할 수가 없
다. 엘리엇이 그녀에게 매달리며, "어디 가? 어디 가? 왜? 왜?"

하고 묻는다. 그녀는 "이게 다 자신이 사랑받을 자격이 없고 스스로 죽었는지도 모를 금붕어들을 자신이 죽였다고 생각하는 당신 때문이야." "왜 스스로 죽어? 왜? 그딴 논리가 물고기들에게 어떻게 적용되지?" "또는 당신이 술을 너무 많이 마신다는 생각에, 술을 좀 마셔 기분이 좋을 때마다 체념하듯 양손을 허공에 올려 대곤 해서 그런 걸지도 몰라. 어젯밤에도 당신이 양손으로 내 심장과 몸을 사랑으로 축복하듯 나를 안았잖아. 아, 잭, 이제 잠에서 깨어나서, 아님 적어도 누군가와 함께 가면서 왜 신이 당신을 여기 갖다 놓았는지를 눈 뜨고 봐야만 돼. 방바닥만 그렇게 노려보지 좀 말고. 당신이나 페리나 둘 다 미쳤어. 내가 당신에게 '마법의 달' 동그라미를 그려 줄게. 그러면 당신의 운이 바뀔 거야." 그녀의 푸른 눈을 들여다보며 내가 말한다. "아, 빌리, 나를 용서해 줘." "이것 봐, 지금 여행 가는 길인데 또 이렇게 죄책감 타령이야." "빌어먹을 모든 게 이렇고 저렇다는 거대한 이론들 같은 건 난 몰라. 내가 아는 건 내가 당신 눈을 들여다보며 도와 달라고 애원하는 말똥처럼 쓸모없는 존재라는 것뿐이야." "그렇게 거창하고 최종적인 진술을 펑펑 터뜨려 봤자 도움이 안 돼." "그거야 나도 알지만, 그럼 대체 뭘 원하는 거야?" "자기와 결혼해서 영원한 것들에 대한 지각 있는 이해에 정착하는 거." "그렇다고 쳐 두자." 끝없이 시끌벅적 지지고 볶는 삶의 영상이, 한밤의 부엌 전등 아래 펼쳐지는 길고 어두운 무덤 같은 대화가 눈앞에 몰려들며, 그토록 부당하게 오해받으면서도 삶이 내게, 그리고 빌리에게 앙상한 손을 내밀고 있다는 걸 깨닫자, 사랑으로 가슴이 뻐근해진다. 그렇다는 얘기다.

이것이 시작이다.

33

몹시 애처롭게 들리지만 사실 유쾌한 밤이었다. 데이브와 로마나가 도착했고, 박스들이며 옷가지들을 차로 옮기고 술병들을 따르면서 「언덕 위의 집」과 데이브 웨인의 「나는 그저 외로운 똥덩이」를 불러 젖히며, 빅 서까지 갈 준비가 진행됐다. 나는 왠지 앞자리 데이브와 로마나 옆에 앉아 갔는데, 어쩌면 예전의 그 부서진 좌석을 떠올려 가며 퍼덕퍼덕 노래를 부르면서 가고 싶었기 때문인지 모른다. 다만 로마나가 우리 사이에 앉은 데다 이제 좌석이 고정되어 퍼덕대지 않았다. 한편 빌리는 자는 아이를 데리고 뒷자리 매트리스에 앉고, 그렇게 우리는 길건 짧건 특히 야간 여행을 하는 사람들이 다들 느끼는 그런 기분으로 무엇이 기다리고 있을지 모를 다른 해안을 향해 베이쇼어를 쌩쌩 달린다. 희망에 찬 눈동자들이 빛나는 보닛 너머 입을 쩍 벌린 밤을 내다보는 가운데, 흰 차선이 화살처럼 헤집고 들어온다. 새 담배에 불을 붙이고 새 모험에 대한 기대로 들뜨는 이 현상은 유개 마차들이 석 달 걸려 사막을 횡단한 이래 미국에서 줄곧 이어져 내려온다. 빌리는 내가 노래를 부르며 신나게 즐기고 싶어 한다는 걸 알기 때문에 뒷자리 자기 옆에 앉지 않아도 괜찮다. 로마나와 내가 갖은 팝송과 포크송을 이어 붙여 부르고, 데이브는 특기인 뉴욕이나 시카고 나이트클럽 부류의 낭만적인 연가를 바리톤으로 부른다. 나의 어설픈 시나트라 흉내는 들릴락 말락 하다. 무릎을 두드리며 「딕시」와 「내 무릎 위의 밴조」를 소리 높여 부르고 「홍하의 골짜기」를 요란하고도 구슬프게 부르다가, "하모니카는 어디 있지? 내가 지난 8년간 8달러짜리 하모니카를 사야지 별러 왔는데." 내가 말한다.

시작은 항상 이렇게 괜찮지만 좋지 않은 순간들이 찾아온다. 도중에 남겨 놓고 온 내 옷들을 챙겨 가야 한다는 명목이지만, 사실은 이블린과 빌리가 마침내 서로를 대면하게 되기를 바라는 마음으로 코디 집에 들르자고 내가 고집한 일 또한 별다른 득실이 없다. 하지만 한밤중에 거실로 쳐들어오는 우리 모습과 지프 안에서 빌리가 자고 있다는 내 선언을 대한 순간 코디 얼굴에 떠오른 절대적 공포의 표정에 도리어 내가 더 놀란다. 이블린은 전혀 동요하지 않고 부엌으로 나를 데려가더니, "어차피 언젠가는 그녀가 여기 오게 되어 있었겠지만, 그녀를 데려오는 사람이 하필 또 당신이어야 했던가 보네." 한다. "코디는 뭘 저렇게 걱정하는 거지?" "당신 때문에 무슨 비밀이라도 갖고 있는 척 굴 수 없게 돼서 그렇지." "일주일 내 내 한 번도 찾아오지 않았어. 그게 그러니까 나를 거기 방기해 둔 거라고. 나도 아주 힘들게 보냈어." "원한다면 데리고 들어와." "어차피 바로 출발해야 돼. 한번 보고는 싶어?" "관심 없어." 코디는 뻣뻣이 굳은 모습으로 거실에 앉아 커다란 아일랜드인의 눈동자를 번뜩이고 있다. 내게 아주 화가 났다는 건 알겠는데 왜 그런지는 잘 모르겠다. 밖으로 나가 보니 차 안에서 빌리가 손톱을 깨물며 자는 엘리엇 위에 몸을 굽히고 있다. "들어와서 이블린 만날래?" "그래." 윌러민이 차에서 내린다.(바로 그때 코디는 언제나 자기 여자들을 로즈메리, 조애나, 이블린, 윌러민 이렇게 본 이름 그대로 부르지, 어쭙잖은 애칭을 붙여 주지도, 그렇게 부르지도 않는다고 이블린이 진지하게 해 준 말이 떠오른다.)

두 여자의 만남은 사실 싱겁다. 둘 다 아무 말 없이 서로를 별로 바라보지도 않아서 나와 데이브 웨인이 평소처럼 열심히 헛소리를 지껄이는데, 그 와중에도 술에 취해 가족 연극에서 쫓겨나 놓고 이제 자신의 애인과 달아날 뿐 아니라 이렇게 불쑥 패거리를 이끌고 집안까지 쳐들어온 내가 아주 지긋지긋한 코디의 얼굴이 눈에 들어온다. 100달러를 받았든 아니든 나라는 인간이 가망 없는 머저리라고 생각할 테지만, 나는 그걸 깨닫지 못하고 아주 신이 나 있다. 더 어둡고 더 야한 노래들을 부르며 길을 달리다 그것이 절정에 이를 무렵 좁은 산길을 느릿느릿 지나고 싶을 뿐이다.

빅 서

페리를 비롯하여 도시에서 빌리를 찾아오는 온갖 괴상한 인물들에 관해 물어보려고 해도 코디는 곁눈질로 날 보며 "아, 그래, 흠." 할 뿐이다. 그의 꿍꿍이속을 나는 모르고 앞으로도 영원히 모를 것이다. 내가 아는 건 다만 나는 아무런 이유 없이 나에게 의미가 있는 모든 것들에게서 멀리 떨어져 다른 나그네들과 빈둥거리는 한심한 나그네라는 사실이다. 언제라도 홀쩍 돌아가 버릴 것이어서 양 해안 사람들에게는 뜬구름 같은 '손님'이면서, 사실 반대쪽으로 돌아간다고 해도 거기에서도 나 자신의 삶이라 부를 만한 것은 없는 셈이고, 이제 금성으로의, 미엔 모 산으로의 유일한 진짜 여행을 기다리는 그저 '올드 불 벌룬(Old Bull Balloon)[7]' 같은 떠돌이 나그네이자 '도렌 코잇(Doren Coit)의 외로움'[8] 같은 것의 전형인 것이다. 코디의 거실 창밖을 내다보니 내 별이 지난 38년간 아기 침대와 배의 창문과 감옥 창문과 침낭을 불문하고 비춰 주었듯 아직도 나를 위해 반짝이기는 하지만 차츰 희미해지고 있으니, 젠장, 이제 내 별마저 나에 대한 근심으로 나처럼 흐릿하게 꺼져 가는구나, 싶다. 사실 우리는 모두 이상한 눈빛으로 쓸데없이 한밤중 남의 집 거실에 앉아 있는 나그네들이다. 게다가 한담까지 이어지는데, 이를테면 빌리가 "항상 멋진 벽난로를 원해 왔어." 하자, 내가 "걱정 마. 오두막에 벽난로 있어. 그치 데이브? 장작도 다 패 놨어." 하고, 이블린이 "당신이 여름 내내 오

---

7) 케루악의 책 『코디의 환영들』에 등장하는 인물.
8) 케루악이 『길 위에서』의 초고에 붙이려 했던 제목.

두막을 쓰는데도 몬샌토는 괜찮대? 남들 모르게 혼자 가기로 돼 있던 거 아니야?" 하자, 내가 "이미 늦었어." 하며 병째로 술을 들이붓는데, 이게 없다면 수치심에 짓눌려 당장이라도 마룻바닥 아니면 진입로 자갈길에 자빠져 얼굴을 처박을 것이다. 이윽고 데이브와 로마나가 좀 불편한 기색으로 일어나자 모두 따라 일어나 휙 나가고, 이를 마지막으로 나는 코디와 이블린을 더는 보지 못한다.

길이 어둡고 험해질수록 우리 노래는 힘을 더 받고, 마침내 계곡에 이르러 전조등 불빛 아래 모래 갓길이 황량하게 비친다. 샛강에 다다르자 내가 축사 문의 자물쇠를 딴다. 목초지를 건너서 사연 많은 오두막에 도착한다. 밤새도록 마신 술기운에다 길을 떠난 즐거움으로 빌리와 나는 불을 피워 커피를 끓인다. 엘리엇을 따뜻하게 재워 놓고, 데이브와 로마나는 달빛 내리는 샛강 옆에 나일론 침낭을 깔고 자게 내보낸 다음, 짠, 우리는 침낭 하나에 가뿐하게 들어앉는다.

하지만 이튿날과 그날 밤, 그게 문제다.

34

하루의 시작은 무탈하다. 제법 괜찮은 기분으로 일어나 샛 강에 내려가 손바닥으로 물을 떠 올려 씻는데, 데이브의 나일 론 침낭 밖으로 나른하게 흔들거리는 커다란 갈색 허벅지가 이른 아침의 섹스를 알려 준다. 아침을 먹으면서 로마나가 말 하길, "오늘 아침에 일어나서 나무들과 물과 구름을 보고 데 이브에게 '우리가 아주 아름다운 우주를 탄생시켰군.' 했어 요." 참으로 아담과 이브의 기상이겠는데, 아닌 게 아니라 데 이브에게는 무척 기대되는 날인 게 마침 도시를 벗어나고 싶 던 참에 인형 같은 애인과 함께 던질 낚싯대까지 가져와 대대 적인 하루를 계획하고 있기 때문이다. 먹을거리도 잔뜩 챙겨 왔는데 다만 와인이 떨어져서, 고속도로를 남쪽으로 13마일 달려 와인을 사 오려고 데이브와 로마나가 윌리에 올라탄다.

빌리와 나는 단둘이 불가에 앉아 이야기를 나눈다. 어젯밤 술기운이 가시자마자 기분이 급격히 떨어진다.

다시 온몸이 덜덜 떨려 와 심지어 불을 지필 수조차 없고, 그래서 빌리가 해야 한다. "이제는 불도 못 지피겠어!" 내가 소리 지르자 그녀는 "음, 내가 할 수 있어." 하며 바보짓 하는 나를 모처럼 들이받는다. 엘리엇이 그녀를 자꾸 잡아끌면서 "저 막대기는 뭐 하는 거야? 불에 넣으려고? 왜? 어떻게 타지? 왜 타지? 여긴 어디야? 언제 돌아가?" 이런저런 질문을 던지자, 그녀는 그저 한숨을 쉬며 멍하니 바닥만 내려다보며 앉아 있는 내가 아니라 엘리엇과 이야기하게 된다. 잠시 후 엘리엇이 낮잠을 자자, 정오경에 우리는 해변으로 내려간다. 둘 다 침울하니 말이 없다. "대체 무슨 일일까?" 내가 말하자 그녀가 대답하길, "어젯밤에 함께 침낭에서 잘 때만 해도 모든 게 말짱했어. 그런데 지금 당신은 내 손조차 잡으려고 안 해……. 빌어먹을, 콱 자살해 버릴 거야!" 술기운이 가시며 너무 멀리 와 버렸음을, 내가 빌리를 사랑하지 않음을, 그녀를 오도하고 있는 것임을, 전부 다 여기 끌고 온 것이 실수였음을, 그만 집에 가고 싶음을 깨닫기 시작했고, 이제는 아마 코디처럼 모두 다 진절머리가 나는 상황인 건데, 이 모든 골치 아픈 상황부터 그런 데다가 걸핏하면 이렇게 사연 많은 협곡에 돌아와 조마조마한 가슴으로 다리 밑을 지나, 무정한 지혜처럼 지면보다도 높게 모래밭을 치고 들어오는 저 비정한 파도들에 이르렀기 때문이다. 한편 해변으로 밀려온 협곡의 나뭇잎들이 모두 멈칫거리며 바람을 따라 나아가다가 물결 속으로 곤두박질치면서 두들겨 맞고 녹아 문드러지며 바다로 흩어지는 모습을 처음 보듯 바라보다가 고개를 돌려 보니, 바람이 나무들을 괴롭혀 그 잎들을 바다로, 마치 죽음으로 이끌듯 밀어 보내고 있다. 지금 나에게 그것들은 온몸을 떨며 벼랑으로 나아가는, 가을 빅 서의 그 요란한 바람 소리 속에서 바삐 서둘러 나아가는 인간인 것만 같다.

쾅, 철썩, 파도는 아직도 계속해서 말하는데, 나는 그것들이 뭐라고 했고 뭐라고 할 것인지 그냥 진절머리가 날 따름이다. 빌리는 내가 함께 동굴까지 가 주기를 원하지만, 나는 바위 옆에 기대앉은 이 모래밭에서 일어나고 싶지가 않다. 그녀가 혼자 간다. 불현듯 제임스 조이스가 떠오르고, 나는 파도를 바라보며 깨닫는다. "여름 내내 여기 앉아서 이른바 파도 소리라는 걸 적으면서도 우리 삶과 죽음이 얼마나 심각한 것인지는 몰랐구나. 어리석은 바보 같으니. 연필을 들고 신을 내면서도 언어를 오락으로 사용하고 있음을 몰랐던 거야. 무덤들이며 바다에서의 죽음에 대해 경탄하고 미심쩍어하더니 그게 다 사실이란다. 이 멍청아! 조이스는 죽었다! 바다가 그를 앗아 갔다! 그리고 너도 데려갈 거다!" 바닷가로 눈을 돌리자 빌리가 위험한 저류를 헤치며 걷고 있는데, 앞서 이미 몇 차례 구시렁대는 소리가 들려왔다.(나의 무관심, 코디와의 절망적인 관계, 난장판이 된 아파트와 그녀의 인생에 대한 것이리라.) "언젠가 정말 자살해 버릴 거야." 혹시 그녀가 저 끔찍한 저류 속으로 갑자기 뛰어들어 자살을 기도함으로써 하늘과 내게 충격을 안기는 건 아닐지 문득 궁금해진다. 슬픈 금발을 휘날리며 나뭇잎 쓸려 가는 해변을 홀로 걷는 그녀의 야윈 몸을 보면서 떠오르는 게 있다. 그녀의 음악 소리 같은 죽음의 한숨이 기억나며 모래밭 위 그녀의 몸 위로 선명히 새겨지는 글귀가 있다. 해변의 성 캐럴린. "당신은 내 마지막 기회였어." 그녀는 말하지만, 여자들은 모두들 그렇게 말하지 않던가? '마지막 기회'라는 게 단지 결혼을 말하는 게 아니라 그녀가 계속 살아 내기 위해 필요한 내 안의 무엇, 적어도 우리가 함께 나눈 모든 어둠의 힘에 깃드는 어떤 인상에 대한 근원적이고 슬픈 깨달음일 수 있을까? 그녀가 말하는 어떤 신성한 것으로부터 내가 그녀를 붙들고 있는 걸까? 또는 나는 절대로 한 여자와 영원을 구하는 깊이 있고 뜻깊은 관계를 이뤄 내지 못한 채, 술병을 쥐고 노래나 불러 젖힐 바보인 걸까? 그렇다면 내 삶은 어차피 이미 끝났고, 저 조이스의 파도만이 텅 빈 입으로 "그래, 그런 거야." 말하고, 나뭇잎들은 끝없이 모래밭에 날려와 처박힐 따름이다. 샛강에는 뒷산에서 곧장 날려 온 나뭇잎들이 수백 장은 더 박혀 있다. 으르렁대며 불어오는 강풍에 노란 해와 파란 분노가 사방에 그득하다. 흔들리는 바위들을 보면 이런 세상에 신이 정말 노하여 때려 부수려고 하는 것만 같다. 거대한 절벽조차 흔들리는 가운데, 신이 말한다. "너무 나갔어. 너희들은 모든 걸 결국 부숴 버리고 있어. 기우뚱, 쿵, 바로 지금이 종말이야."

"재림이로군, 똑딱똑딱." 나는 몸서리를 치며 생각한다. 해변의 성 캐럴린은 더 멀리 나아간다. 달려가서 그녀를 볼 수도 있겠지만 너무 멀어져 있다. 저 넋 나간 여자가 정녕 그러겠다면 내가 지독하게 달리고 헤엄을 쳐야 잠을 수 있겠구나 싶다. 내가 일어나 다가가려는 순간 그녀가 몸을 돌려 돌아오기 시작한다……. "내가 속으로 '넋 나간 여자'라고 그녀를 부르는데 과연 그녀는 나를 뭐라 부를까?" 제기랄, 삶에 넌덜머리가 난다. 배짱이 조금만 있어도 바로 나야말로 저 따분한 물속에 빠져 죽을 테지만, 그건 극복이 되지 못한다. 거창한 변화들과 계획들이 저 속에서 문드러져 다른 끔찍하고 끝없는 고통의 형태로 우리를 집어삼킬 것이다. 천둥 아래 맨발로 헤매는 오필리아처럼 저기서 슬피 방황하는 저 여자도 그걸 알겠지 싶다.

게다가 이제 관광객들이, 협곡의 다른 오두막들에 묵는 이들이 나타난다. 해가 좋은 철이라 일주일에 두세 번씩은 나온다. 몬샌토 씨의 오두막에 은밀히 초청받았다는, 그런데 웬걸 패거리들과 술병들을 거느리고 오질 않나, 오늘은 한술 더 떠 맙소사 화냥년들까지 데리고 온 '작가'에 대해 알고 있음이 틀림없는 할머니가 매섭게 나를 노려본다. (오늘 아침에 데이브와 로마나가 모래밭에서 대놓고 섹스하는 장면은 해변 사람들은 물론이고 절벽 위쪽에 자리 잡은 새 오두막 사람들에게도 다 보였다.) (절벽 옆의 다리에서는 가려서 보이지 않지만.) 이렇게 몬샌토 씨의 오두막에는 정작 주인도 없이 홍청망청 파티가 한창이라는 소문이 쫙 퍼졌다. 이 할머니는 온갖 아이들에 둘러싸여 있다. 해변 저쪽 끝에서 돌아와 나와 함께 걷기 시작한 빌리를 할머니는 한번 유심히 뜯어보지만, 빌리는 어린 소녀처럼 살짝 미소를 띠고 안녕하세요, 지저귈 따름이다.(나는 머저리처럼 한 자나 되는 파이프를 입에 물고 손으로 바람을 가리며 불을 붙이려 허둥댄다.)

나는 지상 최악의 망신스러운, 아니, 처신사나운 개잡놈이
된 기분이다. 머리카락은 내 천치 같은 얼굴 위로 짐승 갈기처
럼 멋대로 흐트러지고, 숙취로 인한 망상은 이제 어느 한 구
석 미치지 않은 곳이 없을 만큼 심해졌다.

오두막에 돌아와서는 발을 동강 낼까 두려워 장작을 못 패
고, 그렇다고 자거나 앉거나 거닐지도 못한다. 연신 샛강에, 아
마도 천 번쯤은 나가 물을 마실 뿐인데, 와인을 사 가지고 돌
아오다가 그 꼴을 본 데이브 웨인의 얼굴에 의문이 스친다. 우
리는 거기 앉아 각자 술병을 들고 퍼마신다. 나는 망상에 씌
어 왜 내가 이 병을 들고 마시고 데이브는 저 병을 들고 마시
는지 이해를 못 한다. 그는 개의치 않고 "이제 던질낚시를 하
러 갈 거야. 넉넉히 잡아 와서 근사한 저녁을 먹어야지. 로마
나, 샐러드랑 다른 뭐든 생각나는 걸 차려 놔. 난 이제 그만 가
볼게." 하더니, 문득 귀찮음으로 침울해진 나와 빌리에게 덧붙
이기를, "아 참, 오늘 밤에 네펜시 가는 게 어떨까? 가서 근심
걱정 다 잊고 달빛 아래 테라스에서 맨해튼도 마시고, 아님 헨
리 밀러를 만나러 갈까?" "안 돼!" 거의 비명 같은 대답이 나
온다. "너무 지쳐서 아무것도 하고 싶지 않고 아무도 보고 싶
지 않아." (이미 헨리 밀러에게는 몹시 미안한 마음을 갖고 있었으
니, 일주일 전에 그의 산타크루스 친구 집에서 7시에 만나기로 해 놓
고 술에 취해서 10시에 장거리 전화를 걸자, 헨리는 그저 "자넬 만나
지 못해 섭섭하네만, 잭, 나는 노인이 되어 놔서 10시면 이미 잠자리
에 드는 데다 지금 출발한대도 자정이 넘어서야 도착할 게 아닌가."

했던 것이다.) (그의 전화 목소리는 녹음 자료의 것과 똑같이 비음에 브루클린 억양을 쓰는 착한 사람 느낌이었는데, 수고롭게 내 책의 서문을 써 준 은인을 사실상 실망시킨 것이다.) (그런데 회한 깃든 망상 속에서 이제 드는 생각은 "아, 어쩌라고. 서문을 써 주는 사람들이 다 그러듯 실제 작품은 읽지 않아도 되게 그냥 해 준 걸 거야." 였다.) (내가 정말로 얼마나 심각하게 피해망상과 정신 착란에 빠져가고 있었는지를 입증하는 사례다.)

빌리와 단둘이 있는 건 더 싫다. "이제 뭘 해야 할지 도무지 모르겠어." 옛 세일럼의 아낙처럼(아니면 세일럼의 마녀? 뭐, 웃자고 하는 소리다.) 불가에 앉아 그녀가 말한다. "엘리엇을 고아원이나 일반 가정에 보내고, 나는 수녀원 같은 데 들어갈 수도 있겠지. 그런 데들 많이 있잖아. 아니면 자살하면서 엘리엇도 같이." "그런 말 좀 하지 마." "아무런 방향이 없는데 그럼 무슨 말을 해?" "당신은 나를 잘못 본 거야. 나는 당신에게 아무 도움이 될 수 없어." "나도 이제 알겠어. 당신은 은둔자가 되고 싶은가 본데, 말은 그렇게 해도 또 별로 그러지는 않잖아. 그냥 삶에 싫증이 나고 그래서 자고 싶은 걸 거야. 어떻게 보면 나도 좀 비슷한데, 나는 엘리엇을 책임져야 하니까……. 함께 죽어 버리면 해결되겠지." "또 그 무시무시한 소리." "첫날밤에 당신은 나를 사랑한다고, 가장 흥미로운 여자라고, 이렇게 맘에 드는 사람은 한 번도 만난 적 없었다고 그랬어. 그러더니 줄곧 술만 퍼마셨지. 이젠 사람들이 당신과 당신 같은 족속에 대해 하는 이야기가 맞는다는 걸 알겠어. 아, 당신이 작가이고 많은 고통을 겪는다는 것도 이해는 하지만, 정말 심하게 짜증을 부릴 때가 많더라……. 당신이 어쩔 수 있는 일이 아니라는 것 또한 알아. 뭐, 짜증이 그렇게 지독한 것도 아니고. 하지만 당신이 이유를 설명해 준 대로 몹시 손상을 입었다는 것도 아는데…… 밤낮 아프다고 끙끙댈 뿐 다른 사람들 생각은 전혀 안 하지. 당신이 어쩔 수 없다는 건 알아. 많은 사람들이 앓고 있는, 다만 잘 감추고 살 뿐인 희한한 질병이지……. 하지만 첫날밤에 해 준 이야기 그리고 방금도 내가 해변의 성 캐럴린이라고 한 그런 이야기, 당신이 판단할 때 괜찮고 훌륭하고 진실인 이야기들을 따라가면 안 될까? 당신은 너무 쉽게 낙심에 빠져……. 뭐, 어쩌면 당신이 나를 그다지 원하지 않고 집에 돌아가 당신 애인 루이스랑 다시 잘해 보고 싶은 걸지도 모르지." "아니, 그녀하고도 안 돼. 난 그냥 속이 변비처럼 꽉 뭉친 놈이야. 당신이 말하듯 그렇게 감정적으로 움직일 수가 없어. 사람들은 그게 뭐 거대한 마법의 신비라도 되는 듯 '아, 삶이란 얼마나 멋진가. 기적과도 같다. 신이 이것을 만들었고 신이 저것도 만들었다.' 이렇게 떠들어 대지만, 그가 자신이 벌인 짓을 혐오하지 않는다고 어떻게 장담하지? 어쩌면 술에 취해 어디 가서 자기가 무슨 짓을 하는지도 모르고 벌인 짓인지 몰라. 물론 그건 아니겠지만." "어쩌면 신은 죽었을지도." "아니, 신은 죽었을 수 없어. 태어나지도 않았으니까." "하지만 당신은 늘 철학이며 불경을 운운하잖아." "그것들이 다 공허한 말이란 걸 모르겠어? 나는 말, 말, 말들을 갖고 신나게 노는 어린애처럼 살아온 거야. 실은 엄청난 비극 속인데. 자 둘러봐 봐." "그래도 노력은 좀 할 수 있는 거잖아. 빌어먹을!"

빅 서

말도 못 하게 최악인 것은 그녀가 내게 충고하고 이야기할
수록 문제가 더욱 악화된다는 사실로, 그녀가 자신이 무슨 짓
을 하는지 모르는, 이를테면 무의식중의 마녀여서 도와주려
고 하면 할수록 나는 몸이 더 떨리고, 저 여자가 일부러 이러
는 거다, 마녀가 내게 저주를 거는 거다 싶을 정도이건만, 그
럼에도 이것은 공식적으로, 젠장, '도움'으로 이해되어야 하니
이 무슨 해괴한 상황이란 말인가! 그녀는 나와 화학적으로 상
극임이 틀림없어서 단 한 순간도 참을 수 없고, 모든 정황으
로 판단할 때 나직하고 구슬프고 음악적인 목소리로 공감해
주는, 물론 불한당 같은 구석이 분명 있으나 훌륭한 여자인데,
내가 이러니 죄책감에도 시달리지만 이런 합리적 죄책감은 금
세 사라지고, 내가 느끼는 것은 그녀가 찔러 대는 보이지 않는
칼날뿐이다. 그녀가 나를 해치고 있다! 대화가 이어지는 가운
데 나는 서투른 배우처럼 펄쩍펄쩍 일어서서 고개를 까닥거리
기에 이르니, 이게 다 그녀의 수작이다. "왜 그래?" 그녀가 부드
럽게 묻는 소리에 난생처음 비명을 지르고 싶다. 어떤 상황에
서도 자신을 지탱하고 평정심을 유지하여 히스테리를 부리며
발작하는 여자들을 향해 거만한 미소마저 지을 수 있다는 자
신감이 평생 처음으로 사라진다. 별안간 나 자신이 바로 그 미
치광이 소굴에 틀어박혀 버렸다. 무슨 일이 일어난 거지? 무
엇 때문이지? "나를 미치게 만들려고 일부러 이러는 거야?"
마침내 나는 폭발한다. 내가 잘못 생각한 거라고, 그런 의도
는 전혀 없다고, 우리는 친구들과 한적한 시골에서 주말 휴가
를 보내고 있을 뿐이라고, 당연히 그녀는 항변한다. "그러면 나

한테 뭔가 문제가 있는 거네!" 내가 고함을 친다. "그야 당연하지만 일단 진정하고 나랑 사랑을 나누는 게 어떨까, 온종일 간청했는데도 당신은 끙끙 앓는 소리나 하면서 늙은 추녀 대하듯 나를 외면하잖아." 그녀가 다가와서 부드럽고 다정하게 안기지만, 나는 떨리는 내 손목만 내려다볼 뿐이다. 정말 한없이 끔찍하다. 설명할 수 없다. 게다가 꼬마까지, 내 발치에 꿇어앉거나 무릎 위에 앉거나 내 머리를 쓰다듬으며 나를 달래 주는 제 엄마에게 끈질기게 달라붙으면서 처량한 목소리로 "빌리, 그러지 마, 빌리, 그러지 마, 빌리, 그러지 마."를 연발하자, 그녀는 마침내 아들의 온갖 한심한 질문을 받아 주던 자상한 인내심을 버리고 "입 좀 닫아! 엘리엇, 제발 조용히 좀 해! 또 좀 맞을래?" 소리를 질러 대고, 나는 "안 돼!" 끙끙거리고, 엘리엇은 더 큰 소리로 "그러지 마, 빌리, 그러지 마, 빌리, 그러지 마, 빌리!" 애원하고, 그녀는 아이를 휙 낚아채더니 포치 위에서 비명을 질러 가며 쥐어박기 시작하고, 나는 그만 백기를 들고 마지막 숨을 내쉴 참이다. 참으로 끔찍하다.

그녀는 엘리엇을 때리며 펑펑 울다가 "뚝 안 그치면 우리 둘 다 콱 죽어 버리는 거야. 정말 다른 도리가 없어! 아, 내 아가야!" 하며 미친 여자처럼 소리를 지르더니, 느닷없이 아이를 일으켜 세워 껴안으면서 닭똥 같은 눈물을 흘리고 머리칼을 쥐어뜯는데, 이게 다 평화로운 어치 나무 밑에서 벌어지는 일이다. 사실 어치들은 아직도 모이를 기다리며 이 광경을 바라보고 있다. 그럼에도 신성한 당나귀 앨프는 마당에 서서 누군가 사과를 던져 주기를 기다린다. 눈을 들어 보니 황금빛 태양이 미친 듯 흔들리는 협곡 전체에 내리쬐고, 흉포한 바람은 더욱더 으르렁거리며 저 멀리서부터 나무들을 때리며 불어닥치다가 슬픔에 잠긴 모자의 간헐적인 울음소리와 마주치고는 황급히 떨어지는 나뭇잎들을 데리고 물러난다. 샛강이 꽥 소리를 지른다. 문과 덧문이 쾅 닫히면서 오두막이 다 흔들린다. 그 소음 속에 나는 내 무릎을 치는데 그 소리는 묻혀서 들리지도 않는다.

"당신, 그 자살하겠다는 소리에 대해 내가 어떻게 해야 할까?" 내가 소리를 지른다. "괜찮아, 당신하고 상관없는 일이야." "그래, 당신은 남편은 없지만 적어도 엘리엇이 있고, 아이가 자라면 괜찮아질 거고, 일을 계속할 수는 있고, 결혼도 하고 이사도 가고 뭔가를 해 봐. 코디 때문인지 모르지만, 내가 보기엔 그 모든 괴상한 인물들이 당신을 미치게 하고 있어. 그렇게 자살하고 싶을 만큼……. 페리도……." "페리 이야기는 하지마. 다정하고 좋은 사람이야. 난 그이를 사랑해. 당신은 죽었다 깨나도 못할 만큼 나한테 잘해 주고, 어쨌든 적어도 최선을 다하는 남자야." "그래, 최선을 다하고 뭐 좋은데 그래 봤자 그게 누구에게든 무슨 도움이 되나?" "당신은 자신 안에만 꽁꽁 묶여 있으니 영영 모르겠지." 이제 우리는 서로를 모욕하기 시작하는데, 그건 건강한 신호일 수도 있지만 그녀가 자꾸 내 어깨에 얼굴을 묻고 울음을 터뜨리며 요컨대 내가 자신의 마지막 기회라고(사실이 아니다.) 우기는 게 문제다. "함께 수도원에 가." 그러면서 터무니없는 소리까지 한다. "이블린, 아니, 빌리,

원한다면 수녀원에 가. 얼마든지 마음껏 가라고. 참한 수녀가 될 것 같군. 어쩌면 그게 당신 길인지 몰라. 코디에 대해, 종교에 대해 그렇게 떠들더니 어쩌면 이 속세의 온갖 참상으로 인해 당신의 참된 소명을 이루지 못하고 있는 건지 몰라. 언젠가 아무런 수심 없는 멋진 수녀원장이 될 수도 있을 거야. 그런데 언젠가 내가 만난 수녀원장은 막 울더라고……. 아, 어쨌든 다 참 슬프다." "뭣 때문에 울었어?" "나도 모르지. 나랑 이야기한 다음에, 내가 '우주는 둥그니까 여자다.' 따위 바보 같은 소리를 하기는 했어. 그런데 죽은 어떤 병사와 연애하던 시절을 떠올리고 울었을 거야. 적어도 그렇게 말들 하지. 내가 만나 본 가장 훌륭한 여자였어. 커다란 푸른 눈에 아주 똑똑한 여자……. 당신도 될 수 있어. 이 끔찍한 아수라장은 모두 잊고 떠나." "하지만 그러기에는 내가 사랑을 너무 사랑해." "관능적이어서도 못 하지. 이런 가엾은 사람." 우리는 그새 약간 진정이 되어 실제로 사랑을 나누는데, 그 와중에도 엘리엇은 "빌리, 하지 마, 하지 마, 빌리, 하지 마." 하며 그녀를 잡아끌고, 결국 나는 중간에 "아니, 뭘 하지 말라는 거야? 대체 무슨 뜻이지? 정말 애 말이 옳고 그래서, 빌리, 하지 말아야 되는 걸까? 뭐라 뭐라 하지만 결국 우리가 죄를 짓고 있는 것일까? 아 이거 참 말도 안 된다……. 그리고 가장 말 안 되는 건 바로 이 아이라고!" 아이는 정말 우리와 함께 침대 위에 누워서 마치 질투에 찬 애인이 여자를 다른 남자에게서 떼어 내듯이 그녀의 어깨를 잡아끈다.(그녀가 위에 있다는 것부터가 내가 얼마나 무력하게 끝장이 나 버렸는지 보여 주는데, 지금은 고작 오후 4시

빅 서

다.) 오두막에는 오두막의 본래 목적이나 동네 사람들이 상상하는 그림과 사뭇 다른 드라마가 펼쳐지고 있다.

35

그런데 오르가슴에는 달콤하고 정다운 공감뿐 아니라 몸속에서 분열되는 예고성의 독(毒) 또한 불시에 배출하는 잔혹한 망상 요소가 있다. 나는 자신과 모든 것에 대하여 몹시 지독한 증오심을 느낀다. 강력한 마법으로 인해 척추의 힘을 잃어버린 듯, 익숙한 안도감과 전혀 딴판인 공허한 느낌이다. 악의 기운이 내 주변에 모여들고 있다. 그녀와 아이, 이 오두막의 벽들과 나무들, 심지어 갑자기 떠오르는 데이브 웨인과 로마나에 관한 생각조차 악하다. 그것들이 한꺼번에 몰려든다. 나는 가엾은 빌리의 얼굴에서 손을 떼고 물을 마시러 샛강으로 달려간다. 그렇게 할 때마다 미안한 마음에 다시 달려와 사과해야 하는데, 막상 그녀를 다시 보면 '그녀는 다른 뭔가를 하고 있다.' 그 꼴에 미안한 마음이 싹 가신다. 그녀는 양손에 얼굴을 파묻고 중얼거리고 아이는 그녀 옆에서 운다. '맙소사, 이 여자는 정말로 수녀원에 들어가야 되겠어!' 도로 샛강으로 달려가며 나는 생각한다. 누가 상류에 휘발유나 등유를 뿌린 듯싶게 샛강 물맛이 이상하다. '동네 사람들이 날 괴롭히려고 그랬나?' 다시 조심스럽게 물맛을 보고 분명히 그렇다고 확신한다.

바보처럼 멍하니 샛강 옆에 앉아 있는데, 낚싯대에 물고기 한 마리를 달고 서부 특유의 비음으로 태평하게 껄껄 웃으며 데이브 웨인이 성큼성큼 다가온다. "두 시간 걸려 고작 이거 하나 잡았어! 이 가냘프고 아름다운 무지개송어를 이제 손질해야 하는데, 이렇게 하는 거야." 하며 샛강 옆에 천진하게 무릎을 꿇고 앉아 시범을 보인다. 나는 달리 할 일도 없어서 그를 바라보며 미소 짓는다. 그가 말한다. "향후 2년 사이에 패럴론섬 관광을 떠날 준비를 해. 수백 마일 바다로 나아간 배가 솔새들의 빛으로 타오르는 곳 말이야……. 난 이제 낚싯배살 돈을 모을 거야. 고기잡이가 다른 어떤 것보다 나은 것 같아서 완전히 집중해 볼 거거든. 페이건이 노승의 작대기를 들고서 악을 쓰는 무서운 모습이 눈에 보이기는 하지만, 그래도 정말 금세, 단 1분 반 만에 수백 마리 청어들이며 청정한 연어들을 쓸어 담는 장면을 한번 봐야 돼. 사실이 그래. 그리고 히코리 셔츠에다 모직 니트 모자를 쓰고 돌아다니는 거지……. 내가 다 알아. 그리고 지금 정직한 노동만이 우리 모두의 구원이라는 최종적, 결정적인 기사를 쓰고 있는 중이야……. 정말 나가 보면 아는데 무척 원초적인 빛이야. 고기잡이가…… 사냥꾼이 되는 거잖아……. 새들이 고기를 찾아 주고 날씨가 인도해 주지……. 어리석은 마음의 짐이 녹아 사라지면서 순전한 피로와 그 모든 게 흘러 들어와." 거기 쪼그려 앉은 채, 아마 빌리가 로마나에게 오두막에서 일어난 일을 이야기해 주어서 데이브도 곧 알게 될지 모른다는 상상을 해 보는데, 어차피 그는 돌아가는 일을 대략 아는 것 같긴 하다. 몇 차례 암시한 바도 있다. 지금도 말하기를, "자네, 지금 인생 최악의 시기를 보내는 것 같은데, 저 꼬마 엘리엇은 웬만한 사람은 다 돌아 버리게 만들 만하고, 빌리 저년도 신경증으로 똘똘 뭉쳐 있거든……. 자, 이렇게 비늘을 쳐야 돼, 여기 이 칼로." 데이브처럼 다른 사람의 기분이 나아지게 한담을 나눌 만큼 유용하지도 인간적으로 단순하지도 못한 나 자신이 기가 막힌다. 그는 지난 몇 주간 술을 퍼마신 탓에 길고 홀쭉한 뺨을 한 채로 앉아 있지만, 나처럼 구석에 앉아 불평하거나 끙끙대지 않는다. 적어도 그는 뭔가를 하고 자신을 시험에 내맡긴다. 나는 이 세상 단 하나의 '인간됨'이 결여된 자가 된 느낌이다. 제기랄, 그건 사실이고, 어쨌든 지금 내 기분은 그렇다. "아, 데이브, 언젠가 자네와 함께 로그강의 그 폐쇄된 탄광에 가서 낚시를 하면 좋겠군. 흠, 그때는 어쨌든 우리 둘 다 기분이 좀 나아져 있겠지, 빌어먹을." "술을 한참 줄여야 돼, 잭." '잭'을 말하는 그의 슬픈 어조가 달마 부랑자 시절 슬픔을 토로하며 산에 오를 때 제리 와그너의 것과 아주 흡사하다. "그래, 우리는 어찌 보면 단 술을 너무 많이 마시지. 아무것도 안 먹고 당만 들어가면 신진대사가 어긋나고 핏속에 당이 꽉 차서 암탉만 한 기운도 내지를 못하게 돼. 자네는 특히 지금 몇 주째 단 포트와인과 단 맨해튼만 연신 들이켜 왔어……. 이 작은 물고기의 신성한 살이 자네를 치유해 줄 거야."(낄낄.)

물고기를 내려다보자 갑자기 다시 끔찍한 느낌이 온다. 그 죽음의 음모가 돌아온 것인데, 이제 나는 크고 건강한 앵글로색슨 이빨을 거기 박아 넣고, 불과 한 시간 전만 해도 바다에서 즐겁게 헤엄을 치던 가엾은 생명체의 애절한 살을 물어뜯을 것이다. 데이브도 같은 생각을 했는지 말하길, "아, 그래. 힘찬 생명의 물속에서 저 주둥이로 멋모르고 빨아들이고 있었겠지만, 이제 대가리가 잘려 나간 거지. 보지 마. 이놈은 우리 주정뱅이 죄인들의 저녁 제물이 될 거니까 말이야. 요리를 할 때 이놈을 위해 인도 말로 기도해야 되겠어. 실제 인도인들이 정말 쓰는 기도문이길 바라며 말이지……. 잭, 어쩌면 우리가 여기서 정말 재미있게 한 주를 보낼 수도 있어!" "한 주?" "한 주 있기로 하고 온 거 아니야?" "아, 내가 그랬었지……. 난 지금 모든 게 끔찍하기만 해……. 그건 못할 것 같아……. 빌리랑 엘리엇, 그리고 나 때문에 미쳐 버리겠거든……. 어쩌면 나는, 어쩌면 우리 모두 떠나야 할지 모르겠어. 여기서 죽어 버릴 것 같아." 멀쩡하게 잘 있는 그를 들쑤셔 여기까지 끌고 온 나는 실망한 그의 기색에 더욱 몹쓸 놈이 된 것 같아 비참하기만 하다.

36

그래도 데이브는 꿋꿋이 오두막 안을 돌아다니며 옥수숫
가루 한 포대를 꺼낸 뒤 프라이팬에 옥수수기름을 두르는가
하면, 로마나는 또 마요네즈를 듬뿍 쳐서 멋진 샐러드를 만든
다. 빌리는 말없이 테이블을 차리고, 꼬마는 불가에서 흥얼흥
얼 노래를 부르는 것이 문득 행복한 가정의 한 장면을 연상시
키지만, 나는 이 광경을 포치에서 공포에 질린 눈으로 들여다
본다. 게다가 벽에 드리운 그들의 커다란 그림자는 괴물, 마녀,
마법사들 같아 나는 행복한 유령들과 홀로 숲속에 남겨진 느
낌이다. 해가 지자 바람이 울부짖어서, 나는 안으로 들어갔다
금세 다시 나와서 미친 듯 샛강으로 향한다. 샛강의 물이 모
든 걸 씻어 가고 나를 안심케 해 주리라는 평소 생각에 따른
것이지만(그리고 이 괴로움 속에 '물을 많이 마시라'는 에드거 케이

스의 조언이 생각나서), 나는 "물에 등유가 있다!" 하고 바람 속에서 아무도 듣지 못할 말을 외친다. 샛강을 발로 차고 비명을 지르고 싶다. 돌아보니 은은히 불 밝힌 오두막이 서 있고, 그 안의 사람들은, 저기 말없이 멍하니 파리한 얼굴로 벌벌 떨고 쌀쌀한 날인데도 한여름인 양 땀을 쏟으며 오두막에 들어왔다가 샛강으로 나가기를 반복하는 미치광이를 이해 못 해서, 다 같이 입을 다물고 우울한 모습이다. 나는 문을 등지고 의자에 앉아 용감하게 연설하는 데이브를 바라본다.

"우리 앞에는 제물의 연회가 놓여 있습니다. 호화롭게 차려진 온갖 진미 한가운데에는 맛있는 물고기 한 마리가 누워 있으니 우리는 물고기에게 기도하고 조금씩 나눠 먹어야만 합니다. 인당 네 점 정도가 될 것 같으나 부위에 따라 그 한 점이 더 풍성할 수도 있겠습니다. 그건 그렇고 갓 잡은 물고기를 제대로 튀기려면 기름이 지글지글 타고 있을 때, 정말 타는 것은 아니고 아주 뜨거워야 한다는 뜻인데, 어쩌면 좀 탈 수도 있고요, 그때 물고기를 넣어야 합니다. 거기 주걱을 좀 주시고, 그렇게 물고기를 기름에 눕힌 다음 아주 요란하게 튀겨 주는 겁니다." (로마나가 환호를 하고) (빌리를 보니 구석에서 수녀나 뭐 그런 다른 생각을 하고 있다.) 데이브의 농담은 계속되고, 마침내 모두의 얼굴에 미소가 떠오른다. 물고기가 튀겨지는 동안 로마나는 종일 그랬듯 내게 자꾸만 먹을 걸 건네준다. 전채나 토마토 조각이나 그런 것들인데, 내 기분을 돋워 주려는 것 같다. "먹어야 돼." 그녀도 데이브도 강권하지만 나는 먹고 싶지가 않고, 그래도 그들은 내 입에 먹을 것들을 갖다 대기를 멈추지 않아서, 나는 얼굴을 찡그리며 '이 사람들이 내게 주려는 이 음식들은 뭘까? 독일까? 그리고 내 눈은 왜 이러지? 마약이라도 한 것처럼 검게 부풀어 있어. 와인을 마셨을 뿐인데도……. 도움이 될 거라는 생각에 데이브가 와인에 무슨 약 같은 걸 탄 걸까? 아님 이자들은 계몽 뭐 그런 목적으로 사람들에게 약물을 주입하는 무슨 비밀 단체 회원들일까?' 생각하는 와중에, 로마나가 뭔가 또 내밀기에 나는 그녀의 커다란 갈색 손에서 그것을 받아 씹는다. 그녀는 그냥 재미로 보라색 팬티와 보라색 브라만 입었고, 데이브는 요리를 하면서 그녀의 젖가슴을 즐거이 철썩 때려 준다. 로마나에겐 이게 굉장히 에로틱하고 자연스런 일이다. 그녀는 아름답고 풍만한 몸을 드러내기를 좋아한다. 빌리가 일어서서 의자 위로 몸을 기울이자, 데이브가 그녀 뒤로 가서 장난치듯 그녀를 만지며 내게 눈을 찡긋하기도 하는데, 그의 의중을 당연히 알고 병사들이 상상하며 하루를 보내듯 우리 모두 재미있게 노는 것도 좋지만, 제기랄, 내 핏속에 든 독은 섹스도 사교도 전부 다 거부하고 있다. "빌리는 굉장히 날씬하네. 나야 로마나에 익숙한데, 여기서 상대를 맞바꿔 새로운 맛을 보는 것도 좋겠군." 데이브가 지글거리는 프라이팬 앞에서 말한다. 어깨 너머로 보니 미엔 모 산과 북쪽 협곡 안벽 사이로 잔뜩 부풀어 오른 보름달이 보이고, 처음에는 그게 반갑더니 마치 그것이 내 등 뒤에서 "너는 누구냐." 하듯 이내 불길한 공포로 뒤바뀐다.

"데이브, 봐. 설상가상이야." 내가 데이브에게 달을 손가락질해 보인다. 바깥의 나무들이나 안의 사람들이나 침묵하는 가운데, 미치광이를 두렵게 하고 물결이 출렁이게 하는 거대하고 슬픈 보름달은 한두 그루 나무에 그림자를 드리우고 협곡 한쪽 전체를 은빛으로 물들인다. 데이브는 지치고 거친 눈(내 어머니에 따르면 지나치게 들뜬 눈)으로 그저 달을 볼 뿐 아무 말이 없다. 샛강에 나가 물을 마시고 달 걱정에 휩싸여 돌아와 보니, 오두막 안의 네 그림자는 달과 작당이라도 했는지 모두 죽은 듯 말이 없다.

"이제 먹자, 잭." 데이브가 불쑥 포치로 나오며 말한다. 아무도 아무 말도 없다. 남자들을 돕고 여자들을 만족시키기 위한 아무런 일도 하지 않는 쓸모없는 개척자처럼, 마차 행렬의 머저리 군입처럼 나는 멋쩍게 들어가 식탁 앞에 앉는다. 데이브가 서서 말한다. "아, 보름달이시여, 우리는 이 작은 물고기를 함께 먹고서 더욱 강해지고자 합니다. 물고기 사람들에게 감사하고, 물고기 신에게 감사하고, 오늘 밤 빛을 내려 주는 그대 달님에게도 감사합니다. 보름달 물고기의 이 밤을 은은한 맛의 한입으로 축성코자 합니다." 그리고 포크를 들어 작은 물고기를 조심스럽게 파헤친다. 빵가루를 잘 입혀 튀긴 물고기 옆으로 화려한 샐러드와 채소와 옥수수빵이 늘어서 있다. 데이브는 웃기게 생긴 아가미를 들어 올리더니 이상한 부위를 한입 떠서 내게 내밀며 "첫 조각은 잭 자네 것이네. 아주 작은 조각이네만 부디 천천히 씹게." 한다. 보들보들한 조각을 받아 씹어 보지만, 내 혀는 이제 아무것도 맛있지 않다. 다른 사람들도 각자 성스러운 한 조각씩을 떼어 먹는다. 엘리엇은 이 게임이 재미있는지 눈을 반짝이지만 나는 두려워지기 시작하는

데, 이제 그 이유가 확연하다.

다 함께 먹는 동안 데이브가 선언하기를, 그 자신과 내가 술을 너무 많이 마셔서 병이 났으며 맹세코 개심하여 변화될 것이라고 하더니, 평소와 같이 장황한 이야기로 들어가서는 결국 수다스럽고 평범한 저녁 식사가 돼 버리는데, 처음에는 그게 왠지 내게 도움이 될 것 같지만 저녁을 먹고 나니 더 악화되어, "저 물고기에 수달과 쥐와 뱀의 모든 죽음이 들어 있거나 뭐 그런 거야." 하는 생각이 든다. 빌리는 묵묵히 설거지하고, 데이브는 포치에서 식후 흡연을 즐기고, 나는 5분마다 사람들을 피해 샛강 옆에서 넋을 놓는데, 대체 왜 그러는지 나자신도 모른다. 여기서 반드시 나가야만 한다. 하지만 이 사람들에게서 떨어져 있을 권리가 없다. 그래서 자꾸 다시 들어가 보면 방향 모를 불안이 곧바로 도져 정신없이 날뛰고, 이제 모두들 말없이 나갔다가 슬쩍 들어오기를 되풀이하는 내가 불편해지고, 말없이 불가에 앉아만 있던 사람들이 서로 머리를 맞대고 뭔가를 속닥인다. 숲속에 서서 나는 그림자 셋이 불가에 앉아 나에 관해 속닥이는 것을 본다. 데이브는 뭐라고 하고 있을까? 어쩐지 좀 더 음모를 꾸미는 듯 보이는 이유는 무엇일까? 혹시 이 모든 것이 코디의 명에 따라 데이브 웨인이 꾸민 걸까? 내가 빌리를 만나 미치게 만들더니, 이제 나를 이 숲속에 끌어들이고, 오늘 밤 최후의 독을 집어넣어 내 모든 통제력을 빼앗고, 아침이 되면 병원으로 끌고 가 평생 한 줄도 더는 못 쓰고 갇혀 지내게 하려는 걸까? 내가 장편 소설 열 편을 썼다고 데이브 웨인이 질투하는 걸까? 코디는 빌리와 나를 결혼시켜 내 돈을 빼돌리려고 하는 걸까? 로마나는 전문 독약 협회 회원이 분명하다.(차 안에서 나무 신령 이야기를 했고, 전날 밤에는 괴상한 노래까지 불렀다.) 이 셋 중에서 데이브 웨인이 주모자임이 분명한데, 왜냐면 그가 암페타민을 몸에 지니고 있고 조그만 상자에 바늘 몇 개도 넣고 다닌다는 걸 나는 아는데, 토마토든 물고기든 와인이든 그걸 한 방울만 넣어도 내 눈은 미치광이처럼, 지금처럼 검고 크게 확장되고, 신경은 쿡쿡 쑤시고, 내 머리는 이런 생각으로 가득 차는 것이다. 그들은 그렇게 불가에 말없이 앉아 있다가 내가 쿵쾅거리며 오두막에 들어오자 깜짝 놀라 고개를 들고 뭐라고 이야기를 시작한다. 확실한 신호다. 내가 다시 나가며 "산책 좀 하고 올게." 하자, "알았어." 한다. 혼자 길을 나서자마자, 달의 백만 개의 팔이 내 주변을, 절벽의 모든 구멍들과 불탄 나무들을 후려친다. 여름내 짙은 안개 속에서 백 번은 조용히 지나쳤을 텐데 이제 그 안에서 뭔가 재빨리 움직인다. 나는 황급히 돌아간다. 포치에 다다르고 나서도 너무 무서워 낯익은 변소 옆과 잘린 나무 아래 덤불을 볼 수가 없다. 재잘대는 샛강 물소리도 바다 파도의 리듬과 함께 머릿속으로 들어온다. "낄낄 후루룩 졸졸." 머리를 움켜잡아도 그치지 않는다.

눈을 감으면 가면이 폭발한다. 달은 물결처럼 출렁이고, 내 손발은 살금살금 움직인다. 모든 게 움직인다. 포치는 진물처럼 진흙처럼 움직이고, 내 몸 아래 의자는 덜덜 떨린다. "네펜시에 가서 맨해튼 한잔하고 싶지 않아, 잭?" "아니야." ('술에 독약을 타려는 거지?' 음험하게 생각하면서도 내가 데이브에게 이런 의심을 품는다는 것 자체가 몹시 가슴 아프다.) 정신 이상의 참을 수 없는 비통함을 나는 깨닫는다. 정신 이상자들이 '행복하다'는 사람들의 생각은 얼마나 무지한 것인가! 어원 가든이 내게 정신 병원이 '행복한 미치광이들'로 가득하다는 생각을 하지 말라고 경고한 적이 있다. "머리 둘레가 조이는 듯 아프고, 정신의 공포는 그보다도 더 아프다네. 특히 누구에게도 그걸 설명할 수가 없고, 히스테리성 망상에 대해 도움을 청하지도, 도움을 받을 수도 없어 무척 비참해들 하는 거야. 정말 세상, 아니, 우주 어느 누구보다 고통받고 있어."라고 했는데, 이것은 뇌엽 절제술까지 받아야 했던 자기 어머니 나오미를 관찰해서 알게 된 것이었다. 그러고 보니 내 전두의 그 모든 고통을 잘라 낸다면 얼마나 좋을까 싶으면서, 멈춰! 그 재잘거림을 멈추라고! 이제 재잘거림은 샛강만이 아니고 샛강을 떠나 내 머릿속으로 들어왔다. 뭔가를 뜻하는, 즉 말이 되는 재잘거림이라면 괜찮겠지만, 이건 뭔가를 뜻하는 것을 넘어선 극도로 영리한 재잘거림이다. 그것은 내게 죽으라고, 모두 다 끝났으니 죽으라고 말한다. 모든 것이 득실거리며 나를 덮쳐 온다.

데이브와 로마나는 달빛 아래 샛강으로 일찍 단잠을 자러 가고, 빌리와 나는 불가에 침울하게 앉아 있다. 그녀의 목소리가 울음을 머금었다. "그냥 내 품에 안겨 오면 기분이 나아질지도 몰라." "빌리, 난 뭔가를 해야 해. 그렇게 당신에게 설명했는데 내게 일어나는 일을 당신은 못 보고 있어. 이해를 못 하고 있어." "어젯밤처럼 침낭 안에 들어가 그냥 좀 자자." 우리는 알몸으로 침낭에 들어간다. 그런데 술기운이 없어서인지 너무

좁은 게 느껴지는 데다가 열에 들뜬 나머지 땀이 너무 나 견딜 수 없을 지경이고, 그녀의 살갗마저 내 땀에 완전 젖었으며, 팔은 밖으로 비죽이 나와 있다. "이건 안 되겠어." "어쩌려고?" "안에 있는 간이침대를 쓰자." 나는 정신없이 간이침대를 펴느라 여름내 해 온 대로 판자 위에 침낭 패드를 까는 걸 잊어버리는 실수를 저지르고, 가엾은 빌리는 이 엉터리 판자 위에 나랑 누워서 내가 스스로를 고문해 광기를 몰아내려 한다고 생각한다. 터무니없게 우리는 판자 위에 판자처럼 뻣뻣이 누워 있다. 나는 간이침대에서 내려오며 "다른 걸 해 보자." 한다. 포치 바닥에 침낭을 깔고 누워 보지만, 그녀가 내 품에 안기는 순간 모기가 덤벼들거나, 몸에 땀이 솟거나, 눈에 번갯불이 보이거나, 머릿속에 웅장한 찬송가가 울리거나, 또는 천 명이나 되는 사람들이 재잘거리며 샛강을 따라 내려오는, 또는 강풍이 나무들을 뿌리째 뽑아 우리에게 내던지는 모습을 상상한다. "잠깐만." 내가 외치고 잠시 마음을 가라앉힌 뒤 물을 마시러 샛강으로 달려가 보니 데이브와 로마나는 평화롭게 한데 엉켜 있다. 나는 "저 망할 놈이 딱 하나 자기 좋은 자리를 차지한 거야. 저기 샛강 옆 모래밭에, 저놈만 없었다면 내가 거기서 잘 수 있고 샛강이 내 머릿속의 잡음을 덮어 주어 잠을 잘 수 있는데, 빌리랑 함께여도, 밤새도록 말이야. 망할 놈이 내 자리를 훔쳐 갔어." 하고 데이브를 욕하며 포치로 돌아간다. 빌리가 내게 팔을 뻗는다. "제발, 잭, 이리 와. 나를 사랑해 줘, 나를 사랑해 줘." "못 해" "왜 못 하는데? 우리가 다시는 못 본다고 해도 우리의 마지막 밤은 아름답게, 영원히 기억하고 싶은 것으로 만들자."

"우리 둘 다를 위한 이상적인 기억처럼, 적어도 나를 위해 그쯤은 해 줄 수 있잖아." "할 수만 있다면 물론 하지." 나는 중얼거리며 미친 늙은이처럼 성냥을 찾아 오두막 안을 돌아다닌다. 담뱃불조차 붙일 수 없다. 어떤 불길한 것이 불을 꺼 버리더니 마침내 불이 붙자 죽음을 입에 문 듯 입이 뜨겁다. 나는 다른 침낭과 담요 따위를 포치 다른 쪽에 쌓기 시작하면서, 드디어 가망이 없음을 깨닫고 한숨을 내쉬는 빌리에게 "먼저 여기서 한숨 자고 일어나서 기분이 좀 나으면 당신에게 갈게." 하고 말한다. 나는 그렇게 단단히 등을 돌리고 누워, 영화 속에서 동업자를 죽이고 불가에 누워 잠을 청해 보지만 정신이 나간 채 멍하니 불만 들여다보던 험프리 보가트처럼, 바로 꼭 그렇게, 크게 뜬 눈으로 두려움에 차서 어둠을 응시한다. 눈을 감으려 하면 무슨 고무줄 같은 것이 다시 눈을 뜨게 한다. 돌아누우려 하면 우주 전체가 함께 돌아누워서 우주의 이쪽이라 한들 저쪽보다 나을 것도 없다. 여기서 결코 벗어나지 못할지 모른다는 생각이 들고, 오늘 밤 일어나고 있는 일을 모두 다 알고 있고 집에서 기도하며 나를 기다리고 있을 어머니에게 도와 달라고, 기도해 달라고 울부짖는다. 세 시간 만에 처음으로 내 고양이가 떠올라 소리를 지르자 빌리가 놀란다. "괜찮아, 잭?" "시간을 좀 줘." 지친 그녀가 이제 잠에 빠지고, 나는 홀로 운명에 내맡겨지고, 이 여자와 데이브와 로마나가 내가 죽기를 은밀하게 기다리고 있다는 생각을 떨쳐 내지 못한다. "무슨 이유로?" 내가 생각해 내는 대답은 "비밀 독약 협회인 거야. 난 가톨릭 신자라 알아. 그건 거대한 반(反)가톨릭 음모야. 공산주의자들이 모두를 파괴하고 개인들이 조직적으로 독살당하다가 결국 모두 다 죽을 거야. 이 광증은 날 완전히 바꿔 놓아 아침이 되면 나는 더 이상 같은 정신을 갖고 있지 않을 거야……. 아이라파티안즈가 개발한 세뇌용 약물이지. 나는 루마니아 사람인 로마나가 공산주의자라고 늘 생각했어. 빌리로 말하자면 그녀의 패거리는 괴상해. 코디한테는 아무 관심도 없고, 데이브는 늘 짐작했듯 아주 악질이야."

하지만 내 정신이 그만한 '이성'조차 잃으며 발광의 시간에 접어든다. 귓속에서 무언가 빠르고 길게 조언하고 경고하는 힘들이 느껴지다가 돌연 다른 목소리들이 고함을 치는데, 문제는 모든 목소리들이 코디가 샛강처럼 몹시 빠르게 말할 때같이 그 빠른 속도의 장광설이라는 거고, 그래서 나는 듣기 싫으면서도 무슨 뜻인지 놓치지 않으려고 귀를 기울이게 된다는 데 있다. 나는 자꾸 내 귀에 대고 손을 흔든다. 기우뚱하고 확장되다 돌연 폭발해 내 중심을 그러쥐는 격동의 우주들을, 얼굴들을, 고함치는 입들을, 긴 머리의 고함치는 자들을, 느닷없는 악의 자신감을, 돌연 '잭'을 논하는, 마치 그가 여기 없다는 듯 그에 관해 이야기하는 악다구니 위원회들을 놓칠까 봐 나는 눈을 감기가 무섭다. 더 많은 목소리들을 기다리는 무의미한 순간들에 이어 별안간 수백만 나뭇잎 속에서 바람이 엄청난 굉음과 함께 폭발하고, 마치 달이 미친 것 같은 소리를 낸다. 그리고 달은 더 높이 더 밝게, 가로등처럼 내 눈에 빛을 내려 준다. 거기 옹송그리고 무척 얌전히 잠든, 희미하게 인간적이고 안전한 모습들. 나는 울부짖는다. "나는 더 이상 인간이 아니고, 절대 더 이상 안전하지 못할 거야. 아, 일요일 오후에 그냥 따분해서 하품하며 집에서 빈둥거릴 수 있다면 얼마나 좋을까. 아, 하지만, 그건 다시는 돌아오지 못해. 어머니가 옳았어. 그것들은 나를 미치게 만들 것이었고, 결국 그렇게 돼 버렸어. 어머니에게 뭐라고 하지? 겁에 질려서 어머니까지 미쳐 버릴 텐데. 오 타이크, 나를 도와줘. 방금 물고기를 먹어서 이제 다시는 내 형제 타이크를 부를 자격도 없어." 한 번도 못 들어 봤지만 단번에 이해되는 언어로 이루어진 굉음의 보고서가 머릿속을 휘젓고 지나간다. 잠시 푸른 천국과 동정녀의 흰 머릿수건이 보이더니 그 위로 흐릿하고 커다란 악의 형체가 잉크처럼 나타나 물을 들인다. "악마다! 오늘 밤에 악마가 나를 찾아온 거야! 오늘 밤이 바로 그 밤이야! 이게 바로 그거야!" 하지만 천사들은 웃으며 바다의 바위 위에서 덩실덩실 춤추고 아무도 내게 관심이 없다. 그 순간 내 평생 가장 선명하게 보이는 게 있으니, 그것은 십자가다.

37

 십자가가 보인다. 그것은 말이 없다. 그것은 오래도록 거기 있다. 내 마음이 그것에 다가간다. 내 몸 전체가 그것을 향해 사라진다. 나는 그것이 나를 데려가도록 팔을 뻗는다. 맹세코 나는 데려가지고 있고, 죽어 가는 내 몸은 어둠 속 빛나는 곳에 선 십자가 앞에 쓰러진다. 죽어 간다는 걸 깨닫고 비명을 지르다가 빌리나 다른 누구를 죽음의 비명으로 겁먹게 하기 싫어서 비명을 삼키고 그저 나 자신을 죽음과 십자가에 맡긴다. 그러자마자 나는 다시 삶으로 서서히 가라앉는다. 그리하여 악마들이 돌아오고, 위원회 간부들은 내 귀에 새로 생각하라는 명을 내리고, 수많은 비밀들이 누설되면서 다시 홀연 십자가가 보이는데, 이번에는 더 작고 멀리 떨어져는 있지만 여전히 선명하다. 나는 온갖 목소리들의 소음을 뚫고 말한다. "예수님, 저는 당신과 함께하겠습니다. 영원히요. 감사합니다." 식은땀을 흘리며 거기 누워 여러 해 동안 불교를 공부하고 파이프 담배를 피우며 명상했던 나에게 왜 느닷없이 십자가가 나타난 건지, 나는 의아해한다. 눈에 눈물이 괸다. "우리 모두 구원받을 거야. 데이브 웨인에게는 굳이 말 안 할 거고, 그냥 저기 내려가 깨워서 겁을 줘야지. 그럼 곧 알게 될 테니까…… 이제 난 잘 수 있어."

나는 돌아눕지만 이제 겨우 시작이다. 새벽 1시에 불과한 밤은 간신히 움직이는 달을 따라서 느리게 흘러가고, 새벽이 될 무렵에는 십자가가 내 앞에 수차례 더 나타났으나, 어디선가 싸움이 벌어지는 가운데 악마들도 자꾸 돌아왔다. 한 시간만 잘 수 있다면 복잡하고 소란한 뇌가 진정될 것임을, 한 줌의 통제력이 내 속 어디에 돌아올 것임을, 어떤 축복이 이 모든 걸 달래 줄 것임을 나는 안다. 그러나 박쥐가 슬며시 나타나 주변에서 또다시 퍼덕거린다. 검고 작은 머리와 제대로 볼 수 없어 짜증스러울 만큼 이리저리 오가며 퍼덕대는 날개가 달빛 속에 또렷하다. 그때 윙윙 소리가 들린다. 저 나무들 위를 맴도는 비행접시가 내는 소리가 틀림없다. 거기에는 질서가 있다. "나를 잡으러 오는 거야, 맙소사!" 나는 벌떡 일어나 자신을 지키겠다는 생각으로 나무를 노려본다. 박쥐가 내 얼굴 앞에서 날개를 퍼덕인다. "이 박쥐가 저놈들의 협곡 대표인 거야. 저놈들에게 레이더로 메시지를 보내는 거지. 왜 떠나지 않을까? 데이브도 저 끔찍한 윙윙 소리를 듣고 있나?" 빌리는 세상모르고 잠들었는데, 엘리엇이 갑자기 퍽 발길질한다. 아이가 자고 있지 않으며 지금 일어나고 있는 모든 일을 다 안다는 생각이 번쩍 든다. 나는 다시 누워 포치 반대쪽의 아이를 훔쳐보며 아이가 달을 보고 있음을 깨닫고, 그 순간 아이가 한 번 더 발길질한다. 메시지를 보내고 있는 것이다. 저것은 어린 소년으로 변장한 마법사로, 빌리를 파괴하고 있기도 하다. 이게 다 말도 안 되는 생각이라는 자각과 함께 죄책감을 느끼며 일어나 아이를 보자, 이불을 제대로 덮지 않아 여린 팔이 담요 밖 찬 공기 속에 나와 있고 잠옷용 셔츠조차 입지 않았다. 빌리를 욕하며 이불을 덮어 주자 아이가 칭얼댄다. 내 자리로 돌아와 누워 미친 눈으로 나의 깊은 내면을 들여다보자 잠이 슬슬 오면서 불쑥 행복감이 덮친다. 그렇게 꿈을 꾸는데, 두 청년이 데설레이션 피크의 바로 그 '산마루'에서(즉, 다시 미엔모 산에서) 인부로 고용되어 절벽 쪽 강 인부들과 일하게 되고, 이 사람들 말로는, 인부 둘이 절벽 아래 눈밭에 매몰되었으므로 가파른 절벽 끝에 매달려 '그들을 밀어낼' 수 있는지 아니면 반대로 끌어 올릴 수 있는지 봐야 한다는 거다. 우리는 부서지는 눈덩이 위에 엎드려 1천 피트 아래 강을 내려다보고, 거기에서도 눈덩이들이 부서지는데, 하도 큰 탓에 거기 사람들이 묻혀 있는지 그렇지 않은지 판단할 수가 없다. 상급자들은 특별한 신발을 신고 안전한 구역으로 인도해 주는(스키 쳄쇠처럼) 썰매를 타고 이동하는데, 그걸 보고 있자니 우리가 속아 넘어가고 있다는, 우리조차 떨어질 수 있다는 생각이 들기 시작한다.(나는 거의 떨어질 뻔한다.) (했다.) (거의.) 이야기의 관찰자인 나는 이게 그저 신참들을 놀리는 연례행사일 따름이고, 그들은 이제 강의 다른 쪽으로 보내져 실종된 인부들을 찾겠다는 희망으로 강둑에서 더 많은 눈을 퍼내리라는 사실을 알게 된다. 그렇게 우리는 긴 이동을 시작한다. 먼저 강으로 내려가는 도중에 농부들 말이 저 반대편 기슭에 어떤 새와 올빼미 소리를 내는 '괴물 기계 신'이 있는데, 그 안에 든 엉성하고 구질구질한 끔찍한 장치 백만 개가 우리를 병들게 한다는 것이다. 다시 '이야기의 관찰자'로 나는 그 또한 우리가 밤에 거기 가서 새들과 올빼미들 같은 실제 자연의 소리를 들을 때 시골의 신참으로 그게 그 '괴물'인 줄 알고 겁먹으라고 괜히 하는 소리임을 안다. 한편 우리는 가장 큰 산에 가기로 합의하고, 나는 거기 일이 마음에 안 들면 데설레이션의 본래 일자리로 돌아가겠다고 스스로 다짐한다. 우리 직원들은 어느새 음험한 유머 감각을 보여 준다. 나는 미엔 모 산에 도착하는데, 그것은 레이턴 캐니언과 비슷하면서도 너른 구멍 안에서 흐르는 크고 말라 썩은 강이 있고, 널린 바위들 위에는 커다란 독수리들이 앉아 있다. 늙은 부랑자들이 노를 저어 그리 가서 바위 위 독수리들을 어설프게 끌어내 마치 애완동물에게 하듯 붉은 고기 조각과 붉은 진드기 같은 것을 먹인다. 처음에는 마을의 괴짜 부랑자들이 독수리들을 잡아먹거나 팔려고 그러나 싶었는데,(지금도 그런 생각이 있다.) 왜냐하면 이것을 연구하기 전에 마을 쓰레기장에서 유유히 교미하는 독수리 수백 마리를 보아서다. 이제 이들은 인간의 팔과 다리와 머리와 상반신을 지닌 인간처럼 생긴 독수리들인데, 이목구비가 무지개 빛깔이고 남자들은 독수리 여자들 뒤에 조용히 앉

빅 서

아 온갖 느리고 음란한 동작으로 역시 느리게 그들과 교미한다. 남자도 여자도 같은 방향을 보고 앉아 있는데, 용케 접촉점이 있는지 깃털이 나고 무지갯빛인 궁둥이들이 느리고 단조롭게 쓰레기장 위에서 교미에 열중한다. 지나가면서 보니 젊은 축인 어느 금발 독수리 남자의 얼굴에 불쾌한 표정이 역력한데, 바로 그의 독수리 여자 애인이 바가지가 심하여 언제나 싸움을 걸기 때문이다. 그의 얼굴은 완전히 인간의 것이지만, 인간의 것과 달리 허연 파이 반죽 비슷하게 푸석푸석한 데다 장래에 대한 암울한 전망으로 공포의 빛을 띠고 있어 몸서리치게 불쌍하다. 중년 애인의 파이 반죽 얼굴은 잔인하고 표독스럽다. 너무나 인간 같다! 그때 갑자기 나와 두 신참 인부들이 마을의 그럴싸한 독수리 인간 처소로, 즉 우리 아파트로 이동되고, 거기서 한 독수리 여자와 그녀의 딸이 우리에게 방을 안내한다. 그들의 얼굴은 나병 환자처럼 푸석푸석한데, 화장을 덕지덕지 처발라 마치 크리스마스 인형처럼 갑갑해 보이지만 인간의 표정을 갖고 있어서, 두꺼운 입술은 고무로 된 주둥이 같고, 퉁퉁한 표정은 크래커 가루처럼 푸슬거리고, 안색은 피자를 먹고 게운 듯 누런 탓에 역겨워 죽겠지만 아무 말도 못 한다. 아파트에는 더러운 비트닉 침대들과 매트리스가 사방에 널려 있어 나는 뒷문으로 들어가 싱크대를 찾는다. 거대한 아파트다. 기름때로 더러운 식품 저장실을 한참 걸어 나오자 엄청나게 큰 세면장이 나오고, 그 안에는 로웰 고등학교의 무너져 가는 지하실의 것처럼 끈적거리고 구질구질한 싱크대가 딱 하나 있다. 드디어 부엌에 이르는데, 바로 그곳이 우리 '신참 인부들'이 여름 동안 끼니를 챙겨 먹을 곳이다. 커다란 석재 벽난로와 석재 화로들은 한 달 전 독수리 사람들의 난교 연회의 흔적으로 시큼한 냄새에 기름때로 번들거리고, 채 요리되지 않은 닭 수십 마리가 술병들이며 각종 쓰레기 틈에 섞여 널려 있다. 시큼하고 퀴퀴한 기름때가 사방에 눌어 있고, 아무도 청소한 적 없고 어떻게 청소해야 하는지조차 모르는, 그저 차고처럼 크기만 한 장소다. 나는 기름때가 덕지덕지 묻은 쟁반 같은 걸 밀어내고, 그 악취 가득한 공포의 공동(空洞)을 탈출한다. 쓰레기로 뒤덮인 석재 바닥 위에는 살진 금빛 닭들이 거꾸로 놓여 썩어 간다. 나는 평생 본 적 없는 더러운 광경으로부터 혼비백산 빠져나온다. 한편 우리에게 주어진 독수리 음식 한 광주리를 들여다보던 두 청년 중 하나가 "설탕에 물집이 있군." 지혜롭게 말한다. 요컨대 독수리들이 우리가 먹을 설탕에 자신들의 물집을 집어넣었고, 그래서 우리는 '죽을' 것인데 진짜 죽지는 않고, 대신 하수도로 보내져 긴 귀를 가진 악마가 이 왕국 전체의 비밀인 자줏빛 자홍색 네모난 돌을 갈 수 있도록, 끈적이는 오수에 목만 위로 내놓은 채 삐걱거리는 커다란 바퀴를 당기며 걸어가야 한다는 것이다.(머리가 둘로 갈린 작은 뱀들 틈에서.) 가족도 포함된 사람들의 둥둥 떠도는 시체들을 헤치고 끙끙거리며 바퀴를 끌어당겨야 한다. 성공하면 저 위 쓰레기장에서 느리게 음란하게 교미하는 푸석푸석한 낮의 독수리 사람이 되는 것일 텐데, 그게 아니면 그저 악마가 땅 밑 지옥에 남은 것들로 독수리 사람들을 만든 걸 수도 있다. "콩 먹을 사람 있어?" 내가 말하는 순간, 쿵!

나는 잠에서 깬다! 포치에서 엘리엇이 마침 발길질을 한 것이다! 그쪽을 바라본다! 아이가 일부러 그러는 것이다. 무슨 일이 벌어지고 있는지 다 아는 것이다! 나는 도대체 왜 이 사람들을, 그것도 하필 저 달, 저 달, 저 달이 뜬 바로 오늘 이 밤에, 데려왔던 것일까?

나는 다시 일어나 이리저리 서성거리다 샛강에 가서 물을 마시는데, 달빛 아래 데이브와 로마나의 몸뚱이가 위선자처럼 움직이지 않는다. "빌어먹을 자식이 내 유일한 잠자리를 뺏어 갔어." 나는 머리를 손에 쥔다. 나는 전적으로 혼자다. 두려움에 짓눌려 잃어버린 통제력을 찾으려고 오두막 안에 들어가 램프 불을 밝히고 담배를 피우면서 시큼한 포트와인 병의 마지막 붉은 한 방울을 짜내지만 소용없다. 아주 고요하고 평화롭게 자고 있는 빌리를 보자 혹시 그녀를 안고 옆에 누우면 잘 수 있을까 생각해 본다. 바로 그렇게 한다. 혹시 알몸으로 미쳐 날뛰거나 필요할 때 모든 것에서 도망칠 수 없게 될까 두려워서, 입은 옷은 물론이고 신발까지 그대로 신고 그녀 곁에 기어 들어간다. 내가 몸을 안자 그녀가 희미하게 신음 소리를 내더니 응시하는 눈으로 다시 잠에 빠진다. 달빛 아래 그녀의 금발과 몸, 정성껏 감고 빗은 금발, 여자다운 작은 몸, 그것들은 나 자신의 연약하고 마른 몸과 마찬가지로 지고 다녀야 하는 짐이다. 나는 눈물을 흘리며 그녀의 어깨를 바라본다. 그녀를 깨워 모든 걸 고백하고 싶지만 겁만 먹을 것이다. 이미 그녀에게 '돌이킬 수 없는 해(irreparable harm)'를 끼쳤다("노니키 주 엄는 캐(Garradarable narm)!" 샛강이 소리친다). 내 속으로 하는 말이 모두 재잘거림으로 나오면서 이제 그 말들의 의미를 아주 잠시 붙들고 있을 수조차 없어지고, 내 모든 생각들이 백만 개의 정신적 폭발로 인해 백만 조각으로 부서질 때 그것을 페요테와 메스칼린 선인장에서 처음 보고 얼마나 아름다운지 감탄했던 기억이 난다. 그때 나는 말했다.(아직도 천진하게 언어유희를 하며.) "아, 다양성의 현현. 실제로 볼 수 있어. 그냥 말이 아니야." 하지만 이제 "아 케셀라마로욧 썩어 문드러져라.(Ah the keselamaroyot you rot)"이다. 마침내 동이 텄을 때는 내 정신은 더욱 소란해지고 더욱 '다양하게' 부서져, 그중 일부는 거대한 관현악이었다가 음향과 영상이 뒤섞인 무지개의 폭발로 이어지는 일련의 폭발하에 놓인다.

또한 새벽에 나는 거의 세 번이나 스르르 잠에 빠지지만, 맹세코(그리고 내 기억에 따르면 바로 이것 때문에 나는 아직도 빅서에서 일어난 일을 이해하지 못한다.) 꼬마 녀석이 바로 그 졸리는 순간에 발길질로 곧바로 다시 말똥말똥해져서 공포로 돌아가게 하는데, 요컨대 그것은 세상 전체의 공포이고 책에 나오는 타인들의 고통에 대해 태평하게 지껄이던 내가 보고 겪어야 마땅할 그런 것이다.

책, 염병할 책. 이 질병은 내가 언제든 여기서 벗어날 수 있다면 그때는 입을 닫고 기꺼이 목공이 되어 살고 싶게 만든다.

38

　부연 달빛 아래서 올빼미들이 불쑥 서로를 불러 대는 새벽
이 가장 끔찍하다. 새벽보다 더 끔찍한 것은 아침이다. 내 고
통 위로 환한 햇빛이 노려보듯 내리며 모든 게 더 밝아지고, 더
뜨거워지고, 더 짜증스러워지고, 더 신경에 거슬린다. 나는 겨
드랑이에 가방을 끼고 잘 곳을 찾아 아무런 가망 없이 화창한
일요일 아침 햇살 속에 골짜기 아래위를 천천히 걸어도 본다.
길가 옆 잔디밭이 눈에 띄지만, 관광객들이 지나가며 쳐다볼
것이므로 거기 누워 잘 수는 없겠다 싶다. 샛강 근처 빈터를
찾자마자 그곳은 너무 음산하다는 생각이 든다. '낚시가 더욱
비극적일' 헤밍웨이의 침침한 습지 같기도 하다. 특별한 자리
나 빈터들은 모두 저마다 악한 기운을 갖고 있어 나를 내친다.
나는 그렇게 밀려나서 겨드랑이에 가방을 끼고 울며 협곡을

오르내린다. "도대체 내가 어떻게 된 것일까? 어떻게 땅이 저럴 수 있지?"

나도 인간으로 여느 누구만큼 최선을 다해 오지 않았나? 누구를 해치려고 한 적도 없고 시능으로도 천국을 저주한 바 없지 않은가? 내가 평생 공부한 언어는 이제 내 속에서 온전히 치명적인 것들로 돌변해 버려서, 나는 더 이상 '행복한 시인'이 아니고, '노래'할 수도 없고, '죽음에 대해'서도 어떤 낭만적인 소재에 대해서도 말할 수 없게 됐다. "먼지 부스러기 같은 존재여, 십억 년의 먼지를, 십억 개의 먼지 부스러기를 털어내라." 아침 햇살 속에서 손을 흔드는 협곡의 모든 푸른 자연이 잔혹하고 멍청한 집회 같기만 하다.

자고 있는 사람들에게 돌아와, 내 형이 어둠 속 아기 침대 안에 잠든 내게 그랬듯 이글거리는 눈빛으로, 그저 시샘 때문이 아닌 그렇게 잠든 그들의 단순한 정신으로부터 소외된 비인간적인 외로움으로 그들을 노려본다. "하지만 전부 죽은 것 같아!" 내 협곡에서 나는 걱정한다. "잠은 죽음이고, 모든 게 죽음이야!"

이윽고 다른 사람들이 일어나 문제의 아침 식사를 차린다고 법석을 떨 때 끔찍한 절정이 찾아온다. 나는 데이브에게 1분도 더 여기 못 있겠다고, 우리를 다 시내로 데리고 가 달라고 말한다. "알았어. 그런데 로마나가 원하는 대로 일주일간 머물렀으면 좋겠어." "그럼 나만 데려다주고 돌아와." "음, 몬샌토가 괜찮다 할까? 벌써 이렇게 여길 어지럽혀 놨는데, 사실 큰 구덩이를 파서 쓰레기를 처리해야 돼." 빌리가 구덩이를 파겠다고 자원하더니 쓰레기 정도가 아니라 관 하나는 들어갈 무덤을 떡하니 파 놓는다. 데이브 웨인도 그걸 보고 못 믿겠다는 듯 눈을 깜박거린다. 죽은 엘리엇이 들어가면 꼭 맞을 크기인데, 데이브도 나와 같은 생각이라는 것을 나를 보는 그의 눈길에서 알아챌 수 있다. 우리는 다 프로이트를 충분히 읽었기에 거기 담긴 의미를 안다. 아닌 게 아니라 엘리엇은 아침 내내 울다가 두대나 맞고 모자가 같이 울다가 빌리가 이제 더는 참을 수 없고 그냥 콱 자살해 버리겠다고 했던 것이다…….

로마나도 정확히 4피트 3인치 구덩이에 작은 상자를 집어넣을 준비라도 된 듯 양옆이 말끔히 깎인 그것을, 무덤을 알아본다. 하도 소름이 끼쳐 그 안에 쓰레기를 묻고 너무 말끔한 구덩이도 좀 어지럽히려고 삽을 들고 나서는데, 엘리엇이 비명을 지르고 삽을 붙잡으며 가지 못하게 나를 막는다. 빌리가 대신 내려가 구덩이를 쓰레기로 채우다가 의미심장한 눈으로 나를 올려다본다.(그녀가 나를 정말 미치게 만들려고 했음을 나는 이따금 확신한다.) "당신이 끝마칠래?" "무슨 뜻이야?" "흙을 덮고, 그래 줄래?" "그래 주다니 무슨 말이야?" "내가 쓰레기 구덩이를 파기로 했고 그래서 팠으니까 나머지는 해 줘야 되는 거 아냐?" 데이브 웨인이 홀린 듯 바라본다. 뭔가 엇나간 것이, 뭔가 차갑고 무서운 것이 거기 있는 게 그에게도 보인다. "음, 그래." 내가 말한다. "내가 흙을 퍼붓고 밟지." 하지만 그러려고 가는 나에게 엘리엇이 비명을 지른다. "안 돼 안 돼 안 돼 안 돼!" ("맙소사, 무덤 안에 물고기 가시가 있다." 나도 알겠다.) "얘가 왜 나를 저 구덩이 곁에 못 가게 하는 거지? 당신은 왜 저

걸 무덤처럼 파 놓은 거야?" 결국 내가 소리를 지른다. 하지만 빌리는 무덤 위에서 삽을 손에 든 채로 찬찬히 나를 보며 말 없이 미소만 짓고, 아이는 삽을 붙잡고 흐느끼며 내 앞을 가로막고 그 조그만 손으로 나를 밀치려 한다. 아무것도 도무지 이해되지 않는다. 내가 삽을 움켜쥐자 빌리를, 혹은 뭐 저 자신을 구덩이에 묻어 버릴까 봐 무서워서 그러는지 비명을 지른다. "이 꼬마는 왜 이러는 거야, 무슨 백치야?" 내가 고함을 친다.

여전히 말없이 나를 바라보며 빌리가 말한다. "아, 당신 염병 노이로제야!"

나는 그냥 화가 나서 쓰레기 더미 위에 흙을 퍼붓고 발로 밟고는 말한다. "이 망할 놈의 광증, 진절머리가 난다!"

나는 화가 나 포치 위로 쿵쿵 올라가 캔버스 의자에 몸을 던지고 눈을 감는다. 데이브 웨인은 협곡을 좀 살피고 올 테니까 그동안 여자들이 짐을 다 싸 놓으면 곧장 출발하겠다며 나선다. 여자들이 청소를 시작하고, 꼬마는 잠이 들고, 나는 모든 게 완전히 끝났다는 절망으로 뜨거운 햇볕 아래 앉아 눈을 감는다. 천국의 황금빛 평화가 눈꺼풀에 내려앉으며 아울러 자애롭고 품 넓은, 다시 말하면 한없는, 부드러운 축복의 손길이 나를 어루만진다. 나는 잠에 빠진다.

그냥 앉아서 생각을 좀 하자 싶어 양손을 머리 뒤로 깍지를 꼈던 그 자세로 나는 이상하게 잠이 들고, 1분이나 됐을까 잠에서 깨어 보니 두 여자가 내 뒤에 입을 꼭 다물고 앉아 있다. 내가 의자에 앉았을 때 그녀들은 비질을 하고 있었는데,

이제 내 등 뒤에서 서로를 마주 보고 아무런 말도 없이 쪼그려 앉아 있는 것이다. 나는 몸을 돌려 그녀들을 본다. 그 순간부터 축복의 안식이 내게 찾아들었다. 모든 게 씻겨 갔다. 나는 다시 완전히 정상이다. 데이브 웨인은 저 아래 길가에서 들판과 꽃들을 바라본다. 나는 햇살 아래 앉아 미소 짓고, 새들은 다시 노래한다. 모든 게 다시 괜찮아졌다.

나는 아직도 이해하지 못한다.

무엇보다 여자들과 잠든 아이의, 그리고 들판에 선 데이브 웨인의 침묵에 깃든 그 기적을 이해하지 못한다. 한 줌의 황금빛 선함이 내 몸과 정신을 뒤덮어 왔다. 온갖 어두운 고통은 이제 지나간 기억이다. 여기서 빠져나가 도시로 돌아가고, 빌리를 집에 데려다주고, 그녀에게 제대로 작별 인사를 하고, 그녀는 자살 같은 걸 하지 않을 것이고, 나를 잊을 것이고, 그렇게 삶이 지속될 것이고, 로마나의 삶도 그럴 것이고, 데이브도 어떻게든 살아 나갈 것이고, 나는 그들을 용서하고 모든 걸 설명할(지금 하고 있듯) 것임을, 나는 이제 안다. 그리고 코디와 조지 바소와 피폐한 매클리어와 완벽하게 행복한 페이건도 모두 어떤 식으로든 헤쳐 나갈 것이다. 나는 몬샌토의 집에서 그와 며칠을 지낼 것이고, 그는 미소 띤 얼굴로 그동안 행복하게 지낼 수 있는 방법을 보여 줄 것이고, 우리는 단 술 대신 쓴 포도주를 마시며 그의 집에서 고요한 저녁들을 보낼 것이다. 아서 마가 찾아와 내 옆에서 말없이 그림을 그릴 것이다. 몬샌토는 "그게 다야. 마음 편히 가져. 모두 괜찮아. 너무 심각하게 생각 말고. 자네가 늘 말하듯 그렇게 상상 속 관념들을 파헤치면서 살지 않아도 쉽지 않은 게 인생이잖아."라고 말할 것이다. 나는 비행기표를 사고 '플라워 데이'에 샌프란시스코의 모든 것에 작별을 고하고 미국의 가을을 가로질러 떠날 것이고, 그렇게 모든 게 처음으로 돌아갈 것이다. 단순한 황금빛의 영원한 축복이 모든 것에 깃들 것이다. 아무 일도 없었던 것처럼. 이 일조차 없었던 것처럼. 해변의 성 캐럴린은 어떤 식으로든 여전히 황금빛을 유지할 것이고, 꼬마는 어엿한 어른으로 자랄 것이다. 작별과 미소들이 있을 것이다. 내 어머니는 기쁜 마음으로 나를 기다릴 것이다. 타이크가 묻힌 마당 귀퉁이는 새롭고 향기로운 신전이 되어 내 집을 더 아늑하게 만들어줄 것이다. 부드러운 봄밤이면 나는 별빛 가득한 마당에 설 것이다. 이 모든 것에서 뭔가 좋은 것이 나올 것이다. 그리고 그것은 그렇게 영원히 금빛으로 남을 것이다. 다른 말은 할 필요 없다.

바다

태평양 빅 서의 소리들

바다

철썩!
철썩!
그냥 휘파람은 아니지
딕시, 바다……
철썩! 철썩!
우리는 아버지들에게 백색 도료를 칠한다
이 아래!
부엌 불빛이 켜져 있고……
러시아에서 온 바다 엔진은

이 아래 바닷새와 함께……
먼바다의 바위들이 거품을 일으킬 때
나는 그것이 멀리 하와이에서
무너지고 부서져
저 두 겹의 절벽까지 밀려온
백만 년 묵은 유사임을 알리라……

슈…… 샤…… 쉬시……
소금의 빛은 이제 죽는다
너는 십억 년 묵은
바위 분쇄기
부릉
바닷새
부릉바닷새
아내와 언덕처럼 슬프고
어머니와 개구리처럼 사랑받는
오! 오! 오!
바다! 우슈!
오늘 밤 너의 그 노래는
어디로 사라졌나?

이 부드러운 펄프 종잇장이야
너의 부서지는 노호와
아무 상관도 없고

빅 서

거짓말쟁이 바다, 아,
바위를 위해 만들어진 것인데

바닷새가 풍덩 물속으로 뛰어들지만
속이 빈 해초들만
용감히 움직이고
철썩? 아 또?
여기서는 술이 소금인가?
조수는 부엌이고?
러시아의 엔진은
너의 부드러운 말 속에……

바다의 독이라고
브르타뉴인들은 말하지……
내 이름은 르브리
드 케루악……
말하라, 독이여, 로티,
말하라……
바다는 말하고
십억 개의 돌을 모래로 바수고……

크으윽, 푸슈……
슈우…… 슈우……
구욱…… 부슈……

저기 저 곶은

코가 긴 콜리 개가 잠든 모습 같구나

코 위에 빛이

바다가 그 마음의 사정에 순종하여

리듬에 맞춰 부서지고

그것은 또한 모래가 생각하는 리듬에 맞춰

침범할 것이어서⋯⋯

저 개자식의

지독히도 큰 어깨 위에⋯⋯

말하라, 오, 말하라, 바다여, 말하라,

바다여 내게 말하라, 내게

말하라, 너의 그 은빛으로

알래스카에 구멍이 뚫렸으며

회색⋯⋯ 쉿⋯⋯ 바람은

빗속의 협곡 바람은

바람은 미친 듯 돌아가며

빙빙 움직이고

바다

바다

뛰어드는 바다

오 새야⋯⋯ 복수

들라로슈

코세

빅 서

아

드물게, 철썩, 철썩 파도로
그는 수문을 들이받고
우리는 이 아래서 아버지들에게 백색 도료를 칠한다

해초들이 뒤엉킨, 물의 교차로……
이것은 회복하여 활짝 웃음을 웃고,
낮은 잠…… 파도…… 아, 안 돼,
쉬잇…… 쉬익…… 쿵, 콰당
이제 넵튠이 팔을 뻗고
백만의 혼은
어두운 동굴에서 불을 켜고 앉았다
무슨 개 짖는 소리?
개의 산인가? 바다 저편의 엔진인가?
맙소사 몰려온다…… 해안으로……
쇼…… 슈…… 아, 부드러운 한숨이여
우리는 기다린다, 종달새처럼 머리를 질끈 묶고……
피식…… 안심은 마라
푸슉, 부슈슉, 카슉,
우르릉 타당, 푸릅, 아루바방,
슈르륵, 누가 거기서
속삭이는가…… 멍청한 샛강이군!
안개가 천둥을 친다…… 우리 얼굴에

은빛 빛이 비친다…… 우리는
영웅들을 받아들이고…… 십억 년쯤은
아무것도 아니지……

오, 이 아래의 도시들이여!
천 개의 팔을 가진
남자들이여! 올려다보는 눈길의
우상들이여! 그들 시의
산호여!
해룡의 연한 살은
통통한 물고기들을 위한 고기……
나바크, 나바크, 바다의 물고기들이
브르타뉴어를 말한다……
인간의 꿈처럼 부드럽게
씻겨 온다…… 사람들은 해안으로
오거나 또는 떠나고, 그들은
해안에서 외치고, 바다 또한 외치니
피슈 립 푸슈…… 지구가 생긴 지 오십억 년 동안
우리는 많은 중국인을 보았고…… 중국인들은
파도이다…… 숲은
꿈꾼다

인간의 말로
이 파도보다 오래된

빅 서

슬픔을 말할 수 없다
빙빙 꼬인 모래의 생각으로
모래를 세차게 때리는
이 파도보다…… 아 세상을
바꾸겠다고? 아 요금을
매기겠다고? 밧줄은 저 너른 바닷속
천사들인가?
아 밧줄에 묶인 수달 몸에
조개가 들러붙고……
아 동굴, 아 쿠슉!
깃털 같은 바다여

너무나 짧다…… 미스 놉은 오늘 밤
어디 있을까?
케라크가 그렇게 썼다
가운데가 끈끈한
미치광이 귀족의 공원에서
그리고 란티 포너는
왕좌에 묶은 밧줄로 진주를 끌어당겼으며
영원한 바다의 숲속에서 우연히 왕이 되었던가?
영원한 바다가 아니지, 그냥 바다지
크릅
철썩
바다에 몸이 있는

여자…… 움직이지도 우르릉거리지도 않는

개구리, 샤악

모래에 몸이 묻힌

뱀…… 코에 빛을 받은

개, 반듯이 누운 채로,

그 어깨는 비의 금까지 가닿을 만큼

거대하지…… 나뭇잎들은 서둘러

바다로 몰려온다…… 그것들이

젖도록, 소금기를 받도록 우리는 놓아둔다

적나라하게 생각하면

어쨌든 그것들도 우리 바다에서 생겨난 것임을

알게 될 거야…… 일요일 오후의

어두운 예감도 없는 거지…… 우리는

절벽 중앙을 뚫고 달리고,

동굴들을 때리고, 우유부단한 생각일랑

모두 치워 없앤다……

만에 박혀 자라는

수많은 해초들은

물컹한 소금 내를 풍긴다……

오라, 오라, 어떤 나뭇잎들은

충분히 다가오지 못하여……

굴러라, 굴러라,

빅 서

모랫바닥을,

초록의 팔리 안다르바를

파 엎어라

아 뒤로, 아 앞으로……

아 쉬익…… 쿵…… 물러가라……

쿵, 하루…… 꼿꼿이

서서…… 바다는 우리다……

말하라, 말하라, 땅을 쾅

밟으라…… 아르릉…… 쏴악,

쇼, 슈슈, 푸륵,

라바드, 타파바다 파우,

쿠프, 루프, 루프……

안 돼, 안 돼, 안 돼, 안 돼, 안 돼, 안 돼……

오 야, 야, 야, 요, 예어……

쉿……

어떤 거지? 그것은? 어떤

거지? 방금 첨벙 하고 온 것은……

첨벙 하고 온 것은? 똑같지,

아, 쿵…… 그 개미는 누구지?

내 발밑의 산을 확대해 주는

커다란 금빛 소금 개미는? 그것은 발견자다,

생각의 변화를 발견하여

동굴에 불을 밝혀 주는 발견자……
그리고 그 위에 집을 짓고? 두려워 말라,
naver foir, les bretons qui
parlent la langue de la Mar
sont español comme le cul
du Kurd qui dit le maha
prajna paramita du Sud?[9]
아, 그렇지! 케 블룸!
침울한 바다, 입 다문 나……

그들은 시도하지 않는다
일주일이면 굴을
백만 년 묵은 굴을
닳아 없애는
그 개미들은
이겼다…… 아니다…… 저 아래
곳은 해초와 함께 빈둥거리고,
바다의 닭고기는
수다를 떤다! 그들은 잔다……
우릉, 우르릉, 우렁, 아루룽……
수달과 나, 수달과 나, 딸과 바다

---

9) '두려워 말라! 바다의 말을 하는/브르타뉴인은/엉덩이로/『반야바라밀
경』을 말하는 쿠르드인과 같다.'는 뜻의 프랑스어.

나는 나, 즉 바다 안의
마지막 푸른 산호초…… 바다의
모든 물질은 신성한 것……
그 공간에서 우리는 말하고
서두른다…… 그 어떤 입도
바다를 삼켜서는 안 된다…… 가브릴……
가브로…… 철썩 중국인들과
손톱의 바다…… 이것은
이명인가? 죽음인가?
당신은 나를 헤아리려는
동정녀인가

성가신 바다여, 이 모든 잡것들이
싫증도 안 나는가?
이 끝없는 쿵쿵 소리와
모래의 발걸음이…… 그대들 인간들은
여기 시들한 바위들을 보고도
슬퍼지지 않는가? 아니면

독일인 가짜처럼
절망하지 않는가?
그저 침울하게 쿵콰당 그리고
안개 낀 밤의 초록색…… 안개는
우리 일부니까……

안다, 하지만 그 모든

실없는 장엄함을 듣는 게

아무리 귀찮아도……

바쇼!

라오!

팝!

가라앉지 않고 앉아 있는 이 물고기는

누군가? 올라오면

하와이의 태풍이 바다에 몰아붙여

박살을 내 주겠지…… 우리는 너를 묵사발로 만들 거야,

묵사발 인간, 바다의 젤로의 진면모를 보이라…… 바다의

왕이여.

어떤 군주도 아일랜드인일 수는 없다고?

아일랜드 바다를 보았나?

낙엽송 줄기 위로 초록색 바람……

조이스…… 제임스…… 쉬익……

바다…… 스스스…… 보라

바라슈

나바슈 라 바슈

문자…… 바다는 사실

별말이 없다……

맙소사, 그녀는,

빅 서

제멋대로 남자들을 꾀어 끌어들인다
율리시스와 그 모든
금발 남자들을……
촤알싹…… 이 얼마나

큰 변화인가! 이 한 줄기
흰 불빛!
머리카락이 엉켜 붙은 손
페넬로페는 바닷배의
냄새를 맡는다…… 텔레마쿠스로 변장한
신하들
살금살금 슬금슬금
스멀스멀…… 또는……
주름진 금빛 프랑
바다 밑 샛강
거기서는 물고기들이
어부들을 위해
낚시를 하고…… 옛 포르투갈 기도자들의
소금기 많은 녹갈색 남서풍
찰, 뒤엉키고, 변화하고,
소금과 모래를 떨구고

잡초와 물의 뇌가
뒤엉킨…… 옛 베네치아 고함쟁이들의

아리엘 카리밴의 로마 항구로……

파우…… 슈욱……

말하라,

네 어머니의 말로,

신발 밑을 닦고 들어오고,

안개 자욱한 달에게 고맙다고 말하라

가라, 좌악

우슉…… 우리는 회색으로 시들고

너는 일어났다…… 아침

태고의 덩굴 식물을

커다란 시야의 새가 본다

죽어 가며 누런 입을 벌려

짹짹 운다! 이 땅은

얼마나 달콤한가, 모래가 고함친다!

다만 구르면서

쿵!

아, 우리도 천국을

기다린다…… 모두

하나가 되어……

모두

거기 서 있다

빅 서

나는 이제
옛 파비아를 씻을 것이다
내 소금을 싸고
어느 마을이든 떠날 것이다……
고대의 절벽들은
장미가 없다,
아침은
레더를 보았다……

쿵, 쾅, 콰당
바다는 나다……
우리는 바다다……
모두 눈은 아니다

우리는 후지야마를 씻고
곧 그리고 모래를
부리가 흰 새가 돌아온다……
우리는 서둘러 숨는다
바위가…… 악……
길고 짧게……
낮고 쉽게……
바람과
바위에 얼어붙은 엉덩이……
래퍼포트……

엔디미온 그대는 뒤엉키고

꿈꾸는 자는 내 허벅지를 사랑하고

장미, 셸리의,

장미, 오 항아리여!

물고기 눈이 항아리를 흘끔 본다

다섯의 바다 소년의 바다

마젤란의 곶 바다

그는 어떤 것을 내려놓고

허리를 굽힌 비트닉은 바다 염소 수염

늙은 염소의 원고

플랫의 다른 쪽을 찾아서?

둘러보라, 나의 끝이 보이는가?

커다란 침실 둘레에?

옵, 구멍과 동굴과 슈풀……

모래와 소금과 머리카락의 눈

머리에 커피가 자랄 만큼

강하다……

넵투누스는 누구의 플랜테이션을 가졌나?

아틀라스의 것은 아직 저 아래,

헤스페리드는 그의 발, 그의 진눈깨비 위,

아일랜드해는 손끝에

콘월은 그의 영혼

침실

빅 서

슈웅…… 슈웅…… 팍……

도슈…… 이 한숨과 옛 학식은

내 곁에 높이…… 거친

늙은 손은 혈통을 과시했고,

우리는 꿈꾸는 자가 생각도 못 할 만큼

많은 배를 침몰시켰다

불탄다…… 불탄다…… 세상은

불타고 무울이 필요하다

나는 딸을 얻을 것이다.

딸, 두고 보라……

추웅, 추웅, 나……

팬티…… 팬티……

이 옛 환상은

무척 여성적이다…… 너는

내 진짜 바다에서 인어를 보지 못했다

너는 거대한 가슴을 지닌

무성의 아가들을 보지 못했다……

내 아내…… 내 아내……

그녀 이름은 오 정말로

상류 생활

왕국의 하류 생활에서

우리는 차를 나누고, 바다

내 옆……

조쉬, 쿠프, 파트라……

아이 이 모 파우쉬……

스웃…… 이리 와 내게 책을 읽어 줘……

더러운 엽서…… 부랑아의 바다……

카라쉬가 너의 이름인가……?

헤엄을 치고 싶어? 되든 안 되든 해 봐

다시 이명이 도져?

바다는 리듬에 맞춰 진동하고

동굴에 파도가 몰아치고

휘파람을 불며 바람이

개의 귀가 다시…… 바다로……

아리……

계루지 나폴레옹 나다……

나다

명왕성이 바다를 먹고……

방……

바다에 손이 묶여……

"On est toutes cachez, mange

le silence," dit les poissons de la

mer……10) 아 바다…… 고트……

---

10) "우리는 모두 숨고, 침묵을 먹는다"라고/바다의 물고기들이 말한다.'라

탈라타…… 메르드…… 마르드……

드 메르…… 뒤 메르…… 마크 아 바쉬……

바다는 어머니다……

Je ne suis pas mauvaise quand j'sui

tranquil — dans les tempêtes

j'cri! Come une folle!

j'mange, j'arrache toutes![11]

클록…… 클락…… 멕……

하지만! 하지만! 하지만! 엄마!

바람이 모래에 몰아치며 말한다……

명왕성이 바다를 먹는다……

아미 고…… 다…… 추 팝

가라…… 와라…… 칵……

케어…… 키 터 다 보

카타케타 파우! 켁 켁 켁!

콰키우틀! 킥!

테네라터 타라사스터

하이라 처르 타페드

아나돈닥 람 마 랏

크룰 투 팟 더 랏

<hr />

는 뜻의 프랑스어.

11) '고요할 때의 나는/나쁘지 않다/폭우 속에서/나는 소리친다. 열광한
다!/먹는다. 전부 낚아 챈다'는 뜻의 프랑스어.

랏 더 아나아카칼케드

로몬 토텍

카라 붐

프룹……

발이 차? 걸어 봐…… 아파?

심…… 신…… 흥분이 돼? 바다와 자려고?

진부해? 더할 수도 있는데……

그럼 여기서 놀지 말고

자 시작한다, 카 바 라 타

플로슈, 쉿,

그리고 더, 다시, 케 블룩

케 블룸, 여기 또 온다

미스터 트로쉬

파도가 더 몰려와,

모든 음절에 바람이 실려 있어

다시 씻겨 와, 쓸데없는 짓

말을 해…… 옆에서

구세주의 말을

성가신 정령이

여기 맴도는데

공동 속에서는 살 수 없어…… 바다는

나를 익사시키고 말 거야…… 이 말들은

빅 서

역겨운 유한성의
허식일 뿐……
우리는 자립하여
나아가려 하지만, 도움은
항상 너무나 늦어
어디에서건 무엇에서건
천국은 이미
우리에게 약속을 했던 건지도……

하지만 이 파도들이 나는 무서워……
나는 완전한 절망 속에
죽을 거야……

어디서 깰까?
두 번째 삶에서
대기는 더 소중하고
어쩌면 천국에도 더 가까울 듯
아, 낙원이여……
바다가 정말 그리 나쁜가?
이 냉정한 광대와
세상을 먹어 치우는 괴물들을 보라고
사람들을 여기 보냈나요? 그 소리를
내가 조롱하는?

정말이지 나는 당신을 믿거나
아니면 죽음 속에서 살 수밖에 없어요!
우리를 구해 줄 건가요? 전부 다?
조만간?
우리 가라앉는 뇌들에게
빛을 보내 주세요
우리는 가련해요, 주님,
우리는 당신의 도움이 필요해요!
구해 주세요, 주님……
(그리고 당신 자신도 구하시고, 신이라는 분, 하하!)
당신이 신이라면
이 파도들을 달래
아주 건강한 테니슨에 멈추게 할 거예요
테니슨조차
소중하지만
이제 죽었고
다 빛에 맡기고
저녁이나 드시지,
그리고 눈

누군가의 눈…… 아내,

소녀, 친구, 동물
피가 떨어지게……

빅 서

그는 그의 바다를 위해 살고.

그는 그의 불을 위해 살고,

당신은 당신의 욕망을 위해 살지

"바다는 나를 떠나보내며

'네 욕망에 따라 살아라!' 하고 소리를 쳤어

서둘러 골짜기를 올라가는데

한 번 더 외치기를,

'그리고 웃어라!'"

바다조차 내가 노년에 읽게 뭔가 쓰는 일을

그만두게 못 하지

이것은 간략한 도표,

이 바다는 그중 간략하지…… 너나 입 닥쳐……

그렇게 나를 겁주더니, 바다야,

내가 너를 단단히 손봐 주겠어…… 너의

아이오딘 해초와 끈끈한 고리,

심지어 너의 말라비틀어지고 속이 빈 해초조차

악취를 풍겨…… 너 전체가 악취를 풍겨……

붐…… 어떠냐, 이놈아……

작은 몬터레이 고깃배가

집에 다다르려면 15마일을 더 가야 하지,

5시까지 집에 가서 튀긴 생선과 맥주를 먹으려면……

새의 항로를 따라가는데……

은은 저 바깥에 영원히 잃어버렸고

인간이 놓은 다리들의 푸른 하늘로부터

거대한 칠칠치 못한 바다의 중심까지

수북이…… 회색으로……

어떤 소년들은 그걸 포함(砲艦)의 청색이라 하지,

아니면 회색, 하지만 나는 그걸

바위들의 내전이라 부르겠어

바위들은 공중으로 오고, 바위들은 물로 오지.

바위, 그리고 바위……

카라 타비라, 음내시, 세차게 강타

푸쉬 라바스…… 크루쉬

라 오트…… 플라쉬 오 피에……

피이이이이…… 롤 테스트 불……

망쉬 들라 라슈……

잘생긴 왕이 승리하고

붐, 새들은 노래하네……

"크라슈 테 이데" 너의 생각이 내뱉고,

바다가 말한다, 내게, 아주

적 절 하 게……

프스! 프스! 프스!

프스! 여자들은 안으로!

빨간 신발 신은 놈, 늙은 마법사의 눈,

묵은 치즈 통에서

발톱들이 나오고

빅 서

네덜란드인은 잊어버리고 그걸 먹지 않았지
폭풍우

천구백
십육 년······
백만 가지 요금의 골짜기에서
포함 페드로에
격침당했던?

마젤란이 사팔뜨기 눈으로
아마존인의 발을 먹었던······
그리고, 아, 콜롬보가 건너왔던!
드레이크가 파도의 독점권을 얻어
어치를 먹이던······
에일에 취한 탱크를 공격하다, 쿵,
그린란드를 누비고
새 항구의 바위를 세운
에릭 더 레드 생각에 사로잡히고······
그전보다는 새것이란 말······
옛 항구는 인디언 생선 대가리······
옛 항구는 콰키우틀족의 머리
타부 포타시 코요틀 포틀라치?
옛날 원시의 컬럼비아······
콜럼 버스의 이름을 땄나?

아루지오 베스마리카의 이름을?

아르! 오르! 다!

베라자노는?

그 사람도 항해했잖아!

베라자노는 항해를 했고 우리는

그의 섬에 내렸지……

롯 왈로워?

죄인들과 거짓말쟁이들과 선한 사람들 모두

넵튠의 넥타를 마시고

가라앉았지……

잘 소타테 나메 포 크로타?

크로타 타 크로트, 너는

못 찾아 (제기랄!)

이 아래 무슨 말라붙은 똥 덩이……

왜 안 되는데?

저 황량한 바위에 가서 부딪쳐

안심 스테이크를 먹은 너의 이빨로

그리고 봐…… 너는, 난로는,

마음은, 머리채는……

나는, 우리는, 바다는,

영겁의 모래 예술에 부닥치는

파도를 게걸스레 먹어

빅 서

시간을 살해하지
노령 말고는 아무것도 남지 않을 때까지
태어나지 않은
새 옆에
앉아 있는 자의
새 아침 그 태고의 고통으로
하지만 장미는 아직 그대로지……

잡초는 너의 장미이고,
모래 게는 너의 벌새인가?
바다에서 윙윙거리는!
깊은 곳을 달리는!

왕권을 쥔 이 오시, 이 너른 다리
미국을 거쳐
일본까지,
불안하게 굴러가는 그것,
너의 영광을 향해 몰아쳐 가는,
마른 똥 덩어리의 문,
너를 잡으러 아 하고 벌린 은백색 입,
이 양심의 정화자
너를 위한 아르르……
이곳의 어떤 쥐도
조금은 고소해하지…… 그리고

압, 또는 옵, 고소해하는 그의

물수리……

오, 이쁜, 이쁜 바다

나……

그만! 홀을 내려라!

또 너는 나를 받아들였다!

우리의 아이오딘을 들이마시라, 너의 더러운 술을 마시지 말고,

젖은 발 앞에 쓰러져라,

너의 몸을 바다로 옮겨 가라,

잡초 무성한 물속의 아도네이스가

너를 갈망한다…… 그리고 셸리 셋,

그것은 셋…… 소금에 타서

조금씩 변하라……

십억 년을 애써도

영원 근처에도 가 보지 못했다……

한 톨의 모래에는

삼천 개의 고소한 세상이 있다……

나는 말할 것 없고……

아 바다

아 시…… 아 소……

쏴라…… 떨어라…… 섞어라……

하 굴러라…… 타라…… 타 타……

출렁…… 카야시…… 키……

누런 서쪽의 진주, 진주들

중국으로 가는 누런 하늘……

태평양이라고 우리는 이것에 이름 붙였다

물이 언제나 물을

만나는…… 태평양 태평양

태평양 평태양…… 제룸……

게도시…… 가카…… 가야……

타따…… 가타…… 마나……

옛날 중들은 어떤 배를 탔을까?

디쿠? 디쿠!

어떤 뗏목이 모세에게

전갈을 보냈을까?

무엇이 키드로부터

블랙스월을 구했을까?

여기서 미치는 건 뭘까?

시잇! 시이이이이이이이이

이이이이이…… 카라……

마구 두들겨라 야……

빅 서라고 부르지 이 모래밭과

이 바위들과 이 샛강을?

레이턴 캐니언은 이름대로

코요테 나뭇잎과 포모족의 뼈와

토마호크 도끼의 먼지를

너의 주둥이에 쏟아붓지……

나의 소금기 많은 입은

테일러들을 지켜

그들은 저 아래 방에서

바느질을 할 테고……

흙투성이의 등산객들을 위해

모자를 짓고……

확실한 십자말풀이를

바느질하고…… 사르탄

우리는 당신과의 이 소금 전쟁에서

승리한 것을 자랑스러워하고

당신은 이제 묵사발이 되었지!

보라, 저 태평양이라는

바다를!

타키!

나의 텅 빈 금빛 영혼은

너의 소금기 묻은 창턱보다 오래 남으리라

나의 물컹한 눈의 창과

미끈한 생선 대가리는 너를 본다,

빅 서

입에 시가를 물고,
경멸의 빛을 담아……
그래도 너를 보니 반갑다
너는 나를 먹어 반갑고
아주 좋아 보이고
닳았지만, 괜찮다……
아라! 아루!
저 더 바……
바다의 쓸데없고 고요한 도시들은
판자를 갖고 노는 아이들이 있다

영국인들의 곤죽
아래 역사의 더러운 거품……
내면의 폭풍우만큼 고요하고도
끔찍한 폭풍우는 없는 법……
마법사! 부처 나라와 부처 바다!
마우드갈리아야나는 어떤 돛을 썼기에
혼자만 많은 것을 알았고
그러다 고함치는 자들에 죽임을 당하여
절벽에서 굴러떨어졌을까?
"집에 가자!
지금!"
엉망이 된 잠옷은 버리고

마우드갈리아야나는 바다에서 살해되었다……

하지만 바다는 말하지 않는다……

바다는 살해하지 않는다……

얼치기 학자들은

그걸 알아야 하고

아니면

다시 학교로 돌아가야 한다

저쪽 바다의 모터 소리 들리나?

그 기운이 느껴져?

여기는 멍청한 지네 여섯 마리, 마추리……

아 라타타타타탓……

기관총 바다,

네가 리드미컬하게 던지는 공들이

부드러운 들장미처럼 쏟아져 들어온다

너의 혈통 좋은

테너 음성으로……

틴더 마시 아라잇 아루……

아라크…… 아라치……

카마크…… 모나크……

케라크 제바크……

나마나…… 가바우……

바…… 부블라…… 비아……

미아…… 마인……

빅 서

바다

똥

안녕 빅 서……

물이 물과 만나는 것에 대하여
그에게 말해 준 적 있어?
아, 수달로 돌아가 보자……
텀…… 텀…… 클럼……
컴…… 컨…… 카우…… 카우……
캐쉬…… 캑…… 클럭……

클록…… 고밋…… 고밋 시 니드……
깊은 곳의 네가 보인다
에녹
순 아나프
옛 브르타뉴어로

1960년 8월 21일
태평양 빅 서
캘리포니아

삶의 유한함 앞에 방황하는 인간의 초상

미국의 작가이자 시인인 잭 케루악은 1922년 3월 12일 매사추세츠주 로웰의 프랑스계 캐나다인 이민자 가정에서 태어났다. 진지한 성품의 아이였던 그는 어린 시절에 프랑스어를 썼고 영어는 여섯 살이 되어서 배워 10대 후반까지 자신 있게 구사하지 못했다. 천주교도 어머니에 대한 애착이 강하여 자신이 사랑한 유일한 여성은 오직 어머니뿐이라고 훗날 술회하기도 했다.

다섯 살 터울 형 제러드가 아홉 살의 나이에 류머티스 열로 죽으며 어머니는 신앙에서 위로를 찾은 반면, 아버지는 실의에 잠겨 술, 담배와 도박에 빠져들었다. 로웰 고등학교의 미식축구부 러닝백으로 활약하면서 여러 대학의 스카우트 제의를 받았고 그중 컬럼비아 대학에 특기생으로 입학한 케루악은 다리 부상에 감독과의 불화 등 각종 악재로 스포츠 스타로서의 삶을 접고 대학을 중퇴한 뒤, 뉴욕의 어퍼웨스트사이드에 계속 살면서 첫 부인이 될 이디 파커(Edit Parker)와 장차 비트 제너레이션(Beat Generation)의 주역이 될 앨런 긴스버그(Allen Ginsberg), 닐 캐서디(Neal Cassady), 윌리엄 버로스(William Burroughs) 등을 만났다.

제2차 세계 대전 중에는 미(美) 상선단에 이어 해군에 잠시 몸을 담으며 첫 장편 소설 『바다는 나의 형제(The Sea Is My Brother)』를 썼고, 버로스와 긴스버그 등을 만나게 해준 친구 루시언 카(Lucien Carr)의 스토커 살해 사건에 휘말린 후 이 경험을 가지고 버로스와 공저로 『그리고 하마들은 그들의 탱크 안에서 삶겼다(And the Hippos Were Boiled in Their Tanks)』를 쓰기도 했다.

이후 부모 집에 살면서 『마을과 도시(The Town and the City)』를 써 1950년 존 케루악(John Kerouac)이라는 이름으로 최초 출간했고, 1949년에는 대표작 『길 위에서』의 집필을 시작하여 1951년에 마쳤으나, 실험적인 필체, 약물 사용과 동성애 묘사 등의 선정적인 내용을 이유로 여러 출판사들에게서 거절당한 끝에 1957년에야 간신히, 그것도 대대적인 삭제 및 수정, 그리고 익명화 작업을 거친 후, 출간할 수 있었다. 출간 후에도 같은 사유로 버로스의 『네이키드 런치(Naked Lunch)』, 긴스버그의 『울부짖음(Howl)』과 마찬가지로 외설 고발을 당하게 됐다.

케루악의 전기를 쓴 역사학자 더글러스 브링클리(Douglas

Brinkley)는 『길 위에서』가 재미를 좇아 길을 떠나는 친구들의 이야기로 오해받고 있지만, 잊어선 안 될 가장 중요한 점은 케루악이 미국의 천주교도 작가라는 사실이며, 그의 일기만 봐도 십자가 삽화, 기도, 신에게 구하는 용서 등으로 가득하다고 일깨워 준다.

1952년에는 전 해에 이혼했던 아내 존 해버티가 케루악의 유일한 혈육인 딸 잰을 낳았지만 그는 9년 후 피검사를 통해 입증될 때까지 이를 사실로 받아들이지 않았다. 이후 몇 년간 그는 미국과 멕시코를 두루 여행하면서 과음, 우울증에 맞서 『지하 생활자들』, 『색스 박사』, 『트리스테사』, 『데설레이션의 천사들』 등 십여 편의 장편 소설 초고를 써나갔다. 1954년에는 새너제이 도서관에서 드와이트 고더드(Dwight Goddard)의 『불교 성전(A Buddhist Bible)』을 발견하면서 불교에 심취하게 되는데, 사실 동양 사상에 대한 그의 관심은 1946년 하인리히 침머(Heinrich Zimmer)의 『인도 예술 및 문명의 신화와 상징(Myths and Symbols in Indian Art and Civilization)』을 접하면서 싹튼 바 있다.

한편 『길 위에서』가 출간되고 몇 주 후 길버트 밀스타인(Gilbert Millstein)이 《뉴욕 타임스》에 실린 서평에서 케루악을 신세대의 목소리로 선언하고 미국의 주요 작가로 칭송하면서 비로소 케루악은 친구인 앨런 긴스버그, 윌리엄 버로스, 그레고리 코소(Gregory Corso) 등과 함께 비트 제너레이션의 기수로 인정받게 되었다. '비트'라는 용어는 케루악이 소설가 친구

작품 해설

인 허버트 헝크(Herbert Huncke)와 대화하며 처음 쓴 것으로, 무일푼에 전망도 없는 신세를 뜻한다.

『길 위에서』로 일약 유명작가가 되며 그동안 퇴짜만 당한 원고들을 출판사들이 앞을 다투어 모셔갔으나 카페 앞에서 괴한들에게 폭행당하고 닐 캐서디가 대마초 판매 혐의로 체포되는 등 감당할 수 없는 유명세를 치르던 케루악은 게리 스나이더(Gary Snyder) 등 샌프란시스코 시인들과의 모험을 바탕으로 1957년 『달마 부랑자들(The Dharma Bums)』을 썼다. 『길 위에서』와 마찬가지로 생각의 흐름이 끊기지 않도록 3미터 길이의 전신 타자기 용지에 써 내려간 이 소설이 스즈키 다이세쓰(D. T. Suzuki), 앨런 워츠(Alan Watts) 등 저명한 선불교 학자들의 혹평을 받자 케루악은 크게 실망했다.

1959년에는 로버트 프랭크(Robert Frank)와 앨프리드 레슬리(Alfred Leslie)가 연출하고 앨런 긴스버그와 그레고리 코소가 출연한 비트 영화 〈내 데이지를 꺾어라(Pull My Daisy)〉의 각본을 쓰고 내레이션을 맡기도 했다. 1964년에는 누나가 심장마비로 사망했고, 1966년에는 어머니가 심각한 뇌졸중으로 쓰러졌으며, 1968년에는 닐 캐서디가 멕시코에서 숨을 거뒀다. 1960년대 반문화운동에 대해서는 자신의 문학이 상당한 영향을 남겼음에도 불구하고 부정적인 입장을 견지한 끝에 1968년에는 긴스버그와도 결별했다.

1969년 10월 20일 아침, 플로리다주 피터스버그에서 아버지의 인쇄소에 대한 책을 쓰던 케루악은 갑작스러운 메스꺼움에 화장실로 달려가 피를 토했고 병원으로 옮겨져 식도 출혈 치료를 받고 수술대에 올랐으나 간 손상으로 결국 의식을 회복하지 못하고 이튿날 아침 47세의 나이로 사망했다. 사유는 오랜 알코올 남용이 부른 간경화와 그로 인한 내출혈이었다. 사망 당시 그는 셋째 부인 스텔라, 어머니 게이브리얼과 살고 있었고, 유산 대부분은 어머니가 상속받았다. 케루악의 의식의 흐름 필체와 도발적인 주제는 커트 보니것, 토머스 핀천, 조지프 헬러와 같은 20세기 미국 포스트모던 문학의 문을 열어 주었을 뿐 아니라 밥 딜런, 비틀스, 그레이트풀 데드 등 다수 음악인들이 자신들의 음악과 생활양식에 그가 남긴 영향을 증언할 만큼 록 음악에도 중대한 영향을 미쳤다. 특히 도어스의 레이 맨저렉(Ray Manzarek)은 "만일 잭 케루악이 『길 위에서』를 쓰지 않았다면 도어스는 존재하지 않았을 것"이라고 단언했을 정도다.

*

케루악의 분신이 미국 전역을 여행하는 궤적을 기존 화법과 전혀 다른 자유로운 문체로 기록하여 그의 이름을 널리 알린 작품은 『길 위에서』이지만, 명성의 참화와 자연의 구원을 깊이 파고들면서 그의 불안한 영혼을 한결 성숙하고 설득력 있게 들여다보는 『빅 서』야말로 그의 가장 훌륭한 작품이라는 평가가 있다. 소설이 시작하는 시점은 1960년 8월. 케루

작품 해설

악의 분신 잭 둘루오즈는 샌프란시스코에서 숙취에 시달리고 있다. 친구이자 동료 작가인 로렌조 몬샌토(로런스 펄링게티의 분신)의 빅 서 오두막에 가서 지낼 기회를 놓치고 호텔 방에 앉아서 잭은 "당장 손을 써야지 안 그러면 난 끝"임을 절감하고 일어나 버스 여행과 긴 도보 끝에 빅 서에 이르는데, 바다 위로 드높이 솟은 절벽이 공포와 경외를 불러일으킨다.

오두막에서 홀로 보내는 시간이야말로 잭에게 필요한 것이었다. 그는 어떤 동물도 죽이지 않기로 결심하고 새, 다람쥐, 생쥐들에게 먹이를 준다. 밤에는 바닷가에 앉아 귀에 들리는 대로 바다의 말소리를 받아 적는데 그 결과물이 이 소설 맨 끝에 붙은 시(詩)다. 비교적 평화롭긴 하지만 뭔가가 잘못되고 있다는 '표지'들이 불쑥불쑥 나타나는데 그것은 장차 발현될 섬망의 징조다. 3주 후 샌프란시스코에 돌아와 어머니가 알려 온 고양이의 죽음 소식을 몬샌토에게 전해 듣고서 힘겨워하는 잭에게는 그 또한 죽음과 광증의 '표지판'이 된다.

그는 비트 제너레이션의 여러 동료 일원들과 만나 시간을 보내는데, 그것은 과도한 음주와 과도한 대화로 요약된다. 데이브 웨인과 그의 여자친구 로마나도 등장하는데 데이브는 '윌리'라는 지프로 이들을 여기저기 데리고 다니면서 잭과 그 일당을 선망하며 비트 키드를 꿈꾸는 청년 론 블레이크를 불러들인다. 데이브의 도움을 받아 로스 가토스로 코디 포머레이(닐 캐서디의 분신. 『길 위에서』에서는 딘 모리아티로 등장)를 만나러 가는 길에 잭과 데이브는 지난 10년간 미국의 변화를 놓고 탄식한다. 잭은 사람들이 자신에 대해 기대하는 이미지

(『길 위에서』의 유쾌한 25세 청년)와 자신의 실상(지쳐빠지고 냉소적인 40세 중년) 사이의 간극을 놓고도 또한 탄식한다. 로스가토스에서 잭은 코디가 예전과 달리 자신과만 이야기를 나눌 시간을 찾지 못하는 것을 보고 실망하는데, 코디의 부인에블린을 보고서 전에 그들 셋이서 아주 잘 돌아가는 삼각관계를 유지했다는 사실을 설명한다. 에블린은 자신과 잭이 다른 생에서 함께하게 될 거라고 생각하고 잭 또한 그렇게 믿고 싶다. 그들은 이어서 결핵병원에 입원한 친구 조지 바소를 만나러 간다. 잭은 또다시 삶의 유한성을 떠올리고 죽음의 영원함이라는 관념 앞에 괴로워한다.

일행은 몬샌토의 빅 서 오두막에 도착하고 잭은 자신이 그들을 끌고 와서 그곳을 훼손시키고 있다고 생각한다. 코디는 잭을 네 살배기 아들 엘리엇과 함께 사는 금발의 마른 여인 빌리에게 데려가고, 잭과 빌리는 즉시 서로에게 반한다. 코디가 먼저 떠나자 두 사람은 동침하고, 잭은 그녀 집에 일주일 동안 머무른다. 친구들이 자꾸 찾아와 술만 마시지 말고 뭘 먹으라고 간청하지만, 종일 허술한 의자에 앉아 술만 마시며 날을 보낸다. 일주일간 계속된 폭음 탓이겠으나 어쨌든 잭의 정신은 퇴화하기 시작한다. 그에게 완전히 빠져든 빌리는 결혼을 원하지만 잭은 그런 언약은 할 수 없다는 입장을 고수한다. 그리고 빌리, 데이브, 로마나를 빅 서 오두막에 몇 주간 데려가기로 한다. 거기서부터 악화일로다.

잭의 섬망은 빅 서에서 갈수록 나빠져 환영, 망상, 몸 떨림 같은 증상들로 점철된 끔찍한 밤을 맞이하고, 그것은 새벽 너머까지 이어진다. 가까스로 잠이 든 잭은 다시 멀쩡한 기분으로 일어나는데, 정신을 되찾은 상태에서 그는 결국 모든 게 괜찮아질 거라고 마음먹으며 어머니와 죽은 고양이가 마당에 묻힌 뉴욕 집에 돌아갈 날을 고대한다.

소설의 시작에서 화자, 즉 케루악은 자연 즉 자립, 불교, 정신적 순결, 진실 같은 것들이 아직 자신의 영혼을 구원해줄 수 있으리라 믿지만, 결말을 보면 그런 희망은 천진한 꿈이었음이 드러난다. 화자가 다시 홀로 자연을 찾아들 수 있을지, 아니, 다시 자신의 영혼을 진정으로 들여다볼 용기를 낼 수 있을지 의심스럽다. 자연을 두려워한다는 것은 우리 자신을 두려워한다는 뜻이고, 바로 그것이 책의 결말에서 화자가 놓여 있는 곳이다. 이렇듯 케루악의 또 다른 걸작 『빅 서』는 삶의 유한성, 노화, 중독이라는 주제를 천착하며 명성의 쇠퇴 속에 살아가는 인간의 초상을 담아내며 막을 내린다.

2023년 7월
김재성

작가 연보

1922년   3월 12일 미국 매사추세츠 주 로웰 출생. 프랑스계 캐나
다인 이민자의 후손인 레오와 가브리엘 사이에서 2남
1녀 중 막내로 태어났다.

1926년   심장이 약한 장남 제라드가 류머티즘열로 아홉 살의
나이에 사망. 형을 사랑하고 우상화하던 어린 잭에게
큰 영향을 미침. 여섯 살 때까지 퀘벡 프랑스어의 미국
식 방언인 주얼(Joual)만을 사용. 영어가 제2외국어인
가톨릭 교구 부속학교에 다니다 로웰 공립 중학교 시절
부터 영어 수업을 받기 시작. 어머니가 집에서 프랑스
어를 사용했기 때문에 열여덟 살 때까지도 영어를 유
창하게 하지 못했다.

1936년   지역 신문 《스포트라이트》를 발간하며 인쇄소를 경영

하던 아버지의 사업이 홍수로 인해 실패. 도박과 음주에 빠진 아버지 때문에 어머니가 공장에서 일하게 되었다.

1939년   지역 시인인 세바스티안 샘파스의 영향으로 작가가 되기로 결심. 로웰 고등학교 시절 뛰어난 미식축구 선수로 지역의 스타가 되고 콜롬비아 대학에서 체육 특기생 장학금을 받았다. 콜롬비아 대학교에 입학하기 위해 뉴욕 브롱크스의 호레이스 만 대학 예비학교에서 수학과 프랑스어 공부. 평균 92점의 성적을 받았다.

1940년   콜롬비아 대학교에 입학하나 첫 학기 중 다리가 부러지는 부상을 입었다. 문과 대학에서 '셰익스피어'는 A학점을, '화학'은 F학점을 받았다. 잭 런던의 전기를 읽고 모험가, 외로운 여행가가 되기로 결심.

1941년   감독과의 불화로 선수 생활 포기. 학과 수업 대신 기숙사에서 나름대로 독서와 집필을 하면서 콜롬비아 문과 대학의 결강 기록을 세웠다. 고향으로 돌아가 몇 달 동안 《로웰 선》의 스포츠 담당 기자로 일하지만 적성에 맞지 않다고 판단. 워싱턴과 보스턴 등지에서 건설 노동자, 음료수 가게 판매원 등 다양한 직업을 경험. 이후 상선의 주방 허드레꾼, 갑판 선원, 미국 국방부 건물의 판급 견습공, 철도 제동수, 20세기 폭스 사의 영화 스크립터, 철도 화물 조차장 사무직원, 철도 수화물 직원, 목화 농장 일꾼, 이삿짐센터 조수, 산림 감시원 등의 직업을 전전했다.

1942년   2차 세계대전에 미국이 참전하자 해군 선원으로 그린
        란드와 노바스코샤로 가는 전함 S. S. 도체스터에 승선
        하나 몇 달 뒤 불명예 제대. 콜롬비아 대학교에 잠시 복
        학했다가 3학년으로 자퇴. 해군에 복귀해 영국에 갔다
        가 전함 S. S. 조지 윈스로 귀국.

1943년   여자 친구 에디 파커의 소개로 루시언 카, 시인 앨런
        긴즈버그, 소설가 윌리엄 S. 버로스와 닐 캐시디 등 재
        즈와 비밥 음악이라는 공통적 관심사를 지닌 친구들
        을 만났다.

1944년   루시언 카가 데이비드 캐머러를 살해하는 사건이 발
        생, 흉기 처리 과정에 협조했다는 혐의로 종범이 되나
        그 후로도 계속 친분 관계를 유지. 에디 파커와 결혼하
        지만 몇 달 못 갔고, 이후 조앤 하버티와도 결혼하지만
        몇 달 못 갔다.

1945년   아버지 레오가 위암으로 사망.『마을과 도시』를 쓰기
        시작.

1949년   닐 캐시디와 그의 아내 루안과 함께 동부에서 샌프란
        시스코까지 여행. 이후 십 년간 캐시디와 함께 수차례
        미국과 멕시코를 여행.

1950년   『바다는 나의 형제』,『그리고 하마들은 그들의 탱크 속에
        서 삶겼다』,『마을과 도시』,『길 위에서』,『픽(Pic)』완성.

1951년   원판『길 위에서』완성.

1952년   『코디의 환영들』,『색스 박사』,『철도 지구의 10월
        (October in the Railroad Earth)』완성.

1953년 『매기 캐시디』, 『지하 생활자들』, 『즉흥적 산문의 필수
조건(Essentials of Spontaneous Prose)』 완성.

1955년 『멕시코시티 블루스(Mexico City Blues)』, 『트리스테사
(Tristessa)』 완성.

1956년 『제라드의 환영(Visions of Gerard)』, 『찬란한 내세의 경
전(The Scripture of the Golden Eternity)』, 『늙은 천사
의 자정(Old Angel Midnight)』, 『데설레이션의 천사들』
초판본 완성.

1957년 긴즈버그, 버로스와 함께 모로코 탕헤르를 여행. 『길
위에서』가 출간되어 유명 인사가 되었다.

1958년 『달마 부랑자들』 완성.

1960년 『외로운 여행자(Lonesome Traveler)』 완성.

1961년 캘리포니아 주 빅 서로 이주함. 뉴욕, 플로리다 등 여러
곳으로 옮겨 다니면서 어머니와 같이 살기 시작했다.

1962년 자전적 작품 『빅 서』 완성.

1966년 소년 시절의 친구인 스텔라 샘파스와 결혼. 어머니와
함께 세인트 페터스버그로 이주.

1969년 10월 21일 알코올성 간경변에 의한 내출혈로 사망. 장
례식은 로웰의 세인트 존 침례교회에서 거행됨. 로웰
에드슨 공동묘지의 샘파스 가족 묘소에 안장되었다.

세계문학전집 **421**

빅 서

1판 1쇄 찍음 2023년 8월 31일
1판 1쇄 펴냄 2023년 9월 5일

지은이 잭 케루악
옮긴이 김재성
발행인 박근섭, 박상준
펴낸곳 ㈜민음사

출판등록 1966. 5. 19. (제 16-490호)
서울특별시 강남구 도산대로1길 62(신사동) 강남출판문화센터 5층 (우편번호 06027)
대표전화 02-515-2000 팩시밀리 02-515-2007
www.minumsa.com

한국어 판 © ㈜민음사, 2023. Printed in Seoul, Korea

ISBN 978-89-374-6421-8 04800
ISBN 978-89-374-6000-5 (세트)

세계문학전집 목록

세계문학전집은 계속 간행됩니다.